HEYNE

Zum Buch

Paul lebt zusammen mit seinem Mitbewohner Herr Müller auf einem abgelegenen Bauernhof. Die Tage verbringt er damit, im Supermarkt zu arbeiten und entspannt mit seiner treuesten Kundin Frau Rottenbauer zu plaudern, die jeden Tag vier Stunden vor dem Zeitschriftenregal sitzt. Mit Herrn Müller verbringt er weit weniger Zeit, sie treffen sich nur zweimal die Woche vor dem Fernseher, um zusammen »Wer wird Millionär?« anzusehen. Sie sind Fans der ersten Stunde und verehren Günther Jauch gottgleich. Das immer erhoffte Glück tritt ein, als Paul einen Anruf erhält und erfährt, dass er als Kandidat für die Sendung ausgewählt wurde. Er nimmt all seinen Resturlaub, bereitet sich umfassend vor und sucht sich fachkundig seine Telefonjoker zusammen. Er überwindet sich sogar, dafür seine missliebige Mutter anzurufen. Doch als alle Hürden ausgeräumt sind, erlebt er bei der Aufzeichnung alles andere als einen Glückstag. Alles scheint verloren, das triste Leben ist zurück und es bleibt eigentlich nichts mehr, außer depressiv zu werden. Eigentlich …

Zum Autor

Christian Ritter, geboren 1983, Diplom-Germanist, lebt in Bamberg und betätigt sich als Autor, Vorleser und Moderator. Ritter ist Mitglied der Lesebühne »Bube Dame Ritter« und Veranstalter und Moderator der Poetry Slams in Würzburg und Bamberg. Zudem tritt er in Comedyshows auf, gibt Sololesungen, wenn man ihn nett fragt, und führt Schreib- und Performance-Workshops an Schulen durch. Ritter schreibt regelmäßig Kurzgeschichten für die Bühne, für Magazine, Anthologien und eigene Bücher. Besuchen Sie den Autor im Internet unter www.christianritter.wordpress.com

CHRISTIAN RITTER

DIE SANFTE ENTFÜHRUNG DES POTSDAMER STRUMPFTRÄGERS

ROMAN

WILHELM HEYNE VERLAG
MÜNCHEN

MIX
Papier aus verantwortungsvollen Quellen
FSC® C014496

Verlagsgruppe Random House FSC® N001967
Das für dieses Buch verwendete FSC®-zertifizierte
Papier *Holmen Book Cream* liefert
Holmen Paper, Hallstavik, Schweden.

Originalausgabe 12/2013

Printed in Germany 2013
Redaktion: Tamara Rapp
Umschlaggestaltung: Eisele Grafik Design, München
Umschlagillustration: Lena Pantiukh, Cienpics Design/shutterstock
Satz: KompetenzCenter, Mönchengladbach
Druck und Bindung: GGP Media GmbH, Pößneck
ISBN 978-3-41063-3

www.heyne.de

Wenn er keinen Anzug trägt, sieht Günther Jauch nicht wie Günther Jauch aus. Er wirkt so menschlich in diesem Kapuzenpulli, so nahbar.

Günther Jauch liegt auf unserer Wohnzimmercouch und schläft. Das muss man sich mal vorstellen: GÜNTHER JAUCH liegt auf UNSERER Wohnzimmercouch und schläft! Nennt man das eigentlich schlafen, wenn man betäubt wurde? Jedenfalls gibt er seit Kurzem unregelmäßige Schnarchgeräusche von sich. Könnte darauf hindeuten, dass er bald aufwacht. Katja, Herr Müller und ich sitzen im Schneidersitz vor ihm auf dem Boden und warten gespannt.

»Irgendwie ist das, wie ein Kind zu bekommen«, sagt Katja. »Was wohl seine ersten Worte sind?«

Jetzt wimmert er ein bisschen im Schlaf und bewegt sich auch. Er zuckt. Lange kann es nicht mehr dauern, bis er die Augen öffnet. Wir halten den Atem an, Herr Müller vergräbt seine Nase in den gefalteten Händen. Und da passiert es. Günther Jauch öffnet die Augen.

»Was soll das?«, fragt er.

»Wir haben Sie entführt, Herr Jauch«, sagt Katja.

ERSTER TEIL

Montag, 17.30

Ich lasse Frau Rottenbauer links liegen. Sie steht mit ihrer braunroten Riesenhandtasche und ihrem Klappstuhl vor der Metzgerei und winkt mir im Rückspiegel nach.

Das ist lustig. Ich kann sagen, dass ich sie liegen lasse, obwohl sie steht, das geht. Über solche sprachlichen Möglichkeiten freue ich mich und denke lange darüber nach. Ich habe Zeit dazu. Mein Heimweg dauert eine halbe Stunde, mein Weg zur Arbeit auch, logisch. Eine Stunde pro Tag, in der ich mehr Tiere aufgemalt auf Warnschilder sehe als echte Tiere. Vögel zählen nicht; ich meine Tiere im Windschutzscheibenblickfeld. Menschen gibt es sowieso nicht, was sollten die da auch? Auf der Strecke passiert nichts. Besondere Vorkommnisse ausgeschlossen, Gegenverkehr selten. Einmal habe ich mein linkes Bein aus dem Fenster gehängt, auf den zwölf Kilometern, wo ich nicht schalten muss. Hätte das jemand gesehen, uiuiui, der hätte aber geschaut!

Ich sehe manchmal Serien, in denen gutartige Serienmörder ihre bösen Opfer zerstückelt im Meer versenken. Meer gibt es hier nicht. Aber käme ich mal in die Verlegenheit, eine zerstückelte Leiche verschwinden lassen zu müssen, bräuchte ich nicht lange nachzudenken – das beruhigt mich fundamental. So hätte meine Fahrstrecke gleich noch eine Funktion neben der, mich und zwei andere Menschen am Tag zu transportieren.

Ist das da rechts im Wald ein Eber? Nein, Totholz.

Ich biege auf unseren Hof ein und fahre eine Runde um die Scheune, um zu kontrollieren, ob der Hühnerstall geschlossen ist. Ist er. Ich parke parallel zum Haus, ziehe den Schlüssel ab, die Musik verstummt. Es ist ruhig. Bei uns ist es immer ruhig. Ich steige aus, drücke meine Feierabendkippe im Blumentrog vor der Haustür aus und gehe rein. Mit einem Schlag ist es nicht mehr ruhig. Der Fernseher im Wohnzimmer läuft sehr laut. Werbung. Die Werbung, in der der Sohn dem Vater seinen Rasierer empfiehlt, weil er so gut gleitet, auch gegen den Strich. Dem Vater gefällt er (der Rasierer, nicht der Sohn) so gut, dass er ihn nicht mehr zurückgeben mag. Wieso wohnt der Sohn überhaupt noch zu Hause, er ist doch weit über zwanzig! Wenigstens ein eigenes Badezimmer hätte er sich im Lauf der Zeit zulegen können, um ein bisschen selbständig zu werden. Wer will sich schon das Bad mit seinem Vater teilen müssen, nachdem der Bartwuchs eingesetzt hat? Und dann noch darüber reden, über Bärte und Rasierer? Diese Werbung ist ziemlich deprimierend. Ich hänge meine Schlüssel an das Rehgeweih im Hausflur und bewege mich weiter auf die Beschallung zu. Das Wohnzimmer ist am Ende des Flurs, gerade redet Vera am Mittag über ihre Verdauungsprobleme.

»Ich muss Ihnen was ganz Privates erzählen«, sagt sie. »Manchmal fühle ich mich so … so aufgebläht!«

Eine offensichtlich aufgeblähte Frau sagt, dass sie sich manchmal aufgebläht fühlt. Das ist ja ein Ding! Als ich die Wohnzimmertür aufstoße, erklärt Vera wissend, wie viele Liter Wunderjoghurt genau man am Tag trinken muss, um sich wieder sauwohl zu fühlen. So gern ich mir das von ihr erzählen lasse, sie ist nicht mehr Zentrum meiner Aufmerksamkeit.

Herr Müller liegt rücklings auf dem Wohnzimmertisch. Er hat Wäscheklammern an seine Brustwarzen geknipst und hält eine brennende Kerze über sich. Mit ziemlich hoher Sicherheit will er sich mit dem heißen Wachs beträufeln. Aha, das ist mal was Neues. Als einziges Kleidungsstück trägt er eine kurze dunkelblaue Adidas-Sporthose mit hellblauen Streifen. Original Achtzigermodell, keine Retro-Neuauflage. Könnte auch aus seiner Bundeswehrzeit stammen. Er hat mich noch nicht bemerkt und neigt die Kerze jetzt etwas. Das flüssige Wachs plongt auf seine Brust, und er hechelt ein bisschen. Wie soll man das besser beschreiben? Ihm entfahren mehrere H-Laute in kurzen, sehr kurzen Intervallen. Freud und Leid vermischen sich in seinen plosiven Ausstößen. Er schüttet noch mal nach. H-h-h-h-h-hhhh. Die Nationalmannschaft isst jetzt Nutella-Brote im Fernsehen, und ich sage: »Guten Abend.«

Herr Müller richtet langsam die Kerze auf, wobei er noch ein paar Tropfen auf sich verschüttet, diesmal ohne begleitende Laute, und sagt: »Es ist nicht das, was du denkst.«

»Ich denke gar nichts«, sage ich wahrheitsgemäß. Außer, dass ich garantiert nie etwas kaufen würde, wofür Vera am Mittag Werbung macht.

Herr Müller dreht sich um neunzig Grad, um seine Füße

auf den Boden zu bekommen, verzieht ein bisschen das Gesicht, als er seine Brustwarzen von den Wäscheklammern befreit, und erhebt sich unter einiger Anstrengung. Herr Müller war früher mal besser in Form. Das Wachs auf seiner Brust sieht aus wie die Philippinen.

»Warum bist du denn schon zu Hause?«, fragt er.

»Nichts los gewesen heute. Annette hat alleine zugemacht«, sage ich. »Wischst du bitte noch den Tisch ab?«

Herr Müller nickt. Ich wüsste gern, ob er sich öfter selbst quält und herumjault, wenn ich nicht zu Hause bin. Nur so aus allgemeinem Interesse. Bei Gelegenheit werde ich ihn fragen, noch ist das Erlebte zu frisch, möglicherweise schämt er sich auch ein bisschen dafür, von mir erwischt worden zu sein. Ich gehe nach oben. Das Meerschwein will gefüttert werden.

Montag, 20.15

Es ist seit über tausend Sendungen das gleiche Spiel, und noch immer rasten die Zuschauer aus, wenn er auftritt. »Und hier kommt Ihr Moderator: Hier ist Günther Jauch.« Dööö-dö-dömmm. Applaus. Johlen. Euphorische Pfiffe. Herr Müller knipst sich einen Fußnagel ab. Ich schaue zu ihm rüber. Er blickt angestrengt auf.

»Ist was?«, fragt er.

»Wo stehen wir denn?«, frage ich.

»Ich glaube, bei 8000. Sie ist Studentin, Anglistik, will sich von ihrem Gewinn ein Auto kaufen.«

Und schon bin ich wieder im Bilde. Letzten Freitag war ich gen Ende der Sendung etwas unaufmerksam, ich musste öfter nachsehen, ob Rosamunde schon kalbt, eine unserer Kühe. Aber sie war dann doch brav und hat noch eine Stunde gewartet, bis der Tierarzt da war. Heute gibt die Kuh Ruhe.

»Das war übrigens nur Training vorhin«, sagt Herr Müller. »Ich hab da eine im Internet kennengelernt, die auf so Sachen steht. Schmerzen, weißt du? Also, mäßig. Sadomaso light. Hat mich gefragt, ob ich das mag, und ich wusste es nicht. Da wollte ich mal ausprobieren, ob mir das taugt.«

»Schon in Ordnung«, sage ich. Damit ist das Thema abgeschlossen.

Auf unserem Wohnzimmertisch, auf dem sich Herr Müller vorhin bewachst hat, stehen zwei Flaschen Bier, zwei Aschenbecher, eine Schüssel mit Resten von Hühnersuppe und ein Teller mit Bröseln und Restkernen eines Vitalbrötchens aus meinem Supermarkt. Herr Müller liegt auf seinem Sofa, ich auf meinem. So ist das jeden Montag und jeden Freitag um Zwanzigfünfzehn. *Wer wird Millionär* ist unser Fixpunkt. Ansonsten geht jeder seiner Wege, da sieht man sich mal zwei, drei Tage nicht, auch wenn wir beide zu Hause sind; aber um Jauch zu schauen, treffen wir uns im Wohnzimmer, ein althergebrachtes Ritual. Andere beten oder essen zusammen, wir schauen Jauch. Herr Müller verzichtet montags und freitags sogar extra auf seine dubiosen Internet-Dates.

Günther Jauch guckt gerade überrascht. Das kann er gut. Gleich, wenn die Anglistikstudentin 16000 hat, wird er sie fragen, was für ein Auto es jetzt sein darf, und ihr einige Empfehlungen geben und eine wilde Geschichte aus seiner Jugend erzählen. Ich glaube, Günther Jauch hat in seinem bewegten Leben schon in jedem existenten Automodell gesessen. Immer, wenn sich ein Kandidat von seinem Gewinn ein neues Auto kaufen will, berät er fachmännisch. Manchmal zerknautscht er sein Gesicht und schüttelt doppelkinnig den Kopf, wenn es ein Renault oder Ähnliches sein soll. Es sei denn, eine gebrauchte Ente, das ist Kult, das mag er.

Früher hat er immer gefragt: »Waren Sie da schon mal?« Bis zu gefühlt fünfmal pro Sendung. Die richtige Antwort war zum Beispiel Spanien, irgendwas mit dem Königshaus, und er hat gefragt: »Waren Sie da schon mal?« Jedes Mal. Das hat er sich abgewöhnt. Zurzeit redet er sehr viel über Autos und sagt dann immer: »So einen hatte ich auch mal.« Günther Jauch muss zu jeder Zeit seines Lebens einen sehr, sehr großen Fuhrpark besessen haben, oder er ist begeisterter Leaser.

Schon die erste Folge haben Herr Müller und ich uns zusammen angesehen, das war 1999, am 3. September. Seitdem haben wir keine Folge verpasst. Wenn es mal gar nicht geht, nehmen wir die Folge auf, wir haben jetzt extra einen Festplattenrekorder dafür. Aber bisher war es noch nie so, dass es gar nicht ging. Wir haben sie alle gesehen.

1999 waren wir beide, Herr Müller und ich, noch etwas, sagen wir mal, förmiger, mehr so Kategorie Boygroup, mit vollem, seidig glänzendem Haar und zumindest noch späten Rudimenten von Bauchmuskeln. Herr Müller versucht das aktuell wiederherzustellen, er geht ins Fitnessstudio, *Fitness First Forever* heißt es, hat er erzählt. Ich habe mich damit abgefunden, dass der Körper nun mal nicht auf natürliche Art fester wird. Ich finde, das Alter muss man nicht nur dadurch respektieren, dass man im Bus aufsteht, sondern auch dadurch, dass man ihm und seinen Erscheinungen freien Lauf lässt. Ich bin immerhin schon Mitte dreißig. In meinem Beruf muss ich auch nicht sonderlich viel rennen.

Herr Müller knipst weiter konzentriert an seinen Fußnägeln herum. Beim großen Zeh braucht er drei Ansätze, schließlich fliegt der Nagelstreifen in einer kleinen Ellipse in die Hühnersuppenschale.

»Herr Müller?!«, sage ich mahnend.

Herr Müller antwortet seiner Mentalität gemäß: »Das ist mein Haus!«

Die Diskussion ist beendet, wir hören die 16000-Euro-Frage.

Wer hält die Rechte an »Mein Kampf«?

A. USA	B. Österreich
C. Bayern	D. Gregor Gysi

»Das Übliche«, sagt Herr Müller. Ich sage »Jawoll«. »Das Übliche« ist gleichbedeutend mit »Antwort C«, denn C ist statistisch gesehen die häufigste richtige Antwort. Nur bei den niedrigen Fragen mit den Sprachspielen ist es öfter D als C. Herr Müller und ich sind Experten, und Bayern gehört »Mein Kampf«, an beidem gibt es keinen Zweifel. Die Kandidatin weiß das dummerweise nicht. Sie nimmt den Telefonjoker und ruft ihre ehemalige Geschichtslehrerin an. Die ist über siebzig und glaubt, die USA hielten die Rechte, »zu achtzig Prozent«. Tja. Herr Müller und ich beschimpfen die Telefonfrau und überhaupt den Berufsstand des Lehrers ausgiebig und bemitleiden die an sich ganz sympathische Kandidatin. Herr Jauch hat aber einen guten Tag und rät ihr dazu, noch ihren letzten Joker zu nehmen, Fifty-Fifty. Es bleiben der Freistaat Bayern und Gregor Gysi übrig. Die Kandidatin entscheidet sich für Gregor Gysi, geht mit 500 Euro nach Hause und wird nicht gefragt, welches Auto sie sich zulegen will.

»Die hat es aber wirklich verdient, die dumme Gans«, sagt Herr Müller. »Schnuckelig ist sie trotzdem.«

Ich stimme stumm nickend zu.

Freitag, 7.40

Über meinem Supermarkt steht nur »Supermarkt«. *Mein* Supermarkt ist es nun nicht direkt, aber ich arbeite hier, seit ich achtzehn bin, da gewöhnt man sich. Ich wünsche Frau Rottenbauer vor der Tür einen guten Morgen, sperre auf und von innen wieder zu, Öffnung ist erst um acht. Annette ist schon da und plaudert hinten mit dem Obst- und Gemüselieferanten. Dass sie ein bisschen in ihn verschossen ist, weiß außer ihr selbst nur ich, behauptet sie immer. Ich musste auf das Grab meines Hundes schwören, dass ich es niemandem weitererzähle, vor allem nicht dem Lieferanten. Logisch. Ich glaube aber, er hat mittlerweile selbst eine kleine Ahnung bekommen. Annette quittiert zunächst die Ware und dann alle seine geistreichen Aussagen mit schulmädchenhaftem Gekicher.

»Das ist aber heute auch ein Sauwetter, Mann Mann Mann.«

»Hihihihihi.«

»Ich muss langsam weiter, sonst faulen mir die Kartoffeln weg.«

»Hihihihihi.«

»Bis morgen dann, Frollein.«

»Hihihihihi.«

Ich sortiere derweil die Presse ein, das geht heute schnell, freitags kommt kein Wochenblatt raus. In die Fächer kommen die BILD, zweihundert Exemplare, die Süddeutsche, vierzig Exemplare, unsere Zeitung aus der Region, hundertvierzig Exemplare, die WELT, zehn Exemplare, die FAZ, zehn Exemplare, und die taz, zwei Exemplare, eines für Herrn Dr. Fischer und eines zum freien Verkauf, geht meistens zurück.

Annette ist wie immer nach dem Besuch des Obst- und Gemüselieferanten schwer beschwingt und trällert mir einen »wuhundervollen guten Mohorgen« entgegen, bevor sie sich daranmacht, die Preise der Joghurts und anderer Milchprodukte, die heute ihr Mindesthaltbarkeitsdatum überschreiten, per Edding herunterzusetzen.

Es ist acht Uhr. Ich gehe zur Tür, um zu öffnen und Frau Rottenbauer hereinzulassen. Frau Rottenbauer ist fast unsere älteste Kundin, nur Frau Wasserzell mit ihren achtundneunzig Jahren macht ihr den Posten streitig, aber unsere treueste Kundin ist sie auf jeden Fall. Wobei man sie eigentlich nicht als Kundin im engeren Sinn bezeichnen kann, denn sie kauft nur sehr selten etwas. Sie ist eher Inventar. Jeden Tag campiert sie ab 7.30 Uhr auf ihrem Klappstuhl vor dem Geschäft und wartet auf die Öffnung, bei Regen hat sie einen Schirm dabei, heute also auch. Wenn es zwei Minuten länger dauert mit dem Öffnen, klopft sie auch mal an die Scheibe und krakeelt: »Acht Uhr ist schon durch.« Darf sie dann herein, nimmt sie ihren Stuhl mit, positioniert sich auf ihm vor den Zeitungen und Zeitschriften und liest für die nächsten vier Stunden sehr aufmerksam alle Neuerscheinungen durch. Sie darf nur im Ausnahmefall dabei gestört werden. Frau Rottenbauer gehört genauso zum Supermarkt wie Annette und ich, sie hat sogar die älteren Rechte. Keine Ahnung, wie lange sie schon zum Lesen vorbeikommt, ich weiß nur über die letzten siebzehn Jahre Bescheid. Wenn sich mal – was selten genug vorkommt – ein Ortsfremder in unseren Laden verirrt, ist er meist erst einmal von ihr abgeschreckt. Aber das ist schnell vergessen, wenn sie von ihrem Stühlchen zu ihm aufsieht, die Lesebrille abnimmt und mit der Frage »Wofür interessieren Sie sich?« beratend tätig wird. Frau Rottenbauer hat eine sehr gute Menschenkenntnis. Bei manchen Lkw-Fahrern sagt sie auch schon mal direkt »Die *Praline* ist ganz oben rechts, der Pleebo daneben«, mit »Pleebo« meint sie den *Playboy*. Frau Rottenbauer animiert eher zum Kauf, als dass sie einschüchtert, sie ist fachkundig und kompetent und bekommt deshalb nach Geschäftsschluss, wenn sie zum zweiten Mal am Tag vorbeischaut, das Gemüse geschenkt, das wir sonst wegwerfen müssten. Was sie zwischen zwölf und achtzehn Uhr macht, weiß ich nicht. Dafür weiß ich, dass sie Blumenkohl sehr gerne mag.

Jetzt ist alles an seinem Ort. Die neuen Waren in den Regalen, Annette an der Wursttheke, Frau Rottenbauer vor den Zeitungen und Zeitschriften, ich an der Kasse. Das Tagesgeschäft kann losgehen. Frau Oberhaid ist heute die Erste.

»Guten Morgen, Frau Oberhaid«, begrüße ich sie mit einem Lächeln.

»Der Paul, freundlich wie immer« sagt sie.

Sie wird für 20,76 Euro einkaufen. Das macht sie jeden Tag.

Freitag, 20.15

Ich bin etwas nervös. Herr Müller ist nicht da. Unentschuldigt. Er hat nicht angerufen, um mir zu sagen, dass er später kommt oder irgendwas. Das ist gar nicht seine Art. Eigentlich möchte ich ihn nicht anrufen, das ist mir zu teuer; vielleicht um halb. Wir haben auf dem Hof keinen Handyempfang. Klar. Im Umkreis von zwanzig Kilometern ist da nichts außer Wald und Wiesen und Feldern, nur für uns baut die Telekom – oder wer das macht – keinen Funkmast auf. Aber wir haben einen Festnetzanschluss! Und natürlich Handys, aber nur für unterwegs. Ich kann den exakten Punkt benennen, an dem der Handyempfang verschwindet, wenn ich nach Hause fahre. Aber danach wird bei *Wer wird Millionär* wahrscheinlich nie gefragt werden.

Es muss schwerwiegende Gründe haben, dass Herr Müller nicht anwesend ist. Vielleicht hat er sich verletzt. Vielleicht im *Fitness First Forever*. Ich stelle mir das grauenhaft vor, so ein Fitnessstudio an sich. Tatsächlich kann ich es mir auf alle Arten und Weisen vorstellen, denn ich habe noch nie eines von innen gesehen. Meine Vorstellung variiert zwischen der Weight-Watchers-Gruppe, die auf Laufbändern einem von der Decke baumelnden Schokoriegel hinterherrennt und den Boden zu einem See transpiriert, und ultragutdraufen, ultrasehnigen jungen Damen und Herren, die sich selbst »Girls« und »Boys« nennen und einen dazu animieren wollen, Powerdrinks mit Mango zu kaufen und immer »Hey« schreien und sich High fives geben, wenn sie sich treffen …

»Hey, Thorsten, na, auch hier?«

»Klaro, Konny, 'ne Runde irgendwas stemmen (aufbauen/dehnen) und den flotten Bienen hinterherpfeifen.«

»Hey, wir mit unseren muskulösen Bodys können uns das erlauben, HAHA!«

»HAHAHAHA!«

»Hey, kennst du schon den neuen Drink mit Mango-Coconut-Kiwi-Flavour? Prosit und High five!« Und so weiter.

Ich bezweifle jedenfalls, dass Herr Müller dort eine gute Figur macht. Mit seiner Figur kann man einfach keine gute Figur machen, egal wo. So einen Muskelriss hat man sich ja auch schnell eingefangen, sagt man, oder ein Gewicht auf dem Hals beim Bankdrücken. Das ist mir alles zu viel Risiko.

Wir waren schon mal bei *Wer wird Millionär* im Publikum, Herr Müller und ich, das war 2007. Ein ganzes Jahr muss ten wir auf die Karten warten. Als Kandidat geht das schneller, sagt man. Als wir dann dort waren, war es ein Riesenerlebnis. Günther Jauch hat uns sogar eine Autogrammkarte gegeben – persönlich! Wir konnten uns nur leider nicht allzu sehr in die Sendung einbringen. Zweimal gab es die Publikumsabstimmung, da durften wir immerhin drücken. Damals hat es den Zusatzjoker, bei dem ein Einzelner im Publikum aufstehen, die Antwort geben und 500 Euro gewinnen kann, leider noch nicht gegeben. Wir wären sonst bei jeder Frage aufgestanden.

Relativ oft sind wir uns einig, dass die Fragen doch sehr einfach sind und die Kandidaten eben einfach fehlplatziert oder schlecht gebildet. Wenn einer von uns endlich mal ausgewählt würde, würde er mindestens 64 000 Euro mitnehmen, das könnte man dann schon fest verplanen. Wir bewerben uns, seit es die Sendung gibt, irgendwann muss es einfach funktionieren. Ich glaube fest daran. Von selbst dreht sich mein Leben nicht großartig weiter, da braucht es ein Ziel, auf das man hinarbeiten kann. Das Studio ist übrigens viel kleiner, als es im Fernsehen aussieht, und Günther Jauch ist sehr dünn. Mager geradezu. Er wiegt 74 Kilo, das weiß man, seit er sich mal in der Sendung auf die Waage gestellt hat, das war 2012. Die BILD hat am nächsten Tag behauptet, er sei untergewichtig, unter einem gesunden BMI, aber das hat nicht gestimmt. Es stimmt sowieso nicht viel davon, was in der BILD steht, das sagt Frau Rottenbauer jedem, dem sie sie in die Hand gibt: »Mit Vorsicht zu genießen!«

Günther Jauch ist heute besonders zu Scherzen aufgelegt. Er möchte seine Krawatte mit dem Kandidaten tauschen, weil er sonst so selten ein Gegenüber hat, das Krawatte trägt. Sie vereinbaren, dass der Tausch bei 16000 vollzogen wird, der magischen Grenze. Nach der 16000-Euro-Frage wird es immer heikel, da purzeln die Joker.

Die Sendung läuft jetzt schon zehn Minuten, und Herr Müller ist noch immer nicht da. Das hat es noch nie gegeben. Wenn ihm nun wirklich etwas zugestoßen ist? Im *Fitness First Forever* oder auf dem Nachhauseweg? Was soll ich denn allein hier auf dem Hof machen? Vor allem werde ich vielleicht gar nicht dableiben dürfen, der Hof gehört Herrn Müller, ich bin nur sein Untermieter. Quasi. Also ich zahle keine Miete, wir teilen uns nur die Nebenkosten und alles, was man so zur Instandhaltung braucht, Herr Müller hat den Hof ja geerbt damals. Sozusagen. Er wurde ein- und seine Großeltern ausquartiert, lange Geschichte. Ich weiß nicht, ob es so etwas wie ein Gewohnheitsrecht gibt, und vor allem weiß ich nicht, ob Herr Müller sein Testament schon gemacht hat, und wenn, ob ich darin eine tragende Rolle spiele. Allein fände ich es dann schon etwas einsam hier. Dann müsste ich vielleicht zu »Bauer sucht Frau«, um mir eine neue Mitbewohnerin zu suchen. Der Hof ist zwar ziemlich außer Betrieb, es gibt nur noch die Hühner und die drei Kühe, plus Kalb, aber das bleibt nicht lange. Würde wohl trotzdem reichen, um als Bauer durchzugehen. In der Sendung sind ja auch nicht alle Bauern echte Bauern. Ich möchte jetzt nicht das Schlimmste heraufbeschwören, aber wenn Herr Müller nicht wiederkäme … Eine gute Partie bin ich eigentlich schon. Telegen sowieso. Noch ein bisschen Sport, und ich bin wieder ein

Traummann. Aber nicht im Fitnessstudio, der Sport. Fahrradfahren zur Arbeit würde reichen, fehlt aktuell nur ein Fahrrad.

In der aktiven Partnersuche ist mir Herr Müller um Längen voraus. Es beschränkt sich zwar meistens auf die Suche im Internet und einige erste Dates, aus denen nie was wird, aber immerhin macht er wenigstens das. Ich bin nach der Arbeit immer ziemlich platt und möchte dann auch nicht unnötig Energie mit Verabredungen und so verschwenden. Meine Zeit wird kommen, die Richtige sicherlich auch, ich mache mir da keine großen Sorgen. Spätestens wenn ich bei Jauch war und mein Geld abgeholt habe, werden die Angebote reinschwemmen. Und die Bittbriefe. Alles hat zwei Seiten.

Jetzt steht schon gleich die erste Werbepause an, das heißt, die Sendung ist zur Hälfte vorbei. Vera am Mittag erzählt wieder ganz privat über ihren aufgeblähten Bauch, und ich wähle Herrn Müllers Nummer. Unsere Nummern stehen auf einem Zettel beim Telefontischchen, dazu die vom Tierarzt und der örtlichen Polizei, also »örtlich« in dem Sinne, dass sie in einer halben Stunde hier wären, wenn denn mal was wäre. Aber was soll schon passieren? Unsere Hühner werden sie nicht stehlen, die Diebe. Bei Herrn Müller geht direkt die Mailbox ran, das heißt, er hat keinen Empfang. Das kann eigentlich nur bedeuten, dass er sein Telefon ausgeschaltet hat, was er niemals tut, wenn er unterwegs ist, oder dass er auf dem Heimweg und schon in der netzlosen Zone ist. Ich bin fürs Erste beruhigt und sehe nach, ob wir noch Chips haben. Haben wir.

Obwohl ich mir einrede, dass alles gut ausgehen wird, ist die Tüte zehn Minuten nach Werbungspausenende schon zur Hälfte leer. Ich stopfe die Chips in mich rein, um mich von bösen Gedanken abzulenken. Nicht mal die Krawattentauschaktion konnte mich aufheitern oder mir Ablenkung verschaffen. Ich hoffe verzweifelt, dass Herr Müller noch kommt. Bald. Wir sind jetzt schon bei 64 000 Euro, und es ist kurz vor neun. Günther Jauch liest die Frage vor.

In welchem Film, der die Geschichte seines Großvaters zum Thema hat, wirkte der Schauspieler Philipp von Schulthess in einer Nebenrolle mit?

A. Operation Walküre

B. Gandhi

C. M. Reich-Ranicki: Mein Leben

D. Der Untergang

Ziemlich einfach, finde ich. Nicht dass ich Philipp von Schulthess kennen würde, aber durch das Ausschlussverfahren bleibt nur eine Antwort, hundert Prozent. Herr Müller würde das Gleiche sagen. Der Kandidat macht große Augen und bestätigt auf Nachfrage seine absolute Ahnungslosigkeit. »Kino ist nicht mein Fachgebiet«, sagt er. Nachdenken, Junge! Man muss kein einziges Mal im Kino gewesen sein, um das zu wissen. »So ein Vollidiot«, sage ich in den leeren Raum. Günther Jauch nickt gerade knautschig, und ich interpretiere das als Zustimmung.

Das Haustürschloss knackt. Ich spüre eine große Erleichterung, gleichzeitig kommt aber auch Wut auf. Es prickelt und brodelt in mir. Wie kann er es wagen, nicht pünktlich zur Sendung zu Hause zu sein? Was denkt er sich eigentlich? Wenn ich das machen würde, müsste ich mir eine ordentliche Standpauke anhören. Ich regle den Ton ein bisschen runter und hoffe darauf, dass Herr Müller wenigstens einen schlimmen Autounfall hatte und ich ihn stöhnen und röcheln höre, während er sich in den Flur schleppt und aus drei offenen Wunden blutet. Diese Entschuldigung würde ich vorbehaltlos akzeptieren, allerdings nur diese Entschuldigung! Doch statt Stöhnen und Röcheln erklingt eine hohe Frauenstimme. Was ist da los?

»Jetzt gibt's gleich Schimpfe für mich«, sagt Herr Müller. »Das Wohnzimmer ist gradeaus.«

»Folgen Sie dem Straßenverlauf für die nächsten fünf Meter«, sagt die Frauenstimme.

Ihre Schritte nähern sich. Ich stecke mein T-Shirt in die Jogginghose und setze mich aufrecht hin, um einen guten ersten Eindruck zu machen. Die Chips verstecke ich unter einem Sofakissen.

»Sie haben Ihr Ziel erreicht«, sagt die schöne, hellblonde Frau, als sie hereinkommt.

Herr Müller direkt hinter ihr sieht mich flehend an und sagt: »'tschuldige.«

Ich gebe mich völlig gelassen, stehe auf und reiche der Unbekannten die Hand.

»Hallo, ich bin Paul«, sage ich. Wir sind fast gleich groß, ich vielleicht zwei Zentimeter größer.

»Hier riecht es komisch«, sagt sie.

»Die Antwort ist A«, sagt Herr Müller nach kurzem Blick auf den Fernseher. »Das ist Katja«, fügt er hinzu.

Katja nimmt endlich meine Hand und nickt nur. Sie ist höchstens zwanzig, schätze ich. Sie sieht sich im Raum um, sagt »Biegen Sie jetzt rechts ab« und setzt sich auf Herrn Müllers Sofa rechts von mir.

»Katja möchte die Stimme in den Tom-Tom-Navigationsgeräten werden«, sagt Herr Müller.

»Oder im iPhone, wenn das nicht klappt«, fügt sie hinzu.

Ich verzichte auf einen Kommentar und verfolge fassungslos, wie der Kandidat den Publikumsjoker zieht.

»Ein Riesenrind«, sagt Herr Müller, als er sich neben Katja setzt. »Warum ist das eigentlich schon wieder 'ne Frage mit Hitler?«

»Was schaut ihr denn da?«, fragt Katja.

Herrn Müllers Kinn klappt nach unten. Ich bekomme für einen Moment keine Luft.

»Du kennst nicht *Wer wird Millionär?*«

Katja schüttelt den Kopf.

Wo hat er die denn her? Was für ein naives Dummchen hat er uns da ins Haus geholt? Wie kann es sein, dass irgendjemand *Wer wird Millionär* nicht kennt? Gut, sie ist recht jung, trotzdem kann sie doch nicht so komplett weltfremd sein.

»Aber die Bibel kennst du?«, frage ich.

Sie nickt ernsthaft.

»Lass uns erst mal fertig sehen, wir reden später drüber«, sagt Herr Müller.

Katjas Nachsatz »Ich glaube, meine Eltern schauen das« lassen wir vorläufig so stehen.

Das Publikum konnte helfen. Günther Jauch lässt die richtige Antwort einloggen, sagt aber noch nicht, dass sie richtig ist, sondern moderiert die Werbung und das SMS-

Gewinnspiel an. Das heißt, die Sendung ist de facto vorbei. Nach der zweiten Werbung gibt es keine Fragen mehr, dafür ist keine Zeit. Günther Jauch wird sagen »Schauen wir uns mal die 125 000-Euro-Frage an« und dann sehr überrascht dreinblicken, wenn die Hupe kommt, die das Sendungsende verkündet. Das ist genauso zuverlässig wie sämtliche Kamerafahrten, die nach internationalem Standard vorgeschrieben und in allen *Wer wird Millionär*-Ausgaben weltweit gleich sind. Vielleicht kann ich Katja mit meinem konzentrierten Fachwissen über die Sendung beeindrucken? Nein, ich werde Herrn Müller dieses Feld überlassen. Tatsächlich scheint er genau diese Idee zu verfolgen und steigt auf unterster Ebene ein: »Katja, wusstest du eigentlich, dass Günther Jauch in Potsdam lebt und extra für die Sendungsaufzeichnungen immer nach Köln fliegt?«

Katja macht große Augen und sagt: »Wer ist denn Günther Jauch?«

Herr Müller lacht nervös. Ich brauche etwas frische Luft und gehe spontan nach dem Kalb sehen.

Sonntag, 18.50

Katja wohnt seit Freitag bei uns. Ob das nun Herrn Müllers Absicht war oder nicht, er scheint es zu genießen. Außerdem käme sie schlecht fort, auch wenn sie es wollte, sie ist ja mit ihm im Auto gekommen. Die beiden waren seit Freitagabend durchgehend in seinem Schlafzimmer beschäftigt oder haben im Bademantel auf der Terrasse herumgesessen; es sommert schon etwas, obwohl der Frühling erst beginnt. Ich konnte Katja gar nicht richtig kennenlernen, weil sie so zusammengeklebt sind. Nicht dass ich viel Wert darauf gelegt hätte. Vielleicht ändert sich das jetzt, sie hat sich vorgenommen, für uns zu kochen, Szegediner Gulasch. Ein beeindruckender Name für ein Gericht. Ich werde allerdings nicht einschätzen können, ob sie es gut macht oder richtig. Ich habe das noch nie gegessen.

Bei uns zu Hause gab es früher immer Lauch, aber nur an Montagen. Gebackener Lauch, überbackener Lauch, lauwarmer Lauch, Lauchsuppe, jeden Montag eine andere spannende Variation, meine Mutter war da sehr kreativ. Sie wollte uns zu resoluten Vegetariern erziehen. Dienstags gab es Variationen mit Kartoffeln, mittwochs mit Nudeln, donnerstags mit Kohl und so weiter. Montag war Lauchtag. Heute ist Montag für mich Jauchtag. Über diesen Vergleich habe ich schon öfter nachgedacht. Aber erzählt habe ich es noch niemandem.

Katja kocht in einem Topf eine große Menge Fleischbrocken, in einem anderen Kartoffeln, in einem dritten Sauerkraut und würfelt nebenan auf dem Schneidebrett Zwiebeln und irgendwelches Grünzeug. Herr Müller steht neben ihr und wirkt überflüssig. Ich bin definitiv überflüssig und sehe den beiden, am Küchentisch sitzend, zu. Herrn Müller ist sein Unbehagen darüber anzumerken, dass er keine Aufgabe hat. Er öffnet einen Küchenschrank und begutachtet den Inhalt lange und gewissenhaft, wird dann anscheinend fündig, nimmt etwas heraus und kommt zu mir an den Tisch.

»Ein gutes Restaurant erkennt man daran, dass Zahnstocher auf dem Tisch stehen«, sagt er und stellt die Zahnstocher auf den Tisch. Er setzt sich, und wir schweigen uns an. Was soll man auch reden? Ich weiß, was Katja und er die letzten beiden Tage getan haben, und Herr Müller kann sich vorstellen, was ich getan habe: Serien und Filme im Internet angeschaut oder sagen wir lieber, Serien und »Filme«. Das Wochenendleben eben. Katja dreht sich zu uns um, verkündet mit ihrer Navi-Stimme »In zwanzig Minuten haben Sie das Essen vor sich« und kichert. Herr Müller lacht gequält.

Da drängt sich mir eine Frage auf, die ich unüberlegt in den Raum stelle: »Wie habt ihr beiden euch eigentlich kennengelernt?«

»Na, beim Tanzen!«, sagt Katja sofort und wendet sich wieder ihren Töpfen zu.

»Du tanzt?«, frage ich Herrn Müller ungläubig.

»Ich bin DJ«, sagt er.

»Seit wann das denn?«

»Paar Wochen.«

»Und wo?«

»Im Hexenbesen. Ich lege jeden Donnerstag auf. Ich bin sozusagen Resident-DJ.«

Er faltet die Hände auf der Brust und wirkt zufrieden wie ein Buddha. Sicherlich hat er das gerade zum ersten Mal ausgesprochen. Resident-DJ im Hexenbesen, ob man sich darauf was einbilden sollte? Der Hexenbesen ist eigentlich gar kein Club, sondern eine Raucherkneipe am Allgemeinplatz, nicht weit von meinem Supermarkt. Man geht dort eher zum Kickern hin oder um sich abzufüllen.

»Auf die Musik habe ich im Hexenbesen noch nie geachtet«, sage ich.

»Deshalb bin ich jetzt da. Ich heiz dort richtig ein«, sagt er.

»Und er hat alle Lieder gespielt, die ich mir gewünscht habe«, kommentiert Katja vom Herd.

Damit wäre also die Frage nach dem Kennenlernen im Speziellen beantwortet, außerdem die etwas abstraktere Frage, was man heutzutage tun muss, um fünfzehn Jahre jüngere Frauen abzuschleppen: das Gleiche wie eh und je. Sich wichtig machen.

Ob es vorher vielleicht schon eine Kontaktaufnahme zwischen den beiden auf einem Dating-Portal gab, bei der von Soft-SM die Rede war, würde mich allerdings schon interessieren. Niemand geht einfach so zum Tanzen in den Hexenbesen.

»Greifen Sie jetzt zu«, sagt Katja, als sie die Töpfe samt Schöpfkellen vor uns platziert. Sie setzt sich, wartet ganze zwei Sekunden und klatscht dann in die Hände, um uns zu einer Aktion zu zwingen. Herr Müller folgt der Anweisung und verteilt das Essen auf den Tellern. Erstmals stellt sich mir die Frage, wo sie eigentlich die Zutaten herhatte, da sie ja seit zwei Tagen hier ist, und ob sie die Kühlkette nicht eventuell für zu lange Zeit unterbrochen hat. Man bringt den Verkäufer aus dem Supermarkt, aber den Supermarkt nicht aus dem Verkäufer. Ich beschließe, ruhig zu bleiben und ihr blind zu vertrauen. Herr Müller macht das ja immerhin auch. Erst recht, falls sie wirklich die Soft-SM-Frau sein sollte. Das könnte ich vielleicht jetzt im Tischgespräch rausfinden.

»Am besten schmeckt es übrigens mit reichlich Curry-Ketchup drin, ich habe das einfach schon mit reingemischt«, sagt Katja.

»Na, dann guten Appetit«, sagt Herr Müller und schiebt sich den ersten großen Löffel in den Mund. Ich zweifle noch etwas und betrachte den undefinierbaren Essensflatsch vor mir wie einen Fremdkörper, ein organisches Wesen, das mir gefährlich werden könnte. Wenn nicht von außen, dann von innen. Ich bemerke Katjas auffordernden Blick. Mit leicht geneigtem Kopf lächelt sie mir zu, ihre Zahnhygiene scheint vorbildlich zu sein, und sieht abwechselnd auf meinen Teller und mir in die Augen. Ihr Blick sagt: »Iss! Iss es! Los! Iss, als gäbe es kein Morgen mehr!«

Ein bisschen fühle ich mich wie ein Kalb, das von seinem Schlächter mit gutem Zureden und Streicheleinheiten auf das Laufband bugsiert wird, auf dem weiter hinten schon die rotierende Säge wartet, die ihm den Kopf abschneiden wird. Als denkendes, abwägendes Kalb wäre ich in dieser Situation skeptisch, würde dann aber entscheiden, dass es nicht so schlimm sein kann, weil meine Familie schließlich schon vor mir auf das Laufband gegangen ist – und weil der Mann mit den roten Klecksen auf der Schürze so freundlich wirkt. Herr Müller hat sich schon den dritten Löffel eingeschoben und gibt sich Mühe, seine Begeisterungslaute zu variieren: »Mmh«, »Ohm«, »Aah«.

Ich nehme zögerlich den ersten Löffel. Es schmeckt … gut. Nicht hervorragend, außergewöhnlich, fantastisch; einfach gut. Gut und unverdächtig. Ich signalisiere Katja mit einem Blick, dass ihr Essen essbar ist, sie scheint zufrieden und langt nun auch selbst ordentlich zu. Wir mampfen stumm vor uns hin.

»Woher kennt *ihr* euch eigentlich?«, wiederholt Katja meine Frage, als Herr Müller gerade seinen ersten Nachschlag schöpft.

»Lange Geschichte«, sagt Herr Müller.

Ich fasse mal eben zusammen: Als Herrn Müllers Großeltern noch hier auf dem Hof gelebt haben, wurden sie einmal die Woche mit Lebensmitteln aus meinem Laden beliefert. Ein spezieller Service für treue und immobile, sprich gebrechliche Kunden. Ich hatte gerade dort angefangen, meinen Führerschein frisch gemacht und fand es daher sehr spannend, so oft die lange, freie Strecke entlangheizen zu dürfen. Bis zu hundertvierzig bin ich damals gelegentlich gefahren! Die Chancen, auf der Strecke geblitzt zu werden, lagen schon immer eher im Minusbereich. Zu diesem Spaß dazu gab es immer ordentliches Trinkgeld und manchmal ein Stück selbst gebackenen Kuchen. Im Sommer 1998, im Juni, bin ich wie üblich rausgefahren, aber die Großeltern Müller waren nicht mehr da. Dafür Herr Müller. Seine Eltern hatten sie ins Heim und ihn sozusagen ins Exil geschickt, weil er damals recht wild unterwegs war. Entweder wäre er innerhalb absehbarer Zeit im Knast gelandet oder eben auf dem Bauernhof, als Möglichkeit zur inneren Einkehr. So erzählt er es zumindest immer. Ich halte das mittlerweile für Imagebildung, denn er ist ein grundguter Mensch. Natürlich war ich überrascht, dass die Sache mit den Umquartierungen so schnell ging, ohne dass mir Herrn Müllers Oma und Opa davon erzählen konnten, und auch darüber, dass Herr Müller das mit sich hat anstellen lassen, immerhin ist er in Berlin aufgewachsen. Er wurde quasi von hundert auf null gedrosselt. Ich hatte ihm angeboten, den Lieferservice einzustellen, da er sich ja selbst versorgen kann, aber er fand das »ganz dufte«. Es ging also weiter. Drei Wochen später haben wir uns das erste Mal zusammen auf dem Bauernhof betrunken, sechs Wochen später bin ich eingezogen. Das Gerücht im Dorf, wir seien schwul, wurde sehr schnell von dem Gerücht abgelöst, Herr Müller habe es mit Frau Scheßlitz getrieben, während ihr Mann bei der Probe seiner A-cappella-Gruppe war. Das Gerücht hielt sich sehr hartnäckig, hauptsächlich, weil es stimmte.

Dieses Detail haben wir Katja natürlich nicht erzählt. Ansonsten ist sie nun umfassend über unsere Beziehung informiert. Nur eine Sache war ihr nicht so ganz klar. Als Herr Müller zwischendurch mal austreten musste und wir beide allein im Raum waren, rückte sie mir aufdringlich nah auf die Pelle und flüsterte mir im Verschwörerton zu: »Paul, ich habe eine Frage. Das mag jetzt komisch klingen, aber: Wie heißt Herr Müller mit Vornamen? Er mag es mir nicht sagen.«

Ich wollte einen Witz machen und flüsterte zurück: »Wenn ich dir das sage, muss ich dich töten.«

Auf ihre verschreckte Reaktion hin gab ich zu, dass ich nur hatte lustig sein wollen und rückte mit der Wahrheit heraus:

»Ich habe ihn ein Jahr gekannt, bevor er mir seinen Vornamen verraten hat. Es wird eine Zeit kommen, da erfährst du ...«, ich hörte Schritte im Flur, endete mit »... wie man unsere Waschmaschine bedient« und zwinkerte Katja zu. Sie verstand.

»Willkommen zurück, mein Bär«, sagte sie, als Herr Müller hereinkam.

Ich kann Tierkosenamen an sich nicht ausstehen, aber verglichen mit Herrn Müllers Vornamen ist jedes Tier die bessere Wahl. Der Quastenflosser vielleicht ausgenommen.

Montag, 14.30

Mir geht es gar nicht gut. Ich musste mich krankmelden. Annette hat es ganz locker aufgefasst.

»Dann ist eben Selbstbedienung an der Wursttheke«, hat sie gesagt.

Ich habe ihr versprochen, morgen auf jeden Fall wieder zu kommen. Das werde ich auch, ich war seit vier Jahren nicht mehr krank, ohne mich läuft das doch alles nicht.

Eine Stunde nach Öffnung hat Annette dann zurückgerufen. Frau Rottenbauer lasse grüßen und mitteilen, gegen einen verstimmten Magen helfe eine ordentliche Brotsuppe. Ich solle das so machen: Brot mit Butter beschmieren, mit Pfeffer und Salz würzen und in kochendem Wasser einweichen lassen. Das habe ihr auch im Krieg nicht geschadet, der Frau Rottenbauer. Ich musste dann leider auflegen. Es hat keine Minute gedauert, bis ich das nächste Mal kopfüber auf der Toilette hing.

So verbunden wie heute habe ich mich der Kloschüssel noch nie gefühlt. Wir haben sehr viel Kontakt. Und das auch noch in verschiedenen Positionen. Ich kann mir gar nicht vorstellen, dass Katja das nicht beabsichtigt hat. Außerdem ist es eigentlich unmöglich, dass andere Leute, sprich sie und Herr Müller, diesen Gulaschmischmasch ohne Folgen vertragen haben. Ich hatte ja schon am Esstisch so ein Gefühl, das Kalb-vor-Schlachthaus-Gefühl. Und es hat mich nicht getrogen. Katja hatte das Fleisch seit Freitag in Herrn Müllers Auto. Hätte ich das gestern gewusst, ich hätte keinen Bissen gegessen. Das gab einen ordentlichen Anschiss für Katja heute Morgen.

Herrn Müllers Verteidigungsargument, ich hätte als Kind eben mehr Dreck im Sandkasten essen müssen, um mich abzuhärten, ihm habe das schließlich auch nicht geschadet, fand ich nicht besonders konstruktiv. Katja schien gar nicht zu verstehen, worum es ging und dass sie schuld ist an meinem Zustand. Ich glaube, in ihrem Kopf sitzen ein paar Vögel auf einer Stromleitung, und immer wenn einer von ihnen piept, lacht sie einfach kurz los. Sie lacht öfter ohne Grund. Da kannst du ihr was vom Holocaust erzählen, und sie lacht, weil sie das Wort zum ersten Mal hört.

Herr Müller ist weggefahren, wer weiß, wohin und wozu, er ist mir nicht berichtspflichtig, wie das bei manchen Ehepaaren ist. Katja trampelt irgendwo im Haus herum, und ich liege halb tot im Bett. Ich deliriere. Keine Ahnung, ob es das Wort gibt, und wenn, ob es vielleicht etwas ganz anderes bedeutet als im Delirium zu sein, aber allein der Umstand, dass ich seit einer Stunde abwechselnd schlafe und über das Wort delirieren nachdenke, sollte Beweis genug dafür sein, dass ich deliriere. Essen konnte ich nichts weiter, obwohl ich schon auch Hunger hatte, aber es wäre alles sofort wieder rausgekommen, da bin ich mir sicher. Und jetzt liege ich eben da, mit leerem und krampfendem Magen und leerem und krampfendem Kopf.

Das Telefon klingelt. Das ist jetzt keine Einbildung. Sicher ein Notfall im Supermarkt. Als ich mich etwas zu hurtig aufrichte, wird mir augenblicklich schlecht. Ich falle wie ein losgelassener Besen wieder gerade nach hinten und stoße mir glücklicherweise nicht den Kopf an.

Inzwischen klingelt es schon zum dritten Mal. Ich habe eine Idee. Katja hat mich in diese Lage gebracht, sie muss mir jetzt assistieren.

»Katjaaaa, Telefoooon!«, bringe ich recht ordentlich heraus, beim zweiten Mal versagt mir die Stimme mitten im O. Telefoo-oh.

Kurz ist es still, und ich halte mich damit beschäftigt, regelmäßig ein- und auszuatmen, dann höre ich mit dem sechsten oder siebten Klingeln ein aufgescheuchtes Tippeln im Flur und lausche. Sie nimmt tatsächlich ab. Vielleicht wird doch noch was aus ihr. In dieser Situation finde ich es sehr vorteilhaft, dass sie ein so lautes Stimmorgan hat.

»Katja Königshofen, guten Tag ... Ach nein, das ist ja lustig, das habe ich am Freitag zum ersten Mal gesehen.«

Mein Mund öffnet sich wie von selbst. Ich glaube, meine Atmung setzt aus. Diese Worte in dieser Kombination, das kann nur eines bedeuten. Mir scheint, als wäre mein Zimmer plötzlich sonnendurchflutet und als strömte eine Brise wilder Ozeanluft hindurch. Ich richte mich vorsichtig, sehr vorsichtig ganz auf und lausche weiter.

»Nein, ein Herr Wildensorg wohnt hier nicht, da müssen Sie sich verwählt ...«

»DOCH!!! DOCH!!!«, schreie ich, jegliche Vorsicht meiner Gesundheit gegenüber und jegliche Würde vergessend. »Ich heiße Wildensorg! Ich bin Paul WildenSORG!«

»Momentchen, ich hätte da doch einen Herrn Wildensorg für Sie.«

Große Scheiße! Der Anruf, auf den ich mein Leben lang warte. Und was mache ich? Delirieren! Das muss ein Ende haben. »Gib mir sofort das Telefon!«, schreie ich, auf die Tür zustolpernd, reiße sie auf und gleiche gleichzeitig durch Festkrallen an der Klinke mein Schwanken aus.

Schon hat auch Katja die Treppe überwunden und steht vor mir. »Geben Sie dem Herrn Jauch einen Schmatzer von mir«, sagt sie und drückt mir das Telefon in die Hand. »Du siehst gar nicht gut aus«, flüstert sie mir zu.

Ich knalle die Tür zu, presse mich mit dem Rücken dagegen und starre auf den Hörer.

»Hallo? Hallo?«, höre ich eine leise Stimme.

Mir wird schwindlig. Ich gleite an der Tür entlang zu Boden, sitze jetzt und starre noch angestrengter auf den Hörer.

»Hallo?«, kommt es wieder.

Ich ziehe ganz langsam Luft ein, stoße sie etwas schneller wieder aus und hoffe, dass alles gut geht. Endlich ist es so weit.

»Paul Wildensorg hier.«

»Hallo Herr Wildensorg, wie schön, dass ich Sie dranhabe.« Die Stimme am anderen Ende ist freundlich, jung und sehr, sehr flott unterwegs. »Sie hatten sich bei *Wer wird Millionär* beworben.«

»R-richtig«, stöhne ich.

»Störe ich gerade?«

»Nein, um Himmels willen, nein!«

Das war vielleicht etwas überdeutlich. Cool bleiben, Junge, alles hängt davon ab, dass du sympathisch rüberkommst. Nebenbei einfach das Atmen nicht vergessen.

»Sehr schön. Ich darf Sie beglückwünschen. Der Zufallsgenerator hat Sie aus dem Pool der Bewerbungen ausgewählt, und Sie sind nun in der ersten Auswahlrunde.«

»Das ist ja toll!«, sage ich übereifrig. Noch mehr würde es mich freuen, wenn ich die beste Nachricht meines Lebens nicht quasi auf dem Sterbebett serviert bekäme.

»Wie schön, dass Sie sich so freuen. Es geht um die Aufzeichnungen in zwei Wochen. Montag oder Dienstag. Hätten Sie da Zeit?«

»Da muss ich erst mal nachsehen, Moment.«

Ich robbe hinüber zu meinem Schreibtisch. Dort liegt zwar auch ein Taschenkalender, aber ich habe etwas anderes im Visier. Im Kalender sind sowieso alle Seiten blank, das weiß ich. Was sollte ich da reinschreiben? Montag bis Samstag jeden Tag »Arbeit«? Wäre ja Quatsch.

»Warten Sie bitte kurz«, sage ich, lege den Hörer neben mir auf den Boden, greife zu einer Flasche Mineralwasser, schraube sie auf und schütte sie mir komplett über den Kopf. Das tut wirklich gut. In den Ohren prickelt es herrlich kitzlig nach. Ich fühle mich augenblicklich besser, wie neugeboren oder frisch getauft. Ich nehme die nette Frau wieder zur Hand.

»Hören Sie? Ja, da könnte ich.«

»Gut. Ich werde Ihnen nun abwechselnd einige Fragen

stellen, ohne Multiple-Choice-Vorgaben, und Sie auch ein bisschen zu sich selbst befragen. Seien Sie ganz locker, ganz entspannt. Bereit?«

Ich habe mich jahrelang auf dieses Gespräch vorbereitet, ich bin so was von bereit. Zur Not weiß ich auch, wo noch mehr Sprudelwasser steht. Für den Moment bin ich aber klar genug für die popeligen Auswahlfragen.

»Ich bin bereit.«

»Ich darf Ihnen keine Hilfestellungen geben und Ihnen auch nicht sagen, ob die Antworten korrekt waren. Es geht los: Welcher Fernsehpfarrer hatte in den Neunzigerjahren eine tägliche Talkshow im Ersten?«

»Jürgen Fliege.«

Das war keine Sekunde Bedenkzeit, guter Start.

»Wer war 1998 Ausrichter der Fußball-Weltmeisterschaft?«

»Das war, Moment, 1990 Italien, 1994 die USA und 1998 – Frankreich!«

»Was feierte Queen Elizabeth im Jahr 2012?«

»Ihr sechzigstes Thronjubiläum. Und ihren sechsundachtzigsten Geburtstag.«

»Entscheiden Sie sich bitte!«

»Es ist beides richtig.«

»Ich darf Ihnen nicht sagen, was richtig …«

Okay, allzu viel Klugscheißerei kommt sicherlich nicht gut an. Ich habe recht, aber sie hat nur eine Antwort auf dem Zettel, schon verstanden.

»Ich nehme das sechzigste Thronjubiläum.«

»Wie viele Feldspieler hat eine Handballmannschaft?«

»Mit Torwart?«

»Ich darf keine Gegenfragen beantworten, tut mir leid.«

Jetzt wird es aber albern.

»Sechs Feldspieler.«

»Wie lautete der bürgerliche Name von Loriot?«

Ha!

»Bernhard-Victor Christoph Carl von Bülow. Oder auch Vicco. Vicco von Bülow.«

»Huch.«

»Ich kenne mich gut mit Loriot aus.«

»Mit wie vielen Ländern hat Kanada eine Landesgrenze?«

»Mit einem.«

»Wie nennt man die Variante des Billards, bei der fünfzehn rote und sechs andersfarbige ...«

»Snooker.«

»Und noch eine Schätzfrage: Wie hoch ist das monatliche Passagieraufkommen des Frankfurter Flughafens?«

»Hm, das müssten etwa, sagen wir mal grob, hundertfünfzigtausend am Tag, sollte hinkommen, hochgerechnet also, ähm, viereinhalb Millionen.«

Nix da grob, habe ich kürzlich erst gelesen.

»Das war die erste Runde. Ab jetzt streue ich Fragen locker ins Gespräch ein.«

Die kommt hier mit Kreisligafragen an, wusste ich 's doch. Kein Wunder, was da manchmal für Geschöpfe auf dem Stuhl landen. Ich glaube, ich habe gerade eine Spontanheilung hinter mir. Ich springe auf, öffne meine Balkontür und gehe nach draußen zu meinem Meerschwein, während sie weiterredet.

»Erzählen Sie doch mal was von sich! Was tun Sie im täglichen Leben?«

Die Luft ist herrlich, nicht zu kalt, nicht zu warm, T-Shirt-tauglich. Das Pochen in meinem Kopf ist verschwunden, mein Magen quasi nicht existent, völlig egal, ob was drin ist oder was raus möchte, ich spüre es nicht. Ich bin nur noch Gehirn.

»Ich leite einen Supermarkt«, sage ich.

»Oho! Da haben Sie ja viel Kontakt mit Menschen.«

»Viel ist vielleicht übertrieben. Wir sind ein kleiner Dorfsupermarkt, die meisten Kunden kenne ich persönlich.«

»Sind Sie verheiratet?«

»Nein, ich bin, äh, auf Partnersuche. Und ich wohne in einer WG auf einem abgelegenen Bauernhof.«

»Das klingt spannend, da könnten Sie mit dem Herrn Jauch in der Sendung drüber reden.«

Auf meinem Rücken bildet sich augenblicklich ein Schweißsturzbach, den ich aber als ganz angenehm empfinde.

»Haben Sie dort auch Tiere?«

»Hühner und Kühe und ein Meerschwein.«

Ich gehe in die Knie und streichle es. Vielleicht sollte ich ihm endlich einen Namen geben. Günther würde sich doch anbieten.

»Können Sie mir alle Bundeskanzler in der Reihenfolge ihrer Amtszeiten nennen?«

»Bundeskanzler von Deutschland?«

»Wovon denn sonst?«

»In Österreich gibt es auch Bundeskanzler.«

»Von Deutschland.«

Und wie freundlich sie trotz ihrer Eingeschränktheit

immer noch ist. Ihr breites und unerschütterliches Lächeln schwingt in ihrer Stimme mit. Ihr Job muss ihr einen Riesenspaß machen.

»Adenauer, Erhard, Kiesinger, Brandt, Schmidt, Kohl, Schröder, Merkel.«

»Melken Sie die Kühe auch?«

»Ja sicher, bei drei Kühen lohnt sich keine Melkmaschine. Die Melkmaschine bin ich.«

»Haha! Was für Hobbys haben Sie denn?«

»Mein größtes Hobby ist *Wer wird Millionär*. Und manchmal gehe ich joggen. Außerdem lese ich viel.«

»Wie meinen Sie das, dass die Sendung Ihr Hobby ist?«

»Ich habe seit der ersten Folge alle gesehen.«

»Das ist ja unglaublich. An welchem Ozean liegt Kenia?«

»Am Indischen.«

»Welche Fremdsprachen sprechen Sie?«

»Englisch, Spanisch und Esperanto.«

»Esperanto?«

»Eine sehr einfache Weltsprache. Die Grundzüge kann man an einem Wochenende lernen, aber man findet wenig Gesprächspartner auf der Straße.«

»Hahaha! Sie sind ja 'ne Nummer!«

Es läuft gut, es läuft gut! Sie ist beeindruckt.

»Also, Herr Wildensorg, das sollte es fürs Erste schon gewesen sein.«

»Ach, schon? Und wie stehen nun meine Chancen auf den Stuhl?«

»Es läuft jetzt folgendermaßen: Wenn ich mich bis Donnerstag, achtzehn Uhr, nicht wieder bei Ihnen melde, sind

Sie leider nicht weiter. Natürlich können Sie sich wieder bewerben. Ihre Antworten werden mit denen der anderen zufällig bestimmten Kandidaten verglichen, das ist das Kriterium fürs Weiterkommen. Schönen Tag noch!«

Das war jetzt aber abrupt.

»Auf Wiederhö…« Schon aufgelegt. Zwischendurch war sie netter. Aber das lief wirklich, wirklich gut!

Donnerstag, achtzehn Uhr also. Ich habe ein Ziel. »Donnerstag«, sage ich zu meinem Meerschwein und gehe wieder nach drinnen. Ich habe plötzlich ein starkes Hungergefühl. Wenn ich mir vorstelle, Herr Müller hätte Katja nicht angeschleppt… Ich wäre heute arbeiten gewesen, ich hätte den Anruf nie gekriegt, weil ich bei allen Bewerbungen immer nur meine Festnetznummer angegeben habe. Ich könnte, ich muss Katja dafür knutschen.

Ich finde sie in der Küche. Sie liest sich selbst laut die Zeitung vor, als wäre sie eine Nachrichtensprecherin. Allerdings klingt der Inhalt eher nach den RTL2-News, Klatschgeschichten und Vermischtes. Spontan entscheide ich mich doch gegen das Knutschen. Dafür inspiriert mich ihre Lektüre zu einer ganz anderen Idee.

»Katja!«, sage ich, mit aller mir möglichen Freundlichkeit in der Stimme.

»Bist du nicht mehr böse auf mich?«, fragt sie fast eingeschüchtert.

»Nein, Katja. Ich brauche deine Hilfe. Du musst mir alles über Prominente beibringen!«

Donnerstag, 14.00

Es wäre schön, wenn man das Leben wie in einem Buch beschleunigen könnte. Einfach mal drei Tage Langweilendes ausblenden und zack, sitzt man wieder da und wartet auf den entscheidenden Anruf. Blöd, dass das nicht geht. Ich hatte drei schreckliche Tage. Zwar bin ich wieder voll bei Kräften, der Anruf hat mich geheilt, aber ich habe kaum geschlafen vor Aufregung, und wenn, dann habe ich davon geträumt, dass ich bei der 500-Euro-Frage rausfliege.

Herr Müller redet nicht mehr mit mir. Er ist sauer, dass nicht er statt meiner angerufen wurde, obwohl er doch genauso stark darauf gehofft hat. Als ob es ein Duell wäre. Ich weiß ja nicht mal, wie viele Gegner ich gerade habe. Sowieso hat sich das Dreiecksverhältnis auf unserem Bauernhof seltsam verschoben. Katja ist sehr um mich bemüht und verhätschelt mich geradezu. Sie hat mir meinen Wunsch erfüllt und mich umfassend über die Welt der Stars und Sternchen aufgeklärt – im Rahmen ihrer Möglichkeiten. Die Namen aller Kinder von Madonna und Brangelina wusste sie aus dem Effeff, doch dann wurde es schon dünn. Aber sie hat sich bemüht und mir viel aus Wikipedia und Bunte.de zusammenkopiert und ausgedruckt, fünfzig Seiten Fakten, unterteilt in die Kapitel »Königshäuser«, »Hollywood« und »Deutsche Prominenz«. Ich werde alles intensiv studieren, wenn denn der Anruf endlich kommt, und dann mein Wissen an Frau Rottenbauer testen. Die weiß ja sowieso alles, was jemals gedruckt wurde.

Ich werde noch verrückt. Seit Dienstagmorgen, als ich wieder arbeiten war, denke ich nur noch: der Anruf, der Anruf, der Anruf. Gestern und heute habe ich mir dann freigenommen, mir ein Pistolenhalfter aus der Faschingskiste an den Gürtel geschnallt und da drin das Telefon den ganzen Tag mit mir herumgetragen. Alle paar Minuten schaue ich drauf, ob nicht ein verpasster Anruf angezeigt wird und ob der Akkubalken noch groß genug ist. Vier Stunden noch. Wie soll ich das überleben?

Donnerstag, 18.00

Die Deadline ist um, der Anruf ist nicht gekommen. Ich fühle mich, als wäre jemand gestorben, völlig leer, völlig verbraucht und wertlos. Ich glaube, ich selbst bin zu einem Teil gestorben. Warum nur? Warum ausgerechnet ich? Ich habe alle Fragen richtig beantwortet, alle! Ich habe nichts falsch gemacht, war gewitzt und habe kluge Dinge gesagt. Seit einer Stunde habe ich mich in meinem Zimmer eingeschlossen. Das Telefon liegt auf dem Boden, ich umrunde es und beobachte das Meerschwein beim Herumtollen auf dem Balkon; ich will gar nichts denken und denke viel zu viel. Und ich schwitze, weil mir unglaublich heiß ist, obwohl das Innenthermometer lediglich neunzehn Grad anzeigt. Ich habe versagt! Die ganzen Dumpfbacken, die sich schon auf diesen Stuhl gesetzt haben, wie haben die das gemacht? War ich vielleicht zu gut? Nehmen die keinen, der alles weiß? Nehmen die lieber Hornochsen, die ohne

Geld um die Welt trampen, wenn sie nicht gerade in der Sendung sitzen, nur damit sie davon erzählen können? »Diese Sendung kann Ihr Leben verändern, und jeder kann es schaffen« – so wurden die allerersten Sendungen damals beworben. Und jetzt soll es darauf ankommen, dass man eine möglichst lustige Lebensgeschichte, ein Tattoo auf der Stirn oder eine dumme Frisur hat, aber keine Ahnung von Tuten und Blasen?

Ich hasse die Medien! Ich hasse die Sendung, und ich hasse Günther Jauch!

Es ist sieben Minuten nach achtzehn Uhr. Ich klaube das Telefon vom Boden, schließe meine Zimmertür auf und mache mich auf den Weg runter in die Küche, um Herrn Müller und Katja mein Versagen zu beichten. Ich schwitze immer noch, vor allem aus den Augen. Vielleicht vorher noch mal ins Bad und kaltes Wasser ins Gesicht. Das Telefon im Halfter klingelt. Ja, super. Am besten hole ich den riesigen Sack Hoffnung jetzt sofort wieder aus der imaginären Abstellkammer, damit er endgültig zerplatzen kann, wenn auf dem Display »Mutti ruft an« steht. Ich sehe auf das Display: Nummer unterdrückt. Ich gehe ran.

»Wildensorg und Müller, Wildensorg hier.«

»Hallo, hier ist die Redaktion von *Wer wird Millionär*.«

Mein Herz bleibt stehen.

»Sie haben es geschafft!«

Es ist wieder die gleiche Frau.

»Ich bin in der Sendung?«

»Nicht so übermütig. Sie sind in der zweiten Auswahlrunde!«

Bitte?! Was soll das? Ich dachte, es sei schon alles geschafft. Ist Folter nicht verboten in der zivilisierten Welt?

»Aha«, antworte ich geistreich und vielleicht etwas zornig.

»Sie sind *quasi* in der Sendung, eine kleine Hürde gibt es noch zu meistern.«

»Nämlich?«

»Ich würde gern noch ein bisschen mit Ihnen plaudern, über Ihre Ecken und Kanten, Ihre Macken, darüber, was Sie mit der Million machen würden, vielleicht ein neues Auto kaufen und so weiter. Und es gibt da auch noch mal ein paar Auswahlfragen.«

»Okay, fragen Sie!«

»Außerdem würde ich Sie gerne dabei sehen. Haben Sie Skype?«

»Ja.«

»Wie wäre es nächste Woche Mittwoch?«

Ich brauche nicht lange für die Antwort, und diesmal schließe ich mich ihrer Sprechgeschwindigkeit an: »Das sind noch sechs Tage. Bitte, können wir das irgendwann früher hinbekommen? Ich war jetzt schon nervlich ziemlich am Ende und dachte, wenn Sie mich anrufen, bin ich drin, und jetzt kommt noch was und das soll noch länger dauern als die Warterei bisher? In den letzten Minuten habe ich gedacht, ich bin schon draußen, weil Sie nicht bis zur Deadline angerufen haben und, also, Sie schicken mich da wirklich auf eine emotionale Achterbahnfahrt grade. Ich finde das nicht gut, gar nicht.«

»Oh, Entschuldigung! Es hat einfach heute etwas länger gedauert mit der Terminplanung für die Videointerviews, und Sie sind im Alphabet eben weit hinten, deswegen rufe ich jetzt erst an.«

»Wie viele andere sind es denn noch?«

»Darüber darf ich leider keine Auskunft geben. Passen Sie auf, Sie sind *quasi* in der Sendung. Und ich habe *quasi* schon Feierabend. Ich kann Ihnen maximal noch Montag zwischen fünfzehn und sechzehn Uhr anbieten oder … morgen zur gleichen Zeit.«

»Morgen zur gleichen Zeit!«

»Na wunderbar, also morgen, fünfzehn Uhr. Ich schicke Ihnen dann noch eine Mail mit allem, was Sie wissen müssen und vor allem mit allem, was ich gerne von Ihnen wissen würde. Ich brauche dann nur noch Ihre E-Mail-Adresse und …«

Ich liebe die Medien! Ich liebe die Sendung, und ich liebe Günther Jauch!

Freitag, 15.00

Vielleicht wäre es nicht dumm gewesen, mir eine Weltkarte hinter den Computer zu hängen. Nur zur Sicherheit, falls irgendwelche Geografiefragen kommen, die ich nicht sofort beantworten kann. Aber das wird nicht passieren. Ich bin gerüstet, ich bin klug, ich bin gut. Ein Motivationstrainer hätte mir das nicht besser einbläuen können, als ich selbst es getan habe. Arbeiten war ich wieder nicht, man muss schließlich Prioritäten setzen. Ich denke darüber nach – für den Fall, dass ich das Interview gleich gut hinbekomme –, eine Aushilfe für mich einzustellen. Mit anderen Worten: Ich *werde* eine Aushilfe einstellen müssen. Dann kann ich ein paar Tage lang in Ruhe und bauernhöfischer Abgeschiedenheit das ganze Wissen der Menschheit in mich aufsaugen. Herr Müller und Katja scheiden als Vertretung für mich im Laden aus, und zwar aus dem gleichen Grund. Erstens brauche ich sie für verschiedene Wissensgebiete zur Vorbereitung, zweitens bin ich in allen anderen Bereichen nicht von ihrer Zuverlässigkeit überzeugt. Herr Müller hat alle paar Wochen einen anderen Handlangerjob oder ein neues eigenes Unternehmen, meist nur in seinem Kopf, und Katja hat, glaube ich, noch nie richtig gearbeitet. Sie würde ohnehin den ganzen Tag lang nichts anderes als unsinnige Durchsagen über den Lautsprecher machen. Das kann ich Frau Rottenbauer nicht antun. Annette auch nicht. Egal, es wird sich schon jemand finden, ist ja nur bis zur Aufzeichnung, und der bin ich in diesem Moment so nah wie nie. Das Skype-Anklopfgeräusch zieht mich mit seinen sphärischen Klängen in eine andere Realität. Ich starte die Kamera und nehme den Anruf an.

Freitag, 15.46

Es ist gar nicht gut gelaufen. Ich hatte ja erwartet, spätestens durch die Beispiele in der E-Mail, dass sie vielleicht eine einzelne lustige oder peinliche Geschichte aus meinem Leben hören will, aber dass es von fünfundvierzig Minuten Gesprächszeit vierzig Minuten lang ausschließlich um peinliche Geschichten gehen sollte, das war mir nicht so ganz klar. In dieser Mail, die sie mir gestern direkt nach dem Telefonat noch geschickt hat, standen sehr komische Dinge, komisch allerdings nicht im Sinne von lustig, sondern im Sinne von eigenartig:

Überlegen Sie sich, welche außergewöhnlichen und skurrilen Situationen Sie schon erlebt haben. Welche Marotten zeichnen Sie aus und machen Sie besonders? Können Sie sich vielleicht nur auf dem Balkon die Zähne putzen und müssen dabei im Winter frieren? Fällt Ihr Onkel auf Geburtstagspartys immer in den Teich? Brüllen Sie beim Autofahren andere Fahrer oder noch besser Tiere an? Macht es Ihnen Spaß, Haare aus dem Abfluss in der Dusche zu ziehen …

… und sie danach zu essen. Ich war mir sicher, dass diese Mail eine Art Scherz war. Jetzt bin ich klüger. Der ständig wiederholte Satz im Videointerview war: »Haben Sie vielleicht eine noch ausgefallenere Geschichte?« Ich meine, worum geht es denen eigentlich? Soll man nun da in die Sendung, um den Clown zu geben und sich vor allen lächerlich zu machen oder doch eher, um die Antworten zu wissen und Geld zu gewinnen? Ich hoffe, die nehmen es mir nicht zu sehr übel, dass ich nur Dorf- und Bauernhofgeschichten erzählt habe, aber bei mir passiert halt sonst auch nichts.

Einen Moment lang hatte ich überlegt, einfach was über Herrn Müller zu erzählen und zu behaupten, *ich* hätte das alles erlebt. Seine Geschichten sind wirklich spannend. Er wollte zum Beispiel mal am Neujahrstag in einem Gebirgsbach baden, um sich abzuhärten. Die Strömung hat ihn dann ins Tal gespült, was so nicht beabsichtigt war. Bei der Familie, die ihn herausgezogen und aufgetaut hat, hat er dann eine Woche lang gewohnt. Jetzt ist er der Patenonkel von ihrem neuesten Kind.

Davon abgesehen, dass ich nur langweiligen Schrott erzählt habe, wusste ich wieder alle Antworten. Allerdings gab es nur fünf Fragen, ganz am Anfang, und dann das Verhör, so bezeichne ich das mal. Du sitzt da, wirst gefilmt, eine Stimme spricht zu dir und animiert dich, Peinlichkeiten auszupacken. Richtig: eine Stimme; die Videoverbindung ist nämlich nur one-way, ich hatte kein Bild von ihr, und das war kein Versehen, das läuft immer so, hat sie gesagt. Ihren Namen hat sie mir auch nicht verraten, als ich gefragt habe. »Es geht hier doch um Sie«, hat sie gesagt, sehr freundlich im Übrigen. Dass die E-Mail nicht unterschrieben war, hatte ich vorher ebenfalls noch für ein Versehen gehalten. Jetzt weiß ich: Es ist System. Für den Kandidaten läuft dieser ganze Auswahlprozess genauso intransparent ab wie eine Papstwahl. Irgendwann kommt schwarzer oder weißer Rauch, und erst dadurch weiß man, ob es geklappt hat oder nicht. Was aber vorher hinter verschlossenen Türen vor sich ging, wird man nie erfahren. Irgendwie fühle ich mich jetzt schmutzig.

Aber ich wusste alle Antworten! Hoffentlich rufen sie noch mal an, dann bin ich nämlich tatsächlich drin in der Sendung. Das heute war die letzte Hürde. Wirklich, die Stimme hat es mir versichert. Neue Deadline ist Dienstag, achtzehn Uhr.

Montag, 20.15

Katja hat Popcorn gemacht. Sie macht einfach so Popcorn! Ich finde nicht, dass Popcorn vor den Fernseher gehört, ich finde sowieso nicht, dass Popcorn eine natürliche Zwischendurchnascherei ist. Von Schokolade und Flips und Pistazien und Fischli ist Popcorn in meinem Empfinden meilenweit entfernt. Popcorn ist für mich eher exotisch, das gehört in einen anderen Kulturkreis. Es gehört vor allem nicht auf unseren Bauernhof. Was sollten unsere Nachbarn denken, wenn wir welche hätten? Heute machen sie sich einfach so Popcorn, morgen schmücken sie ihre Scheune mit zwanzigtausend Glühlämpchen, hissen die »Stars and Stripes« und knallen jeden ab, der einen Fuß auf ihr Grundstück setzt. Mit Popcorn geht das los.

Das letzte Mal Popcorn gegessen habe ich, als ich das letzte Mal im Kino war. 2009 war das, zusammen mit Herrn Müller. Es lief *Slumdog Millionaire*, ein Film über einen Gossenjungen, Jamal, der beim indischen *Wer wird Millionär* bis zum Ende durchspielt und zwanzig Millionen Rupien gewinnen kann. Ich fand ihn super, den Film. Habe mir danach direkt das Poster gekauft, das hängt jetzt über dem Fernseher, neben dem Autogramm von Günther Jauch. Mein Lieblingszitat aus dem Film ist ganz vom Anfang, als Jamal verhört und gefoltert wird, weil der Polizist ihm nicht glaubt, dass er nicht beschissen hat.

Der schmierige Bulle sagt: »Professoren, Anwälte, Ärzte, Leute mit Allgemeinbildung schaffen nicht mal mehr als sechzehntausend Rupien. Er hat schon zehn Millionen.

Was kann denn so ein Slumdog überhaupt schon wissen?« Und Jamal sagt: »Die Antworten.« Das war groß.

Der Moderator bei *Slumdog Millionaire* ist ein ziemlich schleimiger Typ mit einer Menge Dreck am Stecken, der seine Kandidaten vor dem Publikum vorführt und ihnen sogar heimlich zuflüstert, dass sie nichts draufhaben. Ein Anti-Jauch. Gut, wer weiß, ob Jauch das nicht manchmal auch über einen Kandidaten denkt? Aber wenn er jemanden nicht mag, dann sagt er das nicht, dann macht er ihn nicht offensichtlich fertig. Nee, Jauch würde da eher sagen »Sie sind ja 'ne Nummer« und dabei das Gesicht verknautschen und eine Augenbraue hochziehen. Das wirkt aber schon ganz anders als das freundlich-anerkennende »Sie sind ja 'ne Nummer« in anderem Tonfall, dabei nickt er dann eher grinsend vor sich hin und faltet die Hände hinter dem Kopf und dreht sich auf seinem Stuhl hin und her. Man merkt es Jauch an, wenn ein Kandidat ihm Spaß macht. Und eben auch, wenn nicht. Aber charmant bleibt er trotzdem immer. Ich habe mir in all den Jahren, in denen ich *Wer wird Millionär* gucke, nie gedacht, dass Jauch gerade besonders fies zu einem Kandidaten war. Wenn er mal nicht direkt einen Joker anrät und der Kandidat dann rausfliegt, hat er es meistens auch verdient, finde ich. Jauch macht seinen Job gut, auf höchstem Niveau, das ist solide und unterhaltsam. So gehört sich das.

»Willst du nun Popcorn, Paul?«

»Nein danke.«

»Du wirkst irgendwie abwesend.«

»Bin ich nicht, ich bin voll da«, antworte ich Katja etwas pampig und beweise das auch sofort: »Der Kandidat studiert Maschinenbau und will sich eine weiße Vespa von seinem Gewinn kaufen.«

»Nun sei mal ein bisschen freundlicher zu Katja, ja?«, mischt sich Herr Müller ein. »Du musst nicht denken, dass du jetzt schon der große Star bist, nur weil du da vielleicht in die bescheuerte Sendung kommst.«

Er ist noch immer nicht drüber weg, dass ich und nicht er angerufen wurde. Ich würde meinen Zustand jederzeit mit ihm teilen. Er kann gerne was von meinem sich aufbauenden, psychosomatisch bedingten Magengeschwür abhaben. Das habe ich mir selbst diagnostiziert. Ich finde es nur logisch, dass ich körperlich und geistig am Ende bin und nicht mehr länger als eine Stunde am Stück schlafen kann. Das ist doch pervers. Du denkst dreimal, das war es jetzt und du bist endlich dabei, und noch immer ist der Weg auf den Stuhl so verdammt weit, selbst wenn du in die Sendung kommst. Machen die vom Fernsehen sich denn keine Gedanken, was sie den Leuten damit antun? Da geben sie einem mal eben die Möglichkeit, einen Blick auf ein paar Jahresgehälter zu werfen und sie sich vielleicht einzustecken. Ganz, ganz vielleicht. Woran sie es eigentlich festmachen, ob genau du die Chance bekommst, weiß niemand. Dass man sich in so einer Situation Gedanken macht, ist doch wohl klar. Womöglich hätte ich doch die Lebensgeschichte von Herrn Müller als meine verkaufen oder mir selbst ein paar abgefahrene Geschichten ausdenken sollen, die ich in der Sendung hätte erzählen können. Ich möchte auf einem Elefanten den Ärmelkanal überqueren, das wäre mein Favorit, so im Nachhinein. Hätte ich doch vorher mal nachgedacht, weshalb sie auch noch ein

Videointerview drehen wollen. Ich hätte das richtig gut gemacht, wenn ich gewusst hätte, worum es überhaupt gehen soll.

Ach, ist das alles scheiße, ich kann mich nicht mal auf die Sendung konzentrieren. Wie Katja und Herr Müller das Popcorn in sich reinfressen, hat irgendwie eine meditative Wirkung auf mich, die Stimme von Günther Jauch aus dem Fernseher ist ein guter Soundtrack dazu. Gerade sagt er »... wenn Sie den Zusatzjoker genommen hätten, wie ich Ihnen geraten habe. Tja. Ich fasse mal für Sie zusammen: Bei einer falschen Antwort fallen Sie zurück auf fünfhundert, Sie können auch sagen, Sie gehen mit achttausend nach Hause. Bei einer richtigen Antwort haben Sie sechzehntausend, und die nächste ist Ihre Freischussfrage.«

Die Antwort ist D, Brad Pitt, Katja wusste das sofort, Herr Müller und ich sowieso. Der Eumel auf dem Stuhl sagt aber A, Leonardo DiCaprio. 500 Euro und tschüss. Schnelle Auswahlrunde, neuer Kandidat, und schon ist Werbung. Wir schalten auf irgendein drittes Programm um, in dem auch ein Quiz kommt, das Frank Plasberg moderiert und bei dem Bernd Stelter am Ratepult steht.

»Bernd Stelter ist mir irgendwie unsympathisch«, sagt Herr Müller.

»Wer ist Bernd Stelter?«, fragt Katja.

»Der Mann da im Fernsehen«, steuere ich bei.

Katja nickt andächtig. Herr Müller setzt seine Ausführungen fort: »Immer wenn ich Bernd Stelter ansehe, stelle ich mir vor, dass er eine Minute am Stück furzt, sobald er unbeobachtet ist.«

»Nein!«, schreie ich ungläubig.

»Also, so schlimm ist das auch nicht«, sagt Herr Müller.

»Ich meine nein im Sinn von krass, weil ich mir das auch immer vorstelle. Weil er so ein verkniffenes Knautschgesicht hat und man sich immer denkt, das ist nicht nur im Gesicht so. Und weil er so aufgepumpt wirkt und die Luft doch auch irgendwo hinmuss.«

»Genau!«, ruft Herr Müller. Wir lachen zusammen. Katja wirkt irgendwie ängstlich.

»Wow, Herr Müller. Ich hab mir schon immer gedacht, wenn Bernd Stelter zu Hause und allein ist, dann stellt er sich ans Fenster, breitet die Arme aus, entspannt sein Gesicht und alles andere und furzt eine Minute am Stück. Genau das hab ich immer gedacht! Aber das sagt man ja nicht, weil es eklig ist. Und jetzt sagst du es einfach so. Genial.«

»Wir verstehen uns eben«, sagt Herr Müller und lacht gleich noch mal. »Der Stelter furzt sich immer ordentlich aus, bevor er ins Bett geht, das hab ich mir immer gedacht.« Er lacht noch lauter.

Herr Müller lacht sonst eigentlich nie, sein Humor und seine Freude sind eher trocken. Es ist ein wirklich seltener Moment. Katja wirkt auch ganz irritiert, nimmt vorsichtshalber die Fernbedienung und schaltet zurück. Über Bernd Stelter haben wir Günther Jauch völlig vergessen. Über Bernd Stelter und der Feststellung, dass wir voll auf einer Wellenlänge liegen.

»Ich hoffe, dass sie dich morgen anrufen«, sagt Herr Müller und scheint sich direkt dafür zu schämen. Das war das Emotionalste, was er jemals zu mir gesagt hat.

Im Fernsehen ertönt die Schlusssirene.

Mittwoch, 08.45

Frau Oberhaid bemüht sich wie jeden Tag, ihre 20,76 Euro passend zusammenzubekommen und verbirgt ihr Gesicht im Kleingeldfach ihrer Geldbörse.

»Zwanzig sechsundsiebzig sagen Sie, Paul?«

»Ja, Frau Oberhaid, zwanzig sechsundsiebzig«, sage ich etwas genervt und bin sofort erschrocken über meinen Unterton. Ich bin nicht ganz anwesend, mindestens eine Gehirnhälfte habe ich seit der Teilnahmebestätigung an Günther Jauch verloren. Sie haben wirklich angerufen. Früher sogar als erwartet, drei Stunden vor Deadline. Wir haben dann sofort eine Flasche Sekt aufgemacht und gefeiert und meine Taktik besprochen. Zusatzjoker oder nicht, wen als Telefonjoker und so weiter. Ich bin ziemlich guter Dinge, aber es muss noch viel geregelt werden. Und ich mache mir jetzt ganz andere Arten von Sorgen. Was soll aus dem Laden werden, wenn ich wegen plötzlichen Reichtums kündigen muss? Am liebsten würde ich schon weiterarbeiten, aber einen Gewinn bei *Wer wird Millionär* kann man nun mal nicht vor seinen Mitmenschen verbergen. Die sehen das doch alle. Frau Oberhaid würde nicht mehr jeden Tag nach ihren zwanzig sechsundsiebzig fragen, sondern nach meinen fünfhunderttausend – oder was immer es werden wird. Keiner würde es verstehen, würde ich noch länger an der Kasse sitzen, statt mir teure Dinge und viel Freizeit zu leisten. Vielleicht sollte ich einfach den Laden kaufen. Ja, das ist DIE Idee, ich werde Pächter. So bleibe ich dem Laden weiter verbunden, kann vorbeischauen, wenn ich Lust dazu habe, mich sogar an die Kasse setzen oder Regale auffüllen. Solange »Geschäftsführer« auf meinem Namensschild stünde, hätte ich allen nötigen Respekt und eine enorme natürliche Autorität. Es würde mir große Sympathien im Dorf einbringen, wenn ich trotz meiner Position meine Kunden an der Kasse begrüßen würde. Zunächst mal müsste ich natürlich Namensschilder für die Angestellten und mich einführen, dann ist das alles umsetzbar.

»So, bitte, Paul, zwanzig achtzig, kleiner hab ich's leider nicht.«

»Kein Problem, Frau Oberhaid, vier Cent retour, und einen schönen Tag wünsche ich!«

»Ach, Paul, eines noch.«

»Ja, Frau Oberhaid?«

»Ich hab das Schild gesehen, am Eingang. Nehmen Sie da auch Minderjährige?«

Um mich mit allen mir möglichen geistigen Ressourcen auf die Sendung vorzubereiten, hatte ich beschlossen, noch ein paar Tage meines reichlich vorhandenen Resturlaubs zu nehmen, um mich zusammen mit Herrn Müller und Katja für alle Wissensgebiete fit zu machen. Den Plan hatte ich ja schon vor der Zusage im Kopf. Ich will Annette nicht noch mehr Tage allein im Laden zumuten, deshalb suchen wir nun dringend eine Aushilfe, die mich kurzfristig vertreten soll. Das Pappschild mit der Stellenanzeige hatte ich erst einige Minuten bevor Frau Oberhaid zum täglichen Einkauf erschienen war an die Ladentür gehängt.

»Wie minderjährig denn genau?«, frage ich voller Hoffnung, dass sich die Dinge vielleicht einfach und schnell regeln lassen.

»Etchen ist siebzehn.«

Warum Frau Oberhaid ihrem Sohn nun ausgerechnet den für sie unaussprechlichen französischen Vornamen Etienne hat geben müssen, ist wohl eine Frage im Millionenbereich.

»Das wäre absolut kein Problem. Wir dürfen Arbeitskräfte ab sechzehn beschäftigen. Natürlich würde es nicht sehr viel Geld …«

»Etchen braucht überhaupt kein Geld, aber eine Beschäftigung, die braucht er dringend. Seine Ausbildung fängt erst im Herbst an, und bis dahin hat er anscheinend vor, zu Hause zu sitzen und auf seinem Telefon rumzuwischen.«

»Wir könnten es auch als eine Art Praktikum …«

»Hervorragend, Paul. Ich bringe ihn dann morgen mit.«

»Gerne, fragen Sie ihn, dann können wir morgen ein Vorstellungsgespräch …«

»Der wird nicht gefragt und braucht auch kein Vorstellungsgespräch«, rumpelt sie los. Wenn Frau Oberhaid ins Rumpeln gerät, ist keine Einrichtung sicher. Nicht dass es mich stören würde, aber ganz nüchtern betrachtet braucht sie, wenn sie ins Kino geht, den Doppelplatz für Pärchen. Ihre physische Präsenz ist so einschüchternd, dass ich mir Sorgen um mein Inventar machen würde, würde sie richtig loslegen. Doch sie hat sich schon wieder gefangen und diktiert fast sachlich die Vorgehensweise: »Sie lernen ihn morgen ein, Paul! Der Junge muss was zu tun kriegen. Ich ertrage das Herumgelungere nicht mehr. Der muss raus!«

Frau Oberhaids ansonsten berüchtigte Nettigkeit scheint innerhalb ihrer Familie nicht so ausgeprägt zu sein wie bei ihren Einkäufen oder ihren Rundgängen im Dorf auf der Suche nach neuen Informationen aller Art. Da es nicht schaden kann, mal etwas frischen, jugendlichen Wind im Laden zu haben, widerspreche ich ihr nicht, begleite sie sogar zum Eingang/Ausgang und nehme das Schild mit dem Stellenangebot direkt wieder aus der Tür. Wir besiegeln Etiennes ungeschriebenen Arbeitsvertrag mit einem gegenseitigen Zunicken und sagen zeitgleich »Auf Wiedersehen«. So macht man Business im Dorf.

Donnerstag, 08.02

Etienne Oberhaid scheint wirklich nicht sonderlich motiviert, sich etwas anderes als das Display seines Smartphones vor Augen zu führen.

»Etchen! Jetzt schalt das Ding aus! Sonst nimmt es der Paul dir weg!«, herrscht Frau Oberhaid ihre letzte Hoffnung auf den Fortbestand des Familiennamens an. Ich befürchte, meine natürliche Autorität reicht nicht aus, um ihre Drohungen wahr machen zu können. Ich arbeite nicht mit Verboten, sondern mit Lob und Motivation, außerdem ist Etienne Oberhaid zehn Zentimeter größer als ich und erscheint mir für sein Alter sehr muskulös. Auf natürliche Art muskulös, wie Jugendliche das eben sind, er trainiert sicher nicht viel, wenn er nur untätig herumliegt, wie seine Mutter sagt. Und er sieht, das muss man so ganz objektiv einfach sagen, aus wie ein junger Gott; als wäre er aus einem Hollywoodfilm herausgehüpft und hier gelandet. Dass Frau Oberhaid und ihr pflaumengesichtiger Mann das zustande bringen konnten, widerspricht jeder genetischen Lehre. Mir ist es völlig egal, wie viel Arbeitszeit er mit seinen Apps verschwenden wird. Wenn es sich herumspricht, dass man in meinem Laden täglich zehn Stunden diesen Adonis bestaunen kann – die weibliche Dorfjugend wird uns einen enormen Umsatzzuwachs bescheren. Ich kann schon die Eurozeichen vor mir aufblitzen sehen. Mir kommt sofort die Idee, einen lebensgroßen Pappaufsteller von dem Jungen mit den dichten schwarzen Haaren und den Welpenaugen anzufertigen und ihn vor den Laden zu stellen. »Hier bedient Sie freundlich: Etienne!« Vielleicht, wenn er dazu noch seinen Pullover auszöge ... Annette ist sicherlich genauso begeistert von dieser Werbeaktion, wir haben schon lange nichts Innovatives mehr gemacht, eigentlich noch nie. Das wäre auch was völlig anderes als meine frühere Vision, den großen Durchbruch mit dem Verkauf von Bubble Tea zu schaffen. Etienne ist nämlich schon da und bedeutet keinen zusätzlichen Arbeitsaufwand, sondern im besten Fall das Gegenteil.

Er überrascht mich nicht nur durch seine Erscheinung, sondern auch durch seine Folgsamkeit. Er hat sein Telefon tatsächlich eingesteckt und gibt mir die Hand.

»Freut mich, ich bin Etienne«, sagt er und strahlt wie der Kinderriegel-Junge auf mich herab. Ich schmelze dahin und sehe mich schon in meinem Geldspeicher baden.

»Wir beginnen den Rundgang bei der Tiefkühlkost«, sage ich dennoch in ganz geschäftsmäßigem Ton.

»Etchen! Benimm dich! Auf Wiedersehen, Paul!«, sagt Frau Oberhaid.

Ich höre, wie sie im Hinausgehen murmelnd ein »Gegrüßest seist du, Maria« anstimmt. Etiennes Vermittlung an uns scheint ihr eine große Last genommen zu haben.

Mir genauso. Heute komplett und morgen halbtags werde ich ihn betreuen und einlernen, dann bleiben mir noch neun Tage, um mich mit größter Akribie auf die Sendung vorzubereiten. Ich nehme mir vor, Etienne während seiner Highspeed-Lehre ab und an ein paar Informationen aus der Jugend- und Popkultur zu entlocken; nur ganz nebenbei, von meiner *Wer-wird-Millionär*-Teilnahme werde ich ihm nichts erzählen. Das bleibt so geheim wie möglich, bis es im Fernsehen läuft. Nur keine zu hohen Erwartungen aufbauen, so versuche ich das auch intern zu handhaben. Wir sind an den Tiefkühltruhen angekommen, und ich beginne mit der Wissensvermittlung.

»Was ist das, Etienne?«, frage ich ihn oberlehrerhaft und deute nach unten. Vor meinem inneren Auge blitzen die Buchstaben A, B, C und D auf.

»Ein gefrorenes halbes Hühnchen.«

»Richtig«, sage ich.

Ich habe ein gutes Gefühl bei dem Jungen.

Donnerstag, 11.40

Etienne Oberhaid ist wirklich auffassungsstark. Das Kassieren hat er in einer halben Stunde gelernt. Natürlich ist er noch nicht so flott unterwegs wie ich. Über ein Jahrzehnt Kassiererfahrung lässt sich nicht so schnell aufholen, die Routine macht da viel aus. Es geht nicht nur darum, die Produkte über den Scanner zu ziehen, man muss außerdem auf den Kleingeldnachschub achten, Obst und Gemüse wiegen, zu jedem Kunden individuell freundlich sein, so wie er oder sie es eben gerne hat, und den Gesamtüberblick behalten und so weiter, keine leichte Sache. Aber Etienne ist im Bereich Multitasking auf Zack. Ich habe mittlerweile begriffen, dass er auf sein Telefon schauen und irgendwas darauf herumschieben und mir gleichzeitig zuhören und es kapieren kann. Vielleicht macht er sich auch Notizen auf dem Ding, wer weiß. So ist das eben mit den jungen Leuten. Er will nichts verpassen, hat er gesagt, immer informiert sein, deswegen schaut er alle zwei Minuten auf seinem Telefon nach, ob sich was getan hat in der Welt oder bei seinen Freunden, könnte immerhin jemand eine neue Freundin oder eine neue Frisur haben. Jetzt habe ich ihn an Annette und die Wursttheke weitergereicht. Ich habe noch etwas vor und nicht viel Zeit dafür, gleich ist Mittag.

Frau Rottenbauer scheint sehr in eine Zeitschrift vertieft. Das sagt mir auch ihre Körpersprache. Sie krümmt sich regelrecht auf ihrem Stühlchen über einem Artikel, der, von meiner gehobenen Position aus gesehen, aus mindestens neunzig Prozent Bildern besteht. Auf hundert Prozent der Bilder sieht man Heidi Klum.

Ich stelle mich direkt vor Frau Rottenbauer und warte darauf, dass sie aufschaut. Sie schaut nicht auf, obwohl sie meinen Schatten längst bemerkt haben muss. Ich räuspere mich, um ihre Aufmerksamkeit von Heidi Klum weg auf mich zu lenken. Sie schaut nicht auf.

»Ähm, Frau Rottenbauer?«, versuche ich es vorsichtig.

Sie schaut nicht auf, hebt aber einen Finger. »Pscht«, sagt sie. Die Geste ist klar: Sie möchte erst fertig lesen, dann bin ich dran. Ich halte mein Anliegen aber für bedeutsamer als einen Klatschartikel.

»Frau Rottenbauer, es ist wichtig.«

»Paul«, sagt sie, ohne aufzublicken, »Paul, wenn ich immer gleich gerannt wäre, wenn meine Kinder mir am Rockzipfel gezogen haben, weil sie gedacht haben, sie sind gerade wichtig, dann wäre ich nicht so alt geworden. Sie sind gleich dran, erst mal möchte ich erfahren, wo Heidi Klum gedenkt, dieses Jahr ihren Urlaub zu verbringen. Es gibt da widersprüchliche Angaben in der Presse.«

»Sie können die *Gala* mit nach Hause nehmen«, sage ich. »Ich schenke sie Ihnen.«

»Ach«, sagt sie, schlägt das Heft augenblicklich zu und sieht nach oben zu mir, »dann muss es ja wirklich wichtig sein, wenn Sie mal was verschenken.«

Dass sie seit Jahren eine Gratis-Flatrate auf den unverkauften Blumenkohl hat, fällt in ihrer spitzen Argumentation elegant unter den Tisch. Egal. Ich brauche die Frau.

»Also, Frau Rottenbauer, ich brauche Ihre Hilfe.«

»Sie? Meine? Soll ich Ihnen beim Käseschneiden helfen?«

»Nein, ich bin am Montag bei *Wer wird Millionär* in der Sendung.«

Es fühlt sich gut an, das so frei auszusprechen.

»Beim JAUCH?«, ruft sie, veritabel überrascht. »SIE?«

»Frau Rottenbauer, bitte, das ist eine Art ... Geheimnis. Nicht so laut.«

»Ich schicke seit zehn Jahren Postkarten an den Herrn Jauch und wurde noch nie in die Sendung eingeladen.«

»Das tut mir leid. Aber genau darum geht es, um die Sendung. Sie *können* dabei sein. Und zwar als mein Telefonjoker. Das würde mich sehr freuen.«

»Ach Paul, das ist aber lieb von Ihnen.«

»Machen Sie's?«

»Da müsste ich erst einmal im Telefonbuch nachsehen, wie eigentlich meine Nummer ist. Ich telefoniere so gut wie nie. Aber das kriegen wir raus.«

»Da bin ich mir sicher.«

»Ich würde so gern mal mit dem Herrn Jauch reden«, sagt sie sehnsüchtig.

»Also machen wir es? Sind Sie dabei?«

»Natürlich. Ich nehme zehn Prozent vom Gesamtgewinn, wenn ich Ihnen weiterhelfen kann.«

Mit Bedingungen hatte ich nicht gerechnet. Das Angebot erscheint mir jedoch gleichermaßen überraschend wie fair.

»Abgemacht«, sage ich und habe meinen zweiten Telefonjoker im Sack, Fachgebiete Nachrichten, Weltgeschehen, erlebte Geschichte und Prominente.

Dass ich Herrn Müller schon vorher gefragt habe, ob er Telefonjoker sein will, fand ich selbstverständlich. Er kam nicht mal auf die Idee einer Beteiligung an der Gewinnsumme. Zwar hat er es erst bedauert, dass er dann nicht mit ins Studio zur Aufzeichnung kommen kann, aber dass es eine größere Ehrung ist, Telefonjoker zu sein und direkt beim Spiel helfen zu können, als nur im Publikum zu hocken und seinem Gesicht einen Ausdruck von Daumendrücken zu verleihen, war uns beiden ohne Worte klar. Jetzt nehme ich eben Katja mit nach Köln. Sie hat sich sehr über diesen Vorschlag gefreut. Telefonjoker Nummer drei klarzumachen, wird etwas anstrengender werden, das habe ich bislang rausgeschoben.

»Ist hier alles in Ordnung?«, fragt Etienne, der hinter dem Katzenfutterregal auftaucht. »Hat mich jemand gerufen?«

»Alles in bester Ordnung, junger Mann«, sagt Frau Rottenbauer und zwinkert mir verschwörerisch zu. »Wir haben uns nur über Heidi Klums Urlaubspläne ausgetauscht.«

Donnerstag, 19.00

Sie wird mich fragen, ob ich mich im Datum vertan habe, es sei schließlich noch nicht Weihnachten. Mit Sicherheit wird sie das fragen. Unsere Beziehung basiert nicht gerade auf Herzlichkeit und Anteilnahme am Leben des anderen.

Nachdem meine Mutter uns als Kinder zu resoluten Vegetariern hatte erziehen wollen, unter anderem durch den schon erwähnten Lauchtag, kam sie auf die Idee, dass es noch mehr Spaß bringen könnte, nicht nur ihren eigenen Kindern vorzuschreiben, was das Beste für sie ist. Kaum ein Jahr nach meinem von beiden Seiten lange herbeigesehnten endgültigen Auszug kam ihr erstes Lebensratgeberbuch auf den Markt, »Life mit Style«. Um was es darin exakt ging, weiß ich nicht, ich habe mir nie ein Exemplar zugelegt. Das haben dafür umso mehr andere Menschen getan, weshalb meine Mutter für ein paar Wochen auf der SPIEGEL-Bestsellerliste im Bereich Sachbuch landete. Durch ihre drastische Zunahme an Popularität meinte sie, an anderen Stellen abspecken zu müssen. Sie trennte sich erst von meinem Vater und sehr kurze Zeit später auch noch von der Hälfte ihres Vornamens, *Vero Wildensorg* steht seitdem auf jedem ihrer Bücher. Auf »Life mit Style« folgten »Life mit mehr Style«, »Fit mit Fun« und »Beauty mit Nature«. Ziemlich dumme Titel, ich weiß, vor allem der letzte, aber die »Mit-Bücher« laufen einfach. Wenn ich also eine Frage kriegen sollte, in der es um irgendwas geht, was man sich ins Gesicht schmieren oder an einer beliebigen anderen Körperstelle auflegen oder verschwinden lassen kann, Vero Wildensorg wird es kennen.

»Paul?«, sagt sie zur Begrüßung am Telefon, und es klingt so, als müsste sie erst mal überlegen, wer dieser Paul ist. Ein entfernter Bekannter vielleicht? »Es ist noch lange nicht Weihnachten. Wieso rufst du an?«

»Ich wollte mal nachfragen, wie es dir geht und was du am Montag vorhast.«

»Am Montag lese ich in Esslingen aus ›Body mit Shape‹, meinem neuesten Ratgeber. Würdest du regelmäßig auf meine Website gehen, wüsstest du das und müsstest mich nicht extra anrufen. Genauso wüsstest du dann, dass ich gerade in Dinslaken bin und, na, rate!«

»Gleich aus ›Body in Shape‹ lesen wirst?«

»Mit, Paul, mit! ›Body *mit* Shape‹. Die Lesung geht in einer Stunde los, ich bin schon ganz hibbelig – und lasse mich im Moment massieren. Ein bisschen weiter unten, Rodrigo, ooooh ja.«

»Señora«, höre ich einen leisen Rodrigo, was in diesem Fall wohl so viel wie »zu Ihren Diensten« bedeuten soll.

»Ich bin am Montag im Fernsehen, bei …«

»Ach Schatz, das ist ja allerliebst. Du auch? Dass ich die neue Lifestyle-und-Beauty-Expertin im Frühstücksfernsehen geworden bin, hast du ja sicher mitbekommen?! Jeden Freitag, kurz nach neun, kompetent mit Tipps und Tricks aus dem Plauder- und Puderdöschen. Also, erzähl mir gern in aller Ruhe und in maximal fünf Minuten, wie ich dir nun konkret helfen soll. Weiter oben, Rodrigo. Fester!«

Ich lege ihr mein Anliegen dar, und sie wird plötzlich regelrecht euphorisch:

»Dann musst du dem Herrn Jauch aber auch ein bisschen über mich und meine Ratgeber erzählen, wenn die Telefonjoker eingeblendet werden. Das interessiert ihn mit Sicherheit. Andererseits, es würde mich nicht wundern, würde er die Mit-Bücher schon kennen.«

»Das ist natürlich versprochen.«

»Ja, Rodrigo, genau da.«

Es entsteht eine kurze Redepause, in der sie zweimal genussvoll aufstöhnt.

»Also Paul, klär einfach alles Weitere mit meinem Manager. Die Nummer findest du auf meiner Website. Wenn du ihn anrufst, sag direkt am Anfang *Butterblume*, das ist das Codewort, dann weiß er, dass ich approved habe.«

Ich möchte sie nicht fragen, wie genau ihre Homepage-adresse ist, das wird Google schon wissen.

Ich wünsche ihr viel Glück mit ihrer Lesung.

»Erfolg braucht kein Glück, Paul, Erfolg braucht Engagement.«

Das war wohl ihr Ersatz für ein freundliches »Tschüs, mein Junge«. Bevor ich mich verabschieden kann, hat sie mich schon weggedrückt.

Wo liegt eigentlich Dinslaken? Ich muss wohl mal ein bisschen die Deutschland-Karte pauken. Noch viermal schlafen, dann ist es so weit. Plötzlich scheint alles ganz schnell zu gehen.

Montag, 11.46

»Kuck mal, Papa, da ist der Kölner Dom! Papa! Papa! Kuck mal, Papa, da ist der Kölner Dom! Der Kölner Dom! Papa!«

Endlich, der Kölner Dom. Durch unsere Platzreservierung, zwei gegenüberliegende Tischplätze am Fenster, hatte ich die letzten Stunden über die Gelegenheit, am Familienleben des Kindes und seines schweigsamen Vaters auf unseren Nachbarplätzen teilzunehmen. Vater liest Zeitung, Kind neben mir spielt mit vollem Engagement und Körpereinsatz auf irgendeinem Gerät, das wohl ein Nachfolger vom Game Boy ist, irgendein Spiel und schreit alle paar Minuten einfach so »Bob der Baumeister!«, was die Konzentration seines Vaters nicht im Mindesten beeinflusst.

»Ja«, sagt der Vater, »der Kölner Dom.«

Katja schaut ähnlich fasziniert wie das Kind aus dem Fenster, als wir über die Deutzer Brücke in den Kölner Hauptbahnhof einfahren, sagt aber zur Abwechslung mal nichts.

Ihr größtes Anliegen war es, dass ich gegenüber Herrn Jauch ihre Begabung im Sprechsegment erwähnen soll. »Das schauen ganz schön viele Leute an – wenn ich da ein paar perfekte Sätze sage, werde ich mich vor Angeboten nicht mehr retten können. Und wenn ich dann irgendwann vielleicht selbst Kandidatin bin, dann wird am Anfang bei der Vorstellung gesagt, dass meine Stimme mein Kapital ist.«

So verbindet jeder seine eigenen Träume mit dem heutigen Tag.

Was bei der Vorstellung eigentlich über mich gesagt werden wird, wollte Katja auch wissen. Ich wusste und weiß es nicht. Hoffentlich werde ich damit zufrieden sein, wenn ich es irgendwann weiß. Es gibt so viele Details, die mir noch nicht ganz klar sind. Der Ablaufplan ist zwar durchaus minutiös, aber an manchen Stellen auch etwas sehr allgemein gehalten. »Ca. 14 Uhr: Probe« zum Beispiel. Was wird da geprobt? Darf jeder schon mal auf dem Spielstuhl Platz nehmen, damit im Zweifelsfall ein anderer, stabilerer Stuhl beschafft werden kann? Keine Ahnung. Unsere ersten Programmpunkte sind nun »12 Uhr: Transfer zum Hotel«, »13 Uhr: Transfer zum Studio« und »13.30 Uhr: Kölnrundfahrt und Brauhausbesuch für die Begleitpersonen.« Logisch eigentlich, dass denen ein Unterhaltungsprogramm angeboten wird, die Aufzeichnung ist erst um achtzehn Uhr, da können sie durchaus vorher was erleben, statt nur danebenzusitzen, während wir auf die Sendung eingestimmt werden.

»Was ich mich die ganze Zeit frage«, sagt Katja, als wir schon zum Aussteigen bereit in der Schlange stehen, die sich von der Tür bis zur Mitte des Wagens zieht, »wieso ist die Sendung eigentlich nicht live?«

Das ist nun wirklich eine *Wer-wird-Millionär*-Grundkursfrage.

»Wegen den Telefonjokern«, sage ich, ohne weitere Erklärungen.

»Ahh!«, sagt sie verstehend, muss aber offensichtlich weiter darüber nachdenken.

Als wir aussteigen, bemerke ich direkt vor mir meinen Namen. Eine junge, hübsche Frau, deren Outfit einem Stewardessdress sehr nahe kommt, hält ein Schild, auf das sie wahrscheinlich selbst WILDENSORG geschrieben hat. So viele Schnörkel habe ich an meinem Namen noch nie gesehen. Sie begrüßt uns mit einem Knicks und führt uns nach unten, durch den Bahnhof hindurch, über den Vorplatz, zu einem bereitstehenden Kleintransporter mit getönten Scheiben. Als ich einsteige, wummert mein Herz wie wild. Jetzt geht das Abenteuer so richtig los. Die Aufregung muss ich noch irgendwie in den Griff bekommen, wenn ich den heutigen Tag ohne Folgeschäden überleben will.

Montag, 14.00

Der Aufenthaltsraum für die Kandidaten ist recht großzügig. Zehn runde, polierte Holztischchen mit je vier Stühlen drum herum; die sind zwar recht niedrig, und irgendwie sehen sie wie Gartenmöblierung aus, aber dafür gibt es eine Bar. Und eine Raucherzelle wie auf dem Flughafen. Doppelt so groß wie eine Telefonzelle vielleicht, also wie die alten gelben, rundum verglast, mit Schiebetür und einem Abluftrohr, das in die Decke führt. Die Decke ist sehr hoch. Ich glaube, die Decken sind hier überall sehr hoch. Ist ja ein Studiokomplex, da braucht es Platz. Nebenan wird SternTV aufgezeichnet, habe ich gelesen, und das Big-Brother-Haus aus den ersten drei Staffeln steht auch auf dem Gelände. Groß was los hier.

In der Raucherzelle steht ein grauhäutiger Mann, wahrscheinlich einer meiner Gegner. Er drückt gerade seine Kippe aus und kommt begleitet von bellendem Husten heraus. Kann ja nicht schaden, ihm erst mal freundlich zu begegnen, wahrscheinlich verbringen wir die nächsten paar Stunden miteinander, bevor wir in die Aufzeichnung gehen. Also trete ich auf ihn zu und strecke ihm die Hand entgegen.

»Hallo, ich bin Paul. Auch Kandidat hier?«

Er hustet irgendwas von fester Konsistenz auf den Boden neben sich und komplettiert dann den Handschlag mit mir.

»Ja, Dauerkandidat sozusagen. Ich bin einer, der einspringt, wenn ein Kandidat kurzfristig krank wird oder so. Wohne gleich um die Ecke, in Hürth. Keine schöne Gegend. Früher war hier mehr Fernsehen.«

»Ach«, sage ich.

»Mit dir alles in Ordnung?«, fragt er. »Keine Übelkeitsattacken? Virus eingefangen oder so?«

Ich weiß nicht, inwieweit er das nun lustig meint.

»Alles bestens«, sage ich.

»Dann is ja gut«, sagt er, dreht sich um und geht wieder in die Raucherkabine. Er hat es nicht lustig gemeint. Und seinen Namen hat er mir auch nicht verraten.

Eine halbe Stunde später sind die richtigen Kandidaten alle da, meine Gegner. Ich habe mich mit allen bekannt gemacht, was bleibt mir anderes übrig? Unsere Begleitpersonen werden wohl schon beim dritten Kölsch im Brauhaus sein. Ich bilde mir jedenfalls ein, gegen diese Auswahl an Gegnern eine ganz gute Chance zu haben. Das sind sie:

Cordula von Schnuckitz, Mitte siebzig, alter Landadel aus der Gegend von Hannover. Wirkt sehr belesen und distinguiert. Sie hat wache, neugierige Äuglein in einem aufgequollenen Gesicht, das so irgendwie gar nicht zu ihrem Klapperkörper passen will. Sie erinnert an ein Strichmännchen mit ihrem Riesenkopf. Und sie sieht so aus, als würde sie sich, wenn die Auswahlfrage kommt, erst mal in aller Ruhe die Lesebrille aufzwängen, die Hände vor dem Gesicht falten, die Antworten ausführlich studieren, dann zu sich sagen »Auf geht's, Cordula, das weißt du, ABDC« und schließlich mit Bedacht den Finger zum Monitor führen. Keine Konkurrenz.

Richart N. Streit, Ende zwanzig, trägt einen Schal und isst

bedenklich viele Mozartkugeln. Er ist Schriftsteller, sagt er, aber wenn man ihn fragt, welches Buch man von ihm kennen sollte, antwortet er nur: »Ich habe einen ganz speziellen Leserkreis.« Wenn man ihn fragt, wofür das N in seinem Namen steht, sagt er »Nordpol«. Ein komischer Typ. Aber er hat ein billiges Smartphone dabei, also ist er am Touchscreen sicher gut. Könnte gefährlich werden.

Oliver Kromberger, achtzehn Jahre. Typischer Streber mit Polohemd, der sich viel darauf einbildet, sein Abi mit einem unteren Einserschnitt gemacht zu haben. Plant natürlich bald eine Australienreise, wie einfallsreich. Er glaubt mit Sicherheit, er weiß alles und keiner kann ihm was, aber es gibt noch sehr viel Wissen außerhalb von Schulbüchern. Sollte er es auf den Stuhl schaffen, geht er mit maximal 4000 nach Hause, weil Herr Jauch ihn nicht leiden können und ihm nicht helfen wird. Andererseits ist er bei der passenden Auswahlfrage sicher ganz flott unterwegs. Könnte ein bisschen gefährlich werden.

Sabine Füchsla, irgendwas zwischen vierzig und fünfzig, eine echte Planschkuh aus Franken. Sie redet sehr laut und sehr gerne und wird nicht müde, jedem, der ihren Weg kreuzt, ihre Standardkandidatenfloskeln um die Ohren zu hauen: »Wir haben ja schon gewonnen, weil wir hier sind. Immerhin eine Reise nach Köln!« Oder: »Ich weiß auch nicht, wie ich es bis hierhin geschafft habe, ich wusste eigentlich nichts bei den Telefonfragen.« Oder: »Das ist ja alles so aufregend!!« Beziehungsweise: »Ich freue mich auch für dich, wenn du gewinnst. Du schaffst es bestimmt.

Toi toi toi.« Sollte sie es, Gott bewahre, auf den Stuhl schaffen, kriegen wir sicherlich noch zu hören, dass es zu Hause auf der Couch viel einfacher sei und 500 Euro auch nicht wenig Geld. Absolut keine Konkurrenz.

In unseren ungezwungenen Kennenlerngesprächen, mit denen wir die Zeit überbrücken, geht es neben der eigenen Person natürlich hauptsächlich um zwei Dinge: Wann treffen wir endlich Günther Jauch, und wie geht es hier überhaupt weiter? Beide Fragen beantwortet uns eine junge Frau in engen weißen Jeans und violettem Hemd, die pferdeschwanzschwenkend in den Raum joggt. Sie trägt ein iPad in der Hand, sieht alles andere als wichtig aus, ist es aber anscheinend. Statt verbal um Ruhe zu bitten, holt sie eine Trillerpfeife aus der Tasche und bläst mit aller Kraft hinein. Die arme alte Cordula konnte sie nicht hereinkommen sehen, da sie mit dem Rücken zur Tür sitzt, schreit bei dem Pfiff ängstlich auf und greift sich abrupt an die Brust. Der Köln-Hürther Ersatzkandidat reckt in der Raucherzelle neugierig den Kopf. Nicht weiter auf die sich nur langsam wieder einkriegende Cordula achtend, in der womöglich durch den Pfiff ein altes Kriegstrauma wieder aufgeknackt ist, begrüßt uns die sportliche junge Dame, ohne vom iPad aufzusehen:

»Herzlich willkommen, liebe Kandidaten. Ich bin Donna und überprüfe nun Ihre Anwesenheit. Paul Wildensorg.«

»Ich bin da«, sage ich. Für mich ist es schon was Besonderes, auf einer Liste vorne zu stehen, denn üblicherweise geht es ja nach Nachnamen-Alphabet.

Auch die anderen bestätigen, dass sie anwesend sind,

und Donna fährt fort: »Zu Ihrer aller Freude werden wir jetzt ins Studio gehen, und ich werde Sie mit den Geräten vertraut machen. Denken Sie immer daran, dass wir das hier schon ein paar Hundert Mal gemacht haben. Für uns ist das alles Alltag. Dass Sie aufgeregt sind, setze ich voraus, das müssen Sie mir nicht extra sagen. Mir nach!«

Sie dreht sich um, offenbar in der Erwartung, Zustimmung und Aufstehgeräusche von uns zu hören. Cordula und Richart tun ihr den Gefallen, da ihre Knie knacken, als sie sich erheben, bei Cordula gleich mehrmals. Donna kontrolliert durch Schulterblick, dass wir alle stehen, und setzt sich in Bewegung. Wir folgen aufgereiht.

Das erinnert mich irgendwie an die Ausflüge damals im Kindergarten. Es ging meistens auf eine Wiese zum Blumenpflücken, im Winter zur pädagogisch wertvollen Schneeballschlacht mit einem Baum als einzigem erlaubtem Ziel. Kindergartentante Magda voraus, wir Kinder aus der Wacholdergruppe in Zweierreihen hinterher, Hand in Hand, am Ende irgendeine Praktikantin, die erst auf locker gemacht und dann irgendwann geweint hat, weil ihr alle auf der Nase rumtanzten. Das kann Donna nicht passieren, sie ist ziemlich autoritär. Es nimmt sich auch niemand an der Hand.

Seit ich als Zuschauer hier war, hat sich das Studio – bis auf das Logo – nicht verändert. Aber von der Mitte aus betrachtet wirkt es natürlich noch mal ganz anders. Es ist verdammt klein. Von der letzten Publikumsreihe bis zu Günther Jauchs Stuhl sind es keine zehn Meter. Er und sein Stuhl sind im Übrigen noch nicht da. Logisch, am Ende der letzten Sendung hat ein Kandidat 64 000 gewonnen, und dann war keine Zeit mehr für eine neue Auswahlrunde. Also beginnt die Sendung mit der Frage an uns, und da braucht es die Stühle in der Mitte noch nicht; am Anfang ist die Bühne immer leer, wenn der Kandidat noch nicht feststeht, internationaler Standard, wie die Kamerafahrten. Außerdem steigert das meine Chancen auf einen Gewinn beträchtlich. Selbst wenn es einer vor mir schaffen sollte, wird es mit ziemlicher Sicherheit eine zweite Auswahlrunde innerhalb der Sendung geben. Vielleicht sogar eine dritte. Das wäre aber das höchste der Gefühle. Bei einer Netto-Sendungszeit von fünfundvierzig Minuten ist wirklich nicht mehr drin. Fünfundvierzig Minuten! Bis die beginnen, dauert es noch vier bis fünf Stunden oder so. Was sollen wir in der Zeit eigentlich tun? Katja wird voll bis unter die Hutkrempe sein, wenn sie sie wieder aus dem Brauhaus rauslassen. Wahrscheinlich wirken die Begleitpersonen deshalb immer so entspannt und in sich gekehrt, wenn sie da hinter den Kandidaten im Scheinwerferspot sitzen. Die sind einfach mit zehn Stangen Kölsch abgefüllt und können maximal den Kopf schütteln, wenn Herr Jauch sie fragt, ob sie die Antwort wüssten, oder im äußersten Notfall noch sagen: »Ja, zu Hause ist er auch so.«

Wir sitzen auf den Stühlen am Bühnenrand, so, wie wir nachher auch sitzen werden. Die Reihenfolge hat irgendjemand festgelegt, an den Monitoren hängen Zettel mit unseren Namen drauf. Donna steht links von uns, vor dem Eingang, wo auch Günther Jauch später stehen wird, und erklärt: »Wir spielen jetzt drei muntere Runden Auswahlfragen, okay? Das sollte reichen, um Sie an den Touchscreen zu gewöhnen. Wenn Sie es vorher genauer erklärt haben möchten«, sie sieht direkt zu Cordula und zu Sabine, »sagen Sie das. Aber mit dem Finger auf einen Monitor tippen ist kein Hexenwerk. Wenn wir das hinter uns haben, machen wir eine Durchlaufprobe. Was heißt Durchlaufprobe? Die Anfangsmusik kommt, und die Kameras fahren vor Ihnen herum, wie sie es später auch tun werden. Wenn das rote Licht an der Kamera vor Ihnen leuchtet, werden Sie vorgestellt. Dann sind Sie im Bild, und Sie können winken und lächeln oder Ihr Stofftier zeigen oder Guten Abend sagen, obwohl das nicht viel Sinn macht, weil man Sie nicht hört. Der Off-Sprecher ist noch nicht da, also lese ich vor, was er später zu Ihnen sagen wird. Da können Sie gespannt sein. Also: Erste Runde Auswahlfragen, los! Ordnen Sie die Jahreszeiten und beginnen Sie am Jahresanfang.«

Auf dem Bildschirm tauchen Frühling, Sommer, Herbst und Winter schon in der richtigen Reihenfolge auf. Ich tippe zuerst den Winter, dann Frühling, Sommer und Herbst und OK. Da ich in der Mitte sitze, erkenne ich mit zwei schnellen Blicken zur Seite, dass nur Oliver schneller als ich war und schon breit grinsend mit verschränkten Armen dasitzt. Richart loggt in diesem Moment ein, und Cordula drückt mit der ganzen Hand. Sabine lacht über sich selbst, weil sie ihre Antwort noch einmal korrigieren muss. Donna sieht auf ihre Armbanduhr. »Stopp!«, ruft sie. »Das waren zwanzig Sekunden. Später kann man dann nicht mehr einloggen. Also, schauen wir uns das Ergebnis mal an …« Sie wischt kurz über ihr iPad. »Paul Wildensorg hat gewonnen. Als Einziger alles richtig. Wenn das Jahr beginnt, ist nämlich Winter und nicht Frühling. Man sollte auch mal kurz nachdenken, bevor man drückt.«

»Ich hab mir schon so was gedacht!«, sagt Sabine, haut sich selbst auf den Oberschenkel und lacht etwas debil. Oliver wirkt verunsichert und sieht so aus, als würde er sich melden und irgendeine andere richtige Antwort geben wollen, um sein Versagen wiedergutzumachen und ein Fleißsternchen zu kassieren.

»Nächste Frage«, sagt Donna. »Was bellt?«

Die Antworten D, H, N und U tauchen auf. Das ist wohl eine der berühmten Deppenfragen, die gestellt werden, wenn beim ersten Versuch alle danebenlagen. Ich bin sehr schnell, aber Donna verkündet, dass Oliver zwei Zehntelsekunden schneller war als ich, außerdem hätten alle richtig gelöst, Glückwunsch. Mein Ehrgeiz ist geweckt. Es steht 1:1 zwischen dem verwöhnten Abi-Bubi und mir. Dritte Frage, Donna übernimmt: »Ordnen Sie von klein nach groß!«

Es geht um Bälle. Tennisball, Handball, Fußball, Basketball. Oliver hat irgendein Zuordnungsproblem, wahrscheinlich hat er im Sportunterricht nicht richtig aufgepasst. Das Ergebnis, laut Donna: »Viermal richtig. Cordula von Schnuckitz in 10,5 Sekunden, Richart N. Streit in 5,8 Sekunden ... wofür steht eigentlich das N?«

»Für Nostradamus«, antwortet er schnell.

Ich glaube, der wird mir nicht mehr sympathisch.

»Aha«, sagt Donna, »na gut. Das Rennen an der Spitze war knapp. Paul Wildensorg gewinnt mit 2,9 Sekunden vor Sabine Füchsla mit 3,2 Sekunden. Das war die Übung. Kommen wir jetzt zur Durchlaufprobe ...«

So ist das richtig. 2:1 gegen alle. Ich atme auf. Das wird nachher ein Durchmarsch werden. Lief ja wie erwartet. Nur Sabine hat mich überrascht, sie hat den Umgang mit dem Touchscreen wirklich schnell gelernt. Wahrscheinlich hat sie zu Hause eine Horde Kinder, die ihre Zeit in Tennis-, Handball-, Fußball- und Basketballvereinen verbringt. Glückstreffer. Die Aufgaben waren ja auch wirklich einfach. Jetzt gibt es bis zur Sendung nur noch zwei große offene Fragen: Was wird der Off-Sprecher über mich erzählen, und wann treffen wir endlich Günther Jauch? Die Eröffnungsmusik wird eingespielt.

Montag, 18.00

Die Eröffnungsmusik wird eingespielt. Die Aufzeichnung beginnt. Endlich.

Was in der Zwischenzeit geschah: Die Durchlaufprobe war binnen einer Minute beendet. Um 15 Uhr gab es Kaffee und Kuchen im Aufenthaltsraum. Um 15.30 Uhr hat Günther Jauch hereingeschaut, uns alle freundlich begrüßt, uns Glück gewünscht und sich mit uns fotografieren lassen. Ich weiß jetzt schon, wohin ich das Foto hängen werde. Er war dann sehr schnell wieder weg. Trotzdem ein tolles Erlebnis, ihm mal so nah gewesen zu sein. Er war wirklich sehr nett und gut drauf, wie man ihn eben kennt. Obwohl er etwas roch, sicher duscht er immer erst vor der Sendung oder so. Es war auch eher ein Freizeitanzug, den er anhatte, den hat er mittlerweile sicher gewechselt. Ohne Anzug kann ich ihn mir eigentlich gar nicht vorstellen.

Um 16 Uhr wurden die Begleitpersonen wieder in ihrem Kleinbus angekarrt. Katja war weniger angeschickert, als ich erwartet hatte. Wir nahmen alle im Aufenthaltsraum Platz, wo die Geräuschkulisse sofort erheblich stieg, da wir von der Probe und die Begleiter von ihrem Kölnrundgang viel zu erzählen hatten. Dabei saß jeder mit seiner Vertrauensperson an einem Tischchen, als ob der Tisch schon unser Privateigentum wäre. Katja bestellte noch zwei Kölsch an der Bar, ich blieb bei Cola.

Gegen 16.30 Uhr ließ Richart N. Streit seinen Begleiter sitzen und kam, sich höflich für die Störung entschuldigend, zu uns an den Tisch. Er schlug mir einen Deal vor: Wenn einer von uns beiden auf den Spielstuhl käme und der andere nicht, dann bekäme der Zurückgebliebene auf jeden Fall 1000 Euro vom Gewinn des anderen ab, sollte der es über 16000 schaffen. Er meinte, wenn alle darauf einstiegen, habe jeder mit hoher Sicherheit 1000 bis 2000 Euro gewonnen, und niemand müsste enttäuscht nach Hause fahren, auch wenn man die Auswahlfragen nicht schaffen würde. Eine Art Auffangnetz, meinte er. Katja war von der Idee umgehend begeistert, ich eher skeptisch. Streit legte uns einen vorbereiteten Ausdruck vor, auf dem die Übereinkunft festgehalten war und auf dem er bereits unterschrieben hatte. Es war also keine spontane Idee, er hatte sich das länger überlegt. Ich bat mir Bedenkzeit aus, die Streit nutzte, um Oliver und Sabine den gleichen Vorschlag zu machen. Cordula ließ er außer Acht. Hätte ich auch so gemacht, denke ich. Dass der Hürther Ersatzkandidat noch immer im Raum war, hatte ich schon wieder vergessen. Erst fiel mir nur ein starker Kaltrauchgeruch auf, dann bemerkte ich, dass er hinter mir stand und über meine Schulter hinweg interessiert Streits Vertrag studierte.

»Das ist sehr klug. Ich würde es unterschreiben«, sagte er. »Darf ich's mal haben?«

Ich dachte mir nichts dabei und gab ihm den Zettel. Im nächsten Moment rannte der Raucher damit aus dem Raum.

Ich hatte im Vorfeld etwa zwölf klein bedruckte, verschiedenfarbige Verträge unterschreiben müssen, da musste mir die Stelle entgangen sein, an der erwähnt wurde, dass vertragliche Übereinkünfte unter den Kandidaten bei Strafe des Ausschlusses verboten sind. Mit Sicherheit hatte Streit das auch überlesen.

Der Raucher kehrte kurz darauf mit dem Beweisstück, Donna und zwei Security-Schränken zurück. Richart N. Streit war Minuten später Geschichte, lieferte aber einen dramatischen Abgang, bei dem er strampelte und sogar weinte, als er hinausgetragen wurde. Sein Begleiter folgte ihm ungebeten und raunte so etwas wie: »Ich wusste es, konnte ja nicht gutgehen.«

Der Raucher nahm zufrieden Streits Platz ein und griff zum Handy, um seine Frau herbeizutelefonieren: »Das ist mir egal, ob du dir noch die Haare machen musst. In einer Stunde fängt die Aufzeichnung an. Die haben hier einen Frisör, der macht dich hübsch. Und zieh mir bloß nicht das blaue Kleid an. Alles, nur nicht das blaue Kleid!«

Um 17 Uhr ging es dann in die Maske.

Um 17.30 Uhr wurde das Publikum eingelassen, von irgendeinem Kasper unterhalten und auf hemmungsloses Klatschen eingestimmt – aufgewärmt, wie man wohl sagt, »gewarmupt«, sagte Donna.

Um 17.55 Uhr kamen wir Kandidaten herein, einzeln, wurden jeweils mit großem Applaus empfangen und nahmen auf unseren Stühlen Platz. Seitdem rutsche ich hin und her und versuche, mich durch bewusstes Atmen zu beruhigen.

Die Eröffnungsmusik wird eingespielt. Die Aufzeichnung beginnt.

Herzlich willkommen zu »Wer wird Millionär«. Die Chance auf eine Million Euro haben heute diese fünf Kandidaten.

Die Frau des Ex-Ersatzkandidaten ist rechtzeitig eingetroffen und sitzt mit einer schnittigen Welle im Haar und in einem blauen Kleid neben Katja in der zweiten Reihe hinter uns.

Die Kamera vor mir zeigt Rotlicht. Ich freue mich, dass es endlich losgeht, ziehe die Mundwinkel nach oben und winke mit beiden Händen. »Paul Wildensorg. In seinem Tante-Emma-Laden sieht er die Preise voraus«, sagt der Off-Sprecher. Mundwinkel runter. Na super. Vorhin hatte ich Donna noch inständig gebeten, die Vorstellung zu ändern. Nur weil ich der dummen Kuh im Videointerview erzählt habe, dass Frau Oberhaid immer für zwanzig sechsundsiebzig einkauft und mein Laden nicht der größte ist – es gäbe ja wirklich Spannenderes über mich zu erzählen. Was denkt denn jetzt die Nation über mich? Da wäre mir »Er leidet unter einer Hornhautverkrümmung« lieber gewesen.

Über den Ersatzkandidaten erfahre ich, dass er Otto heißt – »Er traf seinen Namensvetter Otto Waalkes im Flugzeug nach Malle.« Okay, es gibt noch dümmere Vorstellungen als meine, immerhin.

Zu guter Letzt: »Sabine Füchsla. Sie ist Managerin einer sportlichen Großfamilie.« Als ob ich's geahnt hätte. Sabine wedelt mit einem selbst gebastelten Fußballmaskottchen vor der Kamera herum. Ich glaube, Hauptbestandteil ist eine Kartoffel.

»Und hier kommt Ihr Moderator. Hier ist Günther Jauch.« Dööö-dö-dömmm. Applaus. Johlen. Euphorische Pfiffe. Tatsächlich schlängelt sich Günther Jauch hinter der Deko hervor, jetzt geht es richtig los. Ich atme, als läge ich im Kreißsaal. Herr Jauch trägt nun einen braungrauen Schimmeranzug mit roter Krawatte und die Moderationskarten in der Hand. Der Applaus lässt kaum nach. Ob man das später ein bisschen rausschneidet? Ich bin dafür, geht ja alles von meiner Zeit ab.

»Guten … Abend«, sagt Günther Jauch in seiner gedehnten Moderationsmanier, »und herzlich willkommen zu einer neuen Ausgabe von Wer … wird …«, Blick auf die Karten, als wüsste er nicht, was folgt, »… Millionäär.«

So allmählich beruhigen sich die Zuschauer. Hinter einer der Kameras fuchtelt ein Typ, vielleicht der Aufnahmeleiter, mit den Armen herum, um absolute Stille zu erzeugen. Günther Jauch zeigt sich völlig unbeeindruckt und moderiert routiniert weiter: »Wir starten direkt mit der ersten Auswahlfrageee.«

In mir drin ist es auf einmal fünfzig Grad heiß. Woah. Es geht los. Ich krümme meinen Rücken und meine Arme vor mir wie Krallen, die Finger dicht über dem Touchscreen, und halte die Luft an. Noch ist nichts da, was man drücken könnte.

»Die Frage ist aber einfach«, sagt Herr Jauch und prompt verschwimmt mir der Blick. Ich nehme eine Hand zurück und reibe mir mit Daumen und Mittelfinger die Augen. Dann ist die Frage da:

In welcher Reihenfolge kommen die Kunden morgens in Pauls Laden?

A Frau Deubach

B Frau Rottenbauer

C Frau Scheßlitz

D Frau Oberhaid

Das ist wirklich einfach. Woher sollen die anderen das wissen? Ich drücke BDCA, logge ein und lehne mich zurück. Ich atme wieder aus. Wie viel Luft in so einen Körper passt, erstaunlich. Ich schaue nach links und rechts, nur Cordula ist noch nicht mit dem Drücken fertig. Irgendwie kann das nicht sein. Ich sehe noch einmal auf den Bildschirm:

Ordnen Sie die Bremer Stadtmusikanten von unten nach oben. Das steht da. Nix mit meinem Laden, nix mit Frau Oberhaid. Das gibt's doch nicht. Wie konnte das denn …

»Viermal richtig, und der Schnellste war: Oliver Kromberger«, sagt Herr Jauch. Dööö-dö-dömmm.

Oliver schnellt hoch, als hätte er Sprungfedern unter den Schuhen, die Leute klatschen brav, ich falle fast vom Stuhl. Was war da denn los mit mir? Was *ist* los mit mir? Mir ist noch immer total schwindlig. Ich brauche einen Schluck Wasser. Doof, dass wir kein Wasser neben uns stehen haben, nur beim Ratestuhl gibt es ein Glas, aber der ist noch nicht mal aufgebaut. Erst mal stellt sich Oliver neben Günther Jauch, lässt sich die Hand schütteln, dreht sich in die Kamera, und dann verharren sie fünf Sekunden in genau dieser Position. »Umbaupause«, ruft der Aufnahmeleiter hinter der Kamera. Otto fragt sofort Richtung Günther Jauch: »Wie lang dauert das?«

»Ach, nur so drei Minuten.«

»Kann ich schnell eine rauchen gehen?«

Donna kommt in die Szenerie gelaufen und nimmt Herrn Jauch die Alltagssorgen ab: »Nein, Herr Viersen, Rauchen ist nicht. Das steht auch in Ihrem Vertrag.« Hinter Donna rollen irgendwelche jungen Leute auf mehreren Hubwagen die Aufbauten für die Ratestühle heran.

»Eigentlich sollten gerade Sie wissen, dass Sie während der Aufzeichnung das Studio nicht verlassen dürfen. Sie sind doch nicht zum ersten Mal hier. Wie sehen *Sie* denn aus?« Diese Frage ist an mich gerichtet. Mein Unwohlsein ist wohl nicht nur innerlich.

»Der Mann braucht Frischluft. Und was zu trinken!«, schreit Donna in einer Lautstärke und Frequenz, die an ihre Pfeife heranreicht. Während nebenan auf dem Podest der Kandidatenstuhl und der Jauchstuhl und die Halterung für die jeweiligen Monitore an den Markierungen ausgerichtet werden, steht plötzlich ein weiterer junger Mensch – wo kommen die auf einmal alle her? – mit einem feuchten Handtuch da und wedelt damit vor mir herum wie ein Saunameister. Ein anderer junger Mensch reicht mir ein Glas Wasser, *sin gas*. Es scheint nicht weiter ungewöhnlich zu sein, dass einem Kandidat der Kreislauf abstürzt, alle Hilfsmaßnahmen werden so glatt abgespult, als würde das bei jeder Sendung passieren.

»Tauschen Sie da oben mal die Plätze bitte«, sagt Donna. »Die Begleitperson muss auf den Platz, auf den der Scheinwerfer ausgerichtet ist. Und ja, die Stuhlreihen sind eng, das wissen wir.«

Ich schütte das ganze Glas auf drei Schluck in mich hinein, und irgendwer nimmt es mir aus der Hand.

»Es geht weiter«, ruft der Aufnahmeleiter. Günther Jauch und Oliver stellen sich wieder dorthin, wo sie eben standen.

»Läuft«, ruft der Aufnahmeleiter, und sie laufen zu ihren Stühlen.

Ich bin wieder ganz ich selbst, fühle mich spitze und habe daher jetzt leider auch Gelegenheit, mir schlimme Vorwürfe zu machen. Das darf nicht noch mal passieren. Ich bin ein Virtuose auf dem Touchscreen, das habe ich geübt, auf Etiennes iPad, und ich habe ziemlich viel Ahnung von ziemlich vielen Dingen. Die nächste Frage gehört mir, jawoll. Mir bleibt nur zu hoffen, dass Oliver recht schnell den Stuhl wieder freigibt, auf dem er in kaum zwei Metern Entfernung vor mir sitzt. Mit seiner jugendlichen, unfundierten Klugscheißerei hat er es immerhin bereits so weit gebracht, dass Günther Jauch ihn leidenschaftlich zu verachten beginnt. Sehr gut für mich. Den Publikumsjoker hat er schon bei der 500-Euro-Frage verballert, jetzt kommt die 4000-Euro-Frage. Herr Jauch liest vor:

Welcher dieser Fernsehermittler kann auf die meisten Einsätze zurückblicken?

A Columbo | B Derrick
C Schimanski | D Miss Marple

Die Sache ist vollkommen klar. Vielleicht sollte ich irgendwas mit Telepathie probieren, um Oliver Miss Marple einzureden, was das Dämlichste wäre, das man nehmen kann. Miss Marple hatte keine zehn Filme.

»Hm«, sagt Oliver.

»Tja, das lernt man nicht im Physikunterricht und beim Slacklinen«, sagt Herr Jauch. Oliver hat schon ein bisschen was über seine Hobbys und Vorlieben erzählt.

»Was haben Sie denn als Kind so im Fernsehen gesehen? Also so vor fünf Jahren?«, fragt Herr Jauch. Das Publikum lacht. Oliver antwortet wahrheitsgemäß mit »Pokémon«, das Publikum lacht noch mal. Er hat überhaupt keine Ahnung und nimmt den Fifty-Fifty-Joker. Es bleiben Derrick und Columbo. Ha! Ausgerechnet die beiden, die tatsächlich lang laufende Serien waren. Aber das weiß Oliver nicht. Was ich Herrn Jauch alles erzählen könnte, wenn ich jetzt ein Stück weiter vorne säße! Dass Derrick zu Beginn ein Abklatsch von Columbo war, zum Beispiel. Bei den ersten Derrick-Folgen wusste der Zuschauer schon zu Beginn, wer der Mörder ist, genauso wie bei Columbo. Das wurde dann allerdings relativ schnell geändert, weil das deutsche Publikum in den Siebzigern eben nichts mit Howcatchem-Krimis anfangen konnte, in denen es, wie der Name schon sagt, darum geht, *wie* genau der Mörder dingfest gemacht wird. Die Deutschen wollen immer nur Whodunit-Krimis und selbst mitraten, wer der Mörder ist. Das alles hätte ich Herrn Jauch locker vorbeten und mir damit Respekt verdienen können. Ich habe alle Derrick-Staffeln zu Hause. Und deswegen weiß ich auch, dass Derrick natürlich die richtige Antwort ist. Oliver ist da anderer Meinung, weil er Derrick überhaupt nicht kennt und ihn für eine Zeichentrickfigur hält. Herr Jauch hat seine Erziehungsbemühungen mit ihm aufgegeben und lässt ihn abstürzen. Oliver geht mit 500 Euro und hängenden Schultern aus dem Studio. Meine Chance. Umbaupause.

»Mal sehen, ob Sie das besser hinkriegen«, sagt Herr Jauch und zwinkert unbestimmt in unsere Richtung. Ich habe mittlerweile begriffen, was die große Digitaluhr mit den roten Ziffern zu bedeuten hat, die an der für die Fernsehzuschauer unsichtbaren Seite des Studios steht. Da sie immer angehalten wird, wenn es Umbaupausen gibt, muss es sich wohl um die verbleibende Sendezeit handeln. Oliver war wirklich flott unterwegs, wir haben noch eine halbe Stunde. Ich atme tief durch und fühle mich frisch und bereit, endlich zuzuschlagen. Die Auswahlfrage erscheint:

Ordnen Sie diese europäischen Länder, ansteigend nach Einwohnerzahl!

A Lettland

B Liechtenstein

C Luxemburg

D Litauen

Ui. Das werden mehr als zwei Sekunden, denke ich, während ich die korrekte Lösung eintippe. Aber egal, die anderen werden es sowieso nicht hinkriegen: BCAD.

»Ich bin gespannt, wer das hinbekommen hat«, sagt Günther Jauch und verliest die richtige Lösung, nämlich meine. Ich wippe schon auf meinem Stuhl hin und her, um gleich voller Elan aufzuspringen.

»Zwei haben es gewusst, und der Schnellste war Otto Viersen!«

»JAAAAAA«, schreit Otto und reißt die Arme nach oben. Seine Gattin juchzt hörbar auf. Mir ist, als würde mir mein Stuhl zu groß. Ich schrumpfe. Ausgerechnet dieser hinterhältige, verschlagene, nach einem ganzen Raucherabteil stinkende, arrrrgh … Umbaupause.

Meine Laune ist besser geworden, seit ich mir sicher bin, noch eine weitere Chance zu bekommen. Otto stellt sich als ziemlich beschränkt heraus, was Wortspiele angeht, und die können nun mal unter den niedrigen Fragen auftauchen. Außerdem will er sich seine Joker »für weiter oben« aufsparen. Ich setze all meine Kohle, die ich später gewinnen werde, darauf, dass es für ihn kein »weiter oben« geben wird. Die 300-Euro-Frage hat er nicht mal kapiert, *nachdem* er die Antwort richtig erraten hatte. Das kann nicht lange gut gehen. Wir hören die 500-Euro-Frage:

Ein besonders pedantischer Mensch ist ein …

A Korintenkacker	B Khorintenkacker
C Korinthenkacker	D Rosinenpinkler

Nachdem Otto die Frage lange stumm betrachtet und Herr Jauch Ottos Frau zwischenzeitlich ein Kompliment für ihr blaues Kleid gemacht hat, geht Otto der Sache auf den Grund, indem er laut vorliest: »Ko. Rin. Ten. Ka. Ka.«

»Sie haben noch vier Joker«, sagt Herr Jauch.

»Da ist nie und nimmer ein H drin. Was soll ein H da drin?«, sagt Otto.

»Ist das eine … rhetorische Frage?«, fragt Herr Jauch.

Ein paar Zuschauer kichern unterdrückt, um die anderen wissen zu lassen, dass sie den Gag kapiert haben. Otto hat nichts kapiert.

»Da ist kein H drin. Ich nehme A.«

»Vielleicht wollen Sie die H-Frage ans Publikum weitergeben?«, schlägt Herr Jauch vor.

Otto verschränkt die Arme und verfällt in einen sturen Tonfall, in dem auch ein klassisches »Wir machen das so, weil wir es schon immer so gemacht haben« herrlich vorstellbar wäre.

»Ich nehme A.«

»Ohne Joker?«

»Ich nehme A.«

»Sicher?«

»Ich nehme A.«

Der gute Herr Jauch gibt seine Anstrengungen auf.

»Dann loggen wir mal A ein, wenn Sie unbedingt wollen.«

Ich nehme mir vor, Otto später zu sagen, dass ich es auch nicht gewusst hätte, um ihn ein wenig zu trösten. Den Idioten. Vielleicht rauche ich sogar eine Zigarette mit ihm. Jetzt bin ich dran. Die Alte mit dem Riesenkopf und die fränkische Hausfrau sind noch übrig – es ist, als wäre ich Usain Bolt und würde bei den Paralympics mitlaufen. Umbaupause. Noch zweiundzwanzig Minuten übrig.

Es geht weiter. Herr Jauch ergreift das Wort: »Das erleben wir selten. Noch drei Kandidaten übrig, und wir hören die dritte Auswahlfrage in dieser Ausgabe.«

Es wird auch die letzte sein. Ich geh von diesem Stuhl nicht mehr runter, wenn ich erst mal drauf bin.

Ordnen Sie von West nach Ost!	
A Prag	B Stockholm
C Wien	D Warschau

Hätte ich mich am Anfang mal unter Kontrolle gehabt, dann hätte ich es schon mit den Scheißbremerstadtmusikanten geschafft. Jetzt kommen wirklich schwierige Fragen. Längengrade … aber … der Clou ist, dass die Antwort ABCD ist, ha! Eingeloggt. Ich sehe hoch. Sabine loggt jetzt erst ein, Cordula drückt noch mit großer Genauigkeit auf dem Monitor herum. Geschafft!

»Das war wirklich eine außergewöhnlich knifflige Auswahlfrage«, sagt Herr Jauch. »Ich müsste da länger überlegen. Die richtige Lösung ist: Prag, Wien …«

Was?

»Stockholm, Warschau.«

Wenn ich das nicht richtig habe, kann es keiner richtig haben.

»Eine richtige Antwort! Sabine Füchsla!«

Scheiße, das war's. Auf der Uhr sind es noch siebzehn Minuten. Da müsste sich Sabine, die sich so gut mit Längengraden auskennt …

»Ich hab das einfach geraten.«

… da müsste sich Sabine, die so gut Zufallstreffer landen kann, schon sehr dumm anstellen.

»Wir starten mit der 50-Euro-Frage.«

Ich vergrabe mein Gesicht in den Händen. Ich will das nicht sehen. Ich brauche irgendeine Ablenkung. Ich habe es doch so weit geschafft. Ich sitze hier. Schon seit die erste Chance da war und spätestens seit ich die Zusage bekommen habe, war ich rund um die Uhr wie auf Speed und Ecstasy zusammen. So stelle ich mir den Zustand zumindest vor, wenn man auf Speed und Ecstasy zusammen ist. Oder ist das das Gleiche? Mit Drogen kenne ich mich gar nicht so aus, eines der wenigen Gebiete, auf denen ich nicht firm bin. Außer Zigaretten und Alkohol hab ich nie was genommen. Nur einmal, als Herr Müller Muffins gebacken hat. Da war irgendwas drin, und ich fand es gar nicht schlecht. Da habe ich sogar ein bisschen Halluzinationen bekommen. Vielleicht war das vorhin am Anfang der Sendung eine Art Flashback davon. Dann wäre letztendlich Herr Müller schuld, dass ich es nicht geschafft habe. Dieses Schwein! Dieses mir Drogen verabreichende Schwein! Ich summe mir eine Melodie vor, die ich aus der Werbung kenne, um mich zu beruhigen.

»Dallmayr Prodomo, vollendet veredelter Spitzenkaffee.« Didum didum didum. Im Münchner Kaffeehaus werden die Bohnen von Hand geröstet. Didum didum didum.

Die *Wer-wird-Millionär*-Musik unterbricht mich. Sabine

hat 500 geschafft, auf der Uhr stehen noch elf Minuten. Ich versinke wieder.

Didum didum didum. Die schöne Kaffeebohnenverkäuferin streicht sich offensiv lächelnd über ihren Blusenkragenknick. Didum didum didum. »Schön, dass es so etwas Gutes noch gibt.« Didum didum didum.

Als ich wieder aufschaue, glaube ich, Panik in Günther Jauchs Gesicht zu erkennen. Auf der Sendungsuhr stehen noch sieben Minuten. Darüber, auf der LED-Tafel, auf der das Publikum und wir die Fragen mitlesen können, sehe ich Eigenartiges. Ein Feld ist gelb. Das heißt, Sabine hat eine Antwort gegeben. Es ist die falsche.

Die Partei DIE LINKE ging aus dem Zusammenschluss welcher beiden Parteien hervor?

A KPD und SED

B Graue Panther und Weiße Rose

C Bündnis 90 und Die Grünen

D WASG und PDS

Sabine hat tatsächlich »KPD und SED« eingeloggt. Wie es dazu kommen konnte, habe ich nicht mitgekriegt. Die Panik, die ich bei Günther Jauch auszumachen glaube, ist wohl nicht primär der falschen Antwort geschuldet, sondern wohl eher der verbleibenden Zeit. Womöglich hat Sabine nichts allzu Spannendes zu erzählen gehabt und jetzt, nachdem sie eingeloggt hat, kann er nicht länger mit ihr plaudern. Die letzte Werbepause muss noch eingeschoben werden, und danach gibt es nur noch zwei Minuten Nettosendezeit. Also müssen noch fünf Minuten gefüllt werden. Das bedeutet: Wir spielen *noch* eine Auswahlfrage und endlich, endlich bin ich dran. Es ist, als würde man im kalten Winter ein Fenster öffnen, nachdem man drei Wochen lang vor dem Kamin gesessen hat. Ich spüre frisches Leben in mir.

Nach der Werbung und nachdem Sabine Füchsla erklärt hat, dass sie von Politik nichts versteht, weil sie eben immer CSU wählt, aber erstaunlich heiter das Studio verlassen hat, legt Günther Jauch die Situation genauso dar, wie ich es mir gedacht habe.

»Das hatten wir noch nie. Alle sind mit fünfhundert Euro oder nichts nach Hause gegangen. Zwei freuen sich darüber. Wir spielen erstmals in der Geschichte dieser Sendung eine vierte Auswahlfrage.«

Montag, 19.22

Die Aufzeichnung ist vorbei. Ich möchte nicht darüber reden.

ZWEITER TEIL

nung die Schlusssirene kam, realisiert, was passiert war und dass ich die größte Chance meines Lebens vertan habe. Realisieren geht schnell. Sportler scheinen das nicht zu können. Die werden immer von Reportern gefragt, ob sie ihren Erfolg schon realisiert haben, während sie ihre drei Goldmedaillen um den Hals hängen haben, und sagen dann nein, es wäre ja unmöglich, das jetzt schon zu realisieren, das würde wohl noch ein paar Tage oder Wochen dauern. Was für ein riesiger Quatsch! Aber immerhin haben die Erfolg, im Gegensatz zu mir. Ich bin ein schnell realisierender Loser und stehe erst um ein Uhr mittags auf, weil ich mir keinen Wecker gestellt habe, es gab keinen Grund. Heute hab ich noch frei, dann muss ich wieder in den Laden. Bringt ja nix, muss ja weitergehen alles. Ich habe auch schon Kandidaten gesehen, die ein zweites Mal in der Auswahlrunde im Studio saßen, ich darf mich also wieder bewerben. Solange man nicht auf dem Stuhl war, darf man das, aber ich bin jetzt ziemlich durch mit dem Thema.

Herr Müller scheint auch frei zu haben. Ich habe überhaupt keine Ahnung, ob er zurzeit eine Arbeit hat und wenn ja, was für eine. Wahrscheinlich hat er grade nichts, deswegen sitzt er auch um diese Zeit in der Küche und dreht Däumchen. Als ich reinkomme, springt er auf und zieht meinen Stuhl für mich raus.

»Setz dich, Paul. Wie geht es dir?«, sagt er. »Kann ich dir was Gutes tun, willst du einen Kaffee?«

»Ja, bitte«, sage ich leise und lasse mich auf den Stuhl plumpsen.

»Noch was anderes? Ein Omelett vielleicht? Ich kann dir auch einen Tomate-Mozzarella-Salat machen, den magst du doch gerne. Oder ein kleines Steak? Würstchen? Englisches Frühstück?«

»Herr Müller, ich bin nicht todkrank. Ich hab's nur nicht auf den Stuhl geschafft«, sage ich.

Aber generell gefällt mit seine plötzliche Fürsorglichkeit.

»Ich nehme nur Rühreier und Pfannkuchen.«

»Kommt sofort«, sagt er. »Soll ich den Radiosender wechseln, oder magst du die Musik?«

»Das kann ich auch selber tun, wenn mir ein Lied nicht gefällt«, sage ich.

Es läuft *Money, Money, Money*. Ich höre nicht hin und schlage die auf dem Tisch liegende Zeitung auf.

»Ich habe dir die interessanten Artikel mit Leuchtstift markiert«, sagt Herr Müller vom Herd. »Du sollst es heute richtig gut haben. Dich nicht anstrengen. Lass dich von mir verwöhnen!«

»Das mit dem Verwöhnen klingt zwar etwas eklig, aber danke.«

In den Todesanzeigen steht, dass Frau Wasserzell gestorben ist. Die gute, alte Frau Wasserzell. Vor allem alt war sie, fast hundert, und sie hat immer Überraschungseier, Magerquark und die *Frau im Glück* gekauft. Na immerhin, anderen Leuten geht es auch schlecht. Großfamilie Wasserzell trauert, genauso wie ich, über einen großen Verlust. Frau Rottenbauer erhält hiermit die Auszeichnung als meine nun älteste Kundin.

Herr Müller stellt einen Teller mit Pfannkuchen vor mir ab. Dazu drei verschiedene Marmeladen und Nutella zum Draufstreichen. Er macht mir den Tagesbeginn wirklich schön. Ich beginne, das zu würdigen und zwinge mir ein

Lächeln ins Gesicht, damit ich mich besser fühle. Man sagt ja, dass das funktionieren würde, zumindest mit einem Spiegel vorm Gesicht.

»Was würdest du heute gerne machen, Paul?«, fragt Herr Müller.

Ich schaue aus dem Fenster. Die Sonne ist da. Hallo, Sonne.

»Irgendwas mit Rausgehen und ohne Bewegung. Gerne mit Alkohol«, sage ich.

»Wir sollten Günther Jauch entführen«, sagt er.

Ich sehe ihn eine Weile lang schweigend an, er hält meinem Blick stand.

»Wir sollten was?«

»Also«, sagt er und setzt sich mir gegenüber, »es lässt sich ja nun mal nicht mehr ändern, dass wir nicht gewonnen haben.«

Dass er mein Scheitern als Gemeinschaftsunternehmung auffasst, gefällt mir in diesem Moment. Dass irgendetwas Konstruktives in den nächsten Momenten folgen wird, glaube ich aber nicht.

»Nun ja, wir bewerben uns da beide seit Jahren«, fährt er fort, »die Chancen, dass ich ausgewählt werde oder sogar du ein zweites Mal, stehen nicht so … rosig. Und deshalb hab ich mir heute Nacht so meine Gedanken gemacht, wie wir stattdessen an die Million kommen könnten.«

»Indem wir Günther Jauch entführen, klar, liegt ja auf der Hand.«

Herr Müller ist ein Idiot.

»Jetzt sei mal nicht gleich so anti. Ich habe mir das gründlich überlegt. Katja findet die Idee auch gut.«

»Katja findet auch Synchronschwimmen gut.«

»Du bist unfair. Gib der Idee doch wenigstens eine Chance.«

»Ja, gut, ich denke drüber nach. Nach dem Essen.«

Natürlich werde ich nicht darüber nachdenken. Herrn Müllers Idee liegt auf dem Gedankenniveau eines Grundschülers. Er kann das nicht ernst meinen und wird es bald wieder vergessen.

Das versuche ich auch, das Vergessen. Morgen geht es wieder in den Laden, business as usual. Da werde ich sicher wieder auf andere Gedanken kommen. Ich freue mich schon drauf, Frau Rottenbauer in ihrem Stühlchen wiederzusehen, und ich bin gespannt, wie Etienne sich eingearbeitet hat und ob er vielleicht wirklich für eine Verjüngung unserer Zielgruppe gesorgt hat. Das alles erscheint mir aufregend genug. Eine Prominentenentführung braucht es im Moment nicht unbedingt. Wirklich, was für eine bescheuerte Idee!

Nach dem späten Frühstück rufe ich im Laden an und sage Annette, dass sie morgen wieder mit mir rechnen kann.

»Du kannst morgen wieder mit mir rechnen, Annette.«

»Das ist aber schön, Paul. Und die vollkommen richtige Einstellung. Du wirst sehen, in ein paar Tagen denkt niemand mehr an die Sache, und du kannst drüber lachen.«

»Na ja.«

»Pass auf: Etienne macht morgen den Laden auf. Es reicht vollkommen, wenn du erst um neun Uhr kommst. Dann kannst du direkt an die Kasse und hast was zu tun. Ja?«

»Klingt super, dann bis morgen um neun!«

Natürlich hat Annette die Sendung gesehen. Sie lief direkt am Montagabend, eine Stunde nach Aufzeichnungsende. Alle wissen sie Bescheid, jeder saß vor dem Fernseher. Nur ich nicht, ich saß bei der Ausstrahlung mit Katja in der Kneipe. Ich will sie auch nicht sehen. Ich finde, ich habe wirklich einen guten Grund, dass dies die einzige *Wer wird Millionär*-Folge überhaupt sein wird, die ich mir niemals ansehen werde.

»Was ist denn jetzt mit meiner Idee?«, fragt Herr Müller, als ich mir in der Küche ein Glas Milch einschenke.

»Ich geh mal nach den Kühen schauen«, antworte ich.

Donnerstag, 8.55

Annette hatte einen Plan. Bei ihrem Vorschlag, einfach eine Stunde später zu kommen, habe ich mir wirklich nichts gedacht. Sie muss das direkt in dem Moment ausgeheckt haben, als ich ihr gesagt habe, ich käme wieder zum Arbeiten. Dieses durchtriebene Miststück!

Der Laden liegt direkt an der ersten (und einzigen) Kurve der Hauptstraße. Die Hauptstraße knickt nach links ab, und rechts beginnt die Fußgängerzone, hin zum Allgemeinplatz. Die Fußgängerzone ist geschätzte vierzig Meter lang, aber immerhin, nicht jedes Dorf dieser Größe hat überhaupt eine. Jedenfalls heißt das, dass man den Laden schon von Weitem sieht, wenn man auf der Hauptstraße auf ihn zufährt. Und was ich heute sehe, erscheint mir nicht ganz normal:

Da stehen etwa zwanzig Leute vor den Schaufenstern, die Banner und Schilder in den Händen halten. Als irgendeiner von ihnen mein Auto erkennt, scheint er eine Art Signal zu geben, und alle recken ihre Schriftzüge in die Höhe und hüpfen, sofern sie altersmäßig noch dazu in der Lage sind. Was soll das? So aus der Ferne kann ich lediglich ein paarmal meinen Namen auf den Schildern erkennen. Ich widerstehe dem spontanen Drang, einfach Gas zu geben, und nähere mich stattdessen vorsichtig mit etwa zehn Stundenkilometern. Als ich am Straßenrand direkt vor dem Laden und den Leuten zum Stehen komme, geschieht zweierlei: Roberto Blanco beginnt zu singen – ich hoffe, nur von einem Band –, und eine La-Ola-Welle wird gestartet.

EIN BISSCHEN SPASS MUSS SEIN, DANN IST DIE WELT VOLL SONNENSCHEIN.

Ich steige aus, und Annette quetscht sich aus Reihe zwei mit einer Flasche Champagner nach vorne, dem besten aus unserem Sortiment. Ich glaube, die haben irgendwas falsch verstanden. Einen Grund zum Feiern habe ich in letzter Zeit nirgends entdecken können. Ich lasse meinen Blick kurz über Leute und Schilder schweifen.

Frau Rottenbauer sitzt in ihrem Stühlchen und hält ein Holzschild, auf dem »Kopf hoch, Paul« steht.

Etienne Oberhaid und seine Mutter halten das größte Banner an beiden Enden: »Willkommen zurück, Fernsehstar!«

Dahinter junge Menschen, die ich nicht kenne, vielleicht Etiennes Freunde. Ziemlich sicher sogar, denn zwei von ihnen kleben mit ihrem Gesicht geradezu an ihren Smartphone-Displays, selbst während sie hüpfen; einer filmt. Sogar Herr Dr. Fischer steht am Rand, hält aber nichts und hüpft nicht. Vielleicht ist er einfach so vorbeigekommen, weil was los war. Eigentlich ist er im Ort nur als »der alte Kommunist« bekannt, weil er die *taz* liest und einmal Rainer Langhans getroffen hat, das war aber weit nach '68. Jedenfalls ist er ganz links außen positioniert, wie passend.

»Ooooooh heeeeeey«, machen sie alle und spendieren mir eine weitere Welle. Auf die Schnelle erkenne ich noch Frau Deubach, wegen der wir Marshmallows im Programm haben, Herrn und Frau Wiesenthau in voller Jack-Wolfskin-Montur und die Scheßlitz-Zwillinge, Sandro und Sanchez, die vor ein paar Wochen sechzehn geworden sind und seitdem alle paar Tage vier Flaschen Bier kaufen. Dann fällt mir auch schon Annette um den Hals. »Das ist so schön, das ist so schön«, jubelt sie. »Heute machen wir Party. Und du gibst Autogramme.«

»Ich gebe was?«

»Und einmal bitte das Vögelchen«, schreit jemand aus dem Pulk. Ich drehe mich in die Richtung der Stimme und werde im nächsten Moment von Blitzlichtern blind geschossen.

»Die Zeitung ist da«, brüllt Annette erklärend dazwischen, »und das Wochenblättchen.«

»Sagen Sie mal Spaghettiiiii!«, krächzt die Wochenblatt-Frau und drückt noch ein paarmal ab. Wenn ich richtig sehe, hat sie ein Probierstück Gelbwurst in der Hand, mit der sie den Auslöser bedient. Roberto Blanco schmettert noch immer gute Laune und Sonnenschein aus den Boxen, die sich irgendwo zwischen den Menschen befinden müssen, Annette hängt mir eine Blumenkette um den Hals. Ich glaube, ich bin im falschen Film.

TAGAUS UND TAGEIN, EIN BISSCHEN SPASS MUSS SEIN. Ooooooh heeeeeey!

Ich glaube nicht, dass ich mich mit dieser Veranstaltung anfreunden werde. Ich will wieder nach Hause. Annette schenkt mir ein Glas Champagner ein. Frau Oberhaid hängt plötzlich an meiner Hand, schüttelt sie wie von Sinnen und sagt: »Paul, das haben Sie ganz ganz toll gemacht. Das bisschen Pech, na und! Sie waren im Fernsehen und haben Günther Jauch getroffen! Mensch, unser Paul. Ich bin so stolz!«

Ooooooh heeeeeey!

Tatsächlich stellt sich in den absurden weiteren Minuten Händeschütteln und Schulterklopfen heraus, dass genau das die Meinung aller ist, der common sense. Weil ich in einer Fernsehsendung war und die Leute mich dort für drei Sekunden gesehen haben, obwohl sie mich hier jeden Tag wesentlich länger sehen, bin ich in ihrem Ansehen gestiegen. Auch wenn ich nichts gewonnen habe. Ich bin der tragische Held, der eigentlich gar nichts geschafft hat. Damit bin ich aber immer noch der größte Held, den dieses Dorf je hervorgebracht hat. »Der Ortsvorsteher kommt gegen zwölf mit dem Goldenen Buch vorbei«, sagt Annette, als die Zeitungsfrau fragt, was heute noch ansteht. Ich glaub, ich spinne.

»Wie haben Sie die Sendung denn erlebt?«, fragt die

Wochenblatt-Frau, allerdings nicht mich, sondern Etienne Oberhaid. Er sagt, er sei sehr überrascht gewesen, da er nichts von meiner Teilnahme wusste und eigentlich gar nicht Fernsehen schaue, aber seine Mutter habe ihn gerufen, als sie mich sah, und dann hätten sie mitgefiebert und Daumen gedrückt. Hätte ich es auf den Stuhl geschafft, hätte ich mit Sicherheit ordentlich was gewonnen, da sei er sich sicher. Schlaues Kerlchen, finde ich. Sehr vernünftig. So langsam wird mir der ganze Zirkus aber trotzdem zu viel.

Donnerstag, 17.20

Ich hatte schon die Hoffnung, die Polizei würde die ganze Veranstaltung wegen Ruhestörung oder Verstoßes gegen den gesunden Menschenverstand auflösen. Wie sich herausgestellt hat, kamen die Polizisten aber zum Gratulieren vorbei.

»Wenn *einmal* was los ist hier, da müssen wir doch dabei sein«, hat Herr Horb gesagt. Und sein Kollege Scheßlitz, nebenbei Zwillingsvater, hat ergänzt: »Der mobile Blitzer ist sowieso seit ein paar Wochen Schrott, haha! Glückwunsch, Paul!« Der anerkennende Schulterklopfer tat sehr weh.

Dann haben sie mir angeboten, mich nach Feierabend nach Hause zu eskortieren, weil ich ja schon ein paar Gläschen Champagner getrunken hatte. Über eine Flasche dürfte es schon gewesen sein, denke ich. Irgendwann hatte ich beschlossen, dass der beste Ausweg der ist, mich den anderen anzuschließen und mich selbst zu feiern. Und gegen die Eskorte konnte ich mich dann einfach nicht mehr wehren. Horb und Scheßlitz waren plötzlich so begeistert von ihrer Idee, vielleicht weil sie ein Stück von meinem Ruhm abhaben wollten oder überhaupt mal etwas Action im Job, von der sie dann ihren Frauen erzählen können.

Also tuckere ich jetzt hinter dem Polizeiauto her Richtung Bauernhof. Sogar das Blaulicht haben sie eingeschaltet, auf die Sirene jedoch glücklicherweise verzichtet. Wahrscheinlich erwarten sie einen Schnaps, wenn wir angekommen sind, vielleicht ist das üblich, wer weiß. Bei uns gelten andere Gesetze als in der Großstadt. Ich will nicht unbedingt von Willkür sprechen, aber mal so von der Metaebene aus betrachtet fahre ich grade in eindeutig fahruntüchtigem Zustand hinter einem Polizeiwagen her, der mir freies Geleit gibt. Und ich bin nicht mal Diplomat. Eigentlich sollten sie mir eher den Führerschein abnehmen.

Ich weiß nicht, ob es an meinem leicht vernebelten Zustand liegt, aber im Stillen habe ich mich im Lauf des Tages entschieden: Ich will wirklich etwas leisten. Ich will nicht dafür gefeiert werden, etwas nicht erreicht zu haben, der Sieger der Herzen zu sein und so 'n Scheiß. Ich hatte meine Chance in der Sendung, und das war nix. Aber die Sache ist noch nicht gelaufen. Da gibt es immer noch die Chance auf das große Geld, und um da ranzukommen, braucht man wirklich Grips. Ich werde, sobald die Polizei mich abgeliefert hat, ernsthaft mit Herrn Müller reden.

Ich will Günther Jauch entführen!

Montag, 20.15

Ich verpasse gerade die Sendung. Schon die zweite in meinem Leben, die mir entgeht. Aber es gibt einen guten Grund.

Am Freitag habe ich Cordula dabei zugesehen, wie sie 64 000 gewonnen hat. Ich gönne es ihr, ich bin mit dem Thema durch, ich habe ein neues Projekt. Es ist bestimmt schon die zehnte Zigarette, die ich mir heute anstecke, so viel rauche ich sonst nie, aber besondere Vorhaben erfordern besondere Maßnahmen. Ich bin mit Herrn Müller verabredet, im Hexenbesen, der Kneipe, in der er auflegt. Er musste noch irgendwas erledigen, hat er gesagt, deshalb habe ich die zwei Stunden von Ladenschluss bis jetzt mit Abrechnungskram überbrückt, muss auch mal sein, nun ist es vom Tisch. Den Tisch habe ich danach abgestaubt, so viel Zeit war noch.

Auf dem Allgemeinplatz ist wie immer wenig los. Die örtliche Punkerszene sitzt am Brunnen und grüßt mich freundlich mit den Bierdosen, die ich ihnen vorhin verkauft habe. Zweiliter-Faxe. Die örtliche Punkerszene besteht aus Thomas Edelfingen und Birgit Birkenfeld. Ich glaube, sie sind auch privat ein Paar. Thomas hat früher, im Alter zwischen sechs und zehn, immer Pommes bei mir an der Kasse bestellt, wenn er mit seiner Mutter einkaufen war. »Und eine Tüte Pommes mit Ketchup«, hat er immer gesagt, und dann haben wir alle gelacht, er, seine Mutter und ich. Das war unser Insiderwitz. Lustig vor allem deshalb, weil er es beim ersten Mal ernst gemeint hat, als er noch dachte, er könne alles, was er sich wünscht, überall dort bekommen, wo er gerade ist. Danach fand ich es eher lustig, weil er in diesem jungen Alter zu Reflexion und Selbstironie fähig war. Wenn er mit Birgit da ist, frage ich ihn nicht mehr, ob er noch eine Tüte Pommes dazu möchte, vielleicht fände er das mittlerweile unkomisch. Er bietet durch sein Die-frühen-Toten-Hosen-Outfit und seine Drei-Farben-Gockelfrisur zwar genug Grund zur Belustigung, aber das ist nicht mehr so bewusst gesetzt wie damals der Pommes-Gag. Pubertäre geistige Verirrung, ganz einfach. Immer noch besser, als sich einer der neumodischeren Jugendbewegungen anzuschließen und den ganzen Tag davon zu faseln, dass man den Weltschmerz in sich nur ertragen kann, wenn man sich mit der Rasierklinge in die Arme ritzt. Punk ist da noch vergleichsweise handfest.

Nach dem Allgemeinplatz sind es noch zwei Querstraßen oder zwei Minuten Fußweg bis zum Hexenbesen. Kein Mensch in Sicht. Schauen alle Jauch wahrscheinlich.

Der Hexenbesen ist ein altes Bauernhaus, mit Fachwerk und allem, zweistöckig. Unten ist die Kneipe, oben wohnt der Wirt, Wimmu. Keine Ahnung, wie er wirklich heißt, er war schon immer Wimmu. Wimmu hat einen Zweitschlüssel für meinen Supermarkt. Wenn ihm mal die Getränke ausgehen sollten, kann er rübergehen und sich was nehmen, auf Vertrauensbasis, Abrechnung dann am nächsten Tag oder am Montag, falls er sich samstags bedient. Jedenfalls sieht unsere Übereinkunft so in der Theorie aus, ihm sind nämlich noch nie die Getränke ausgegangen.

Als ich reingehe, läuft »Stairway to Heaven«, und das Licht ist so sehr heruntergedimmt, dass man glauben könnte, man sei in einer In-Kneipe in Berlin gelandet. Ich kenne zwar nicht viele In-Kneipen in Berlin, aber aus meiner Erfahrung heraus, die auf dem Besuch zweier Berliner In-Kneipen beruht, projiziere ich das einfach mal auf den Gesamtzustand dieser pulsierenden Weltstadt. In beiden Kneipen musste ich ein Feuerzeug anmachen, damit ich überhaupt erkennen konnte, was auf der Karte stand, und da stand nicht sehr viel mehr, als dass es Astra, Club Mate und Milchkaffee gab.

Wenn man den Hexenbesen betreten hat, findet man sich schon direkt am halbrunden Tresen, von wo aus sich links und rechts der Raum öffnet. Kicker und Dartautomat rechts, Tische links. Ich schaue mich um. Kein Herr Müller in Sicht. Auch kein Wimmu. Auch niemand sonst, ich bin allein. Als ich rüber zu einem der Tische gehen will, fällt es mir buchstäblich schwer, meine Füße vom Boden zu lösen. Dann macht es ffffit ffffit, und ich kann mich wieder bewegen. Wimmu sollte vielleicht öfter mal feucht durchwischen. Aber ich glaube, dafür ist seine Mutter zuständig, und die ist grade auf Kur. Hinten aus der Küche höre ich Geklapper und einen Kraftausdruck, da scheint etwas runtergefallen zu sein. Als Wimmu erscheint, sitze ich mit Blick auf den Tresen an einem Tisch und habe schon die Kerze darauf angezündet. Er reibt sich den Hinterkopf, sagt »Aaaah, der Fernsehstar! Welch Glanz in meiner bescheidenen Hütte« mit seiner rauen, bärigen Stimme und deutet eine Verbeugung an.

»Hallo«, entgegne ich.

»Darf ich Monsieur eine Hopfenkaltschale kredenzen?«

»Ich nehme erst mal eine Apfelschorle.«

»Ach, Quatsch«, sagt er und hat schon das Bierglas am

Zapfhahn, »das geht aufs Haus. Zur Not kann dir ja die Polizei wieder heimleuchten.«

Wenn hier mal irgendwas Spannendes passieren würde, würden sich solche Nebensächlichkeiten vielleicht nicht so schnell herumsprechen.

»'ne gute Figur hast du da gemacht beim Jauch. Also schon tragisch irgendwie, aber immerhin warst du auch oft im Bild, man konnte so richtig mitleiden.«

»Soll mich das irgendwie aufbauen?«

»Nö, aber das hier«, sagt er und stellt mir das Bier auf den Tresen. Bedienung an den Tisch gibt es hier nicht.

»Die Musik in Ordnung? Ich kann auch was Flotteres reinmachen, wenn du tanzen willst.«

»Lass mal«, sage ich und gehe die zwei Meter zu meinem Bier. Hinter mir quietscht die Tür. Herr Müller tritt ohne Eile ein.

»Ooooh, der DJ erscheint außerhalb seiner Arbeitszeit. Welch Glanz in meiner bescheidenen Hütte«, begrüßt ihn Wimmu originell und hat das Glas schon am Zapfhahn, während er die Frage nach der Hopfenkaltschale stellt. Herr Müller und er begrüßen sich mit einem Coole-Männer-beste-Freunde-Handshake, bei dem man die Hände quer wie beim Armdrücken zusammenklatschen lässt und sie ein bisschen hin und her schunkelt. Herr Müller und ich leben zu lange zusammen, als dass wir uns noch die Hand reichen müssten, wenn wir uns begegnen. Machen Ehepaare ja auch nicht. Wenn die Gattin morgens ins Bad kommt, um sich die Zähne zu putzen, und dort ihren Gatten trifft, der mit der Zeitung auf dem Klo sitzt, gibt man sich nicht die Hand, nein.

Herr Müller stellt eine schwere Umhängetasche ab, auf der fünffarbig PARIS gedruckt steht, und greift sich sein Bier. Wimmu hat sich offenbar auf die Schnelle auch eines gezapft, und wir stoßen an. Auf mich.

»Warst sogar mit Bild im Blättchen«, sagt Wimmu. »Gesehen?«

Ich nicke. Auf dem Titel des Wochenblatts war der komplette Supermarkt-Zirkus abgebildet, der mich am Donnerstag empfangen hat. Daneben ein Bild von mir, auf dem ich ein Sektglas in der Hand halte und ungläubig dreinschaue. Oder dumm. Ansichtssache. Darunter ein Screenshot aus der Sendung, von der Vorstellung am Anfang. Ich mit Namensbalken und der Ortsangabe darunter. Der Text dazwischen war dürftig, die Überschrift lautete »Wir waren im Fernsehen!!!«, original mit drei Ausrufungszeichen. Ich habe Annette verboten, es im Laden aufzuhängen.

»Wird schon wieder«, sagt Wimmu und haut mir unversehens auf die Schulter. Es tut weh. »Schnäpschen?«

»Nee, lass mal, wir brauchen einen klaren Kopf, wir müssen was aushecken«, antwortet Herr Müller für mich. Wimmu blickt skeptisch und greift langsam Richtung Schnapsflasche, ohne den Blick von uns zu nehmen.

»Ich meine es ernst«, sagt Herr Müller. »Und keine Nachfragen! Topsecret!«

Ich notiere in Gedanken: Tagesordnungspunkt 1: Herrn Müller das Reden verbieten!!! Drei Ausrufungszeichen.

Hinter uns quietscht es, und eine vertraute Stimme verkündet: »Ich habe das Ziel erreicht.«

»Uuuuuh, eine junge hübsche Dame. Welch Glanz in

meiner bescheidenen …«, stimmt Wimmu seine Empfangstirade an, die sich vorhin noch so speziell angefühlt hat.

Katja trägt eine mir neue, randlose Brille und hat die Haare hochgesteckt. Sie nickt uns zu und marschiert zielstrebig an uns vorbei auf den einzigen Tisch zu, den eine brennende Kerze schmückt: meinen.

»Wollen wir?«, fragt sie bestimmt, und wir verstehen es so, wie es gemeint war: als klaren Befehl, ihr zu folgen. Vielleicht nimmt sie die Sache etwas zu ernst. Ich wusste überhaupt nicht, dass sie bei der Sache mitmacht, ich war nur mit Herrn Müller verabredet, doch das lässt sich nun wohl nicht mehr allzu leicht ändern. Außerdem wohnt sie sowieso bei uns, und sie und Herr Müller sind mittlerweile der perfekte Pärchenklumpen, da ließe sich ein gefesselter Günther Jauch im Keller womöglich schlecht vor ihr verheimlichen. Herr Müller wird sich schon etwas dabei gedacht haben, sie einzuweihen. Wobei … Ach was, ich überlege nicht weiter. Wir folgen ihr.

Nachdem wir uns die Zeit mit belanglosem Geplänkel über meinen Tagesablauf und einer weiteren Runde Hopfenkaltschale vertrieben haben, sind endlich die ersehnten Stammgäste eingetroffen, die kickern und darten und den Automaten piepsen lassen; so können wir offen über unseren Plan reden, ohne dass Wimmu oder sonst wer imstande ist mitzuhören.

»Ein Treffen in der Öffentlichkeit ist das Unverdächtigste«, meinte Herr Müller, als wir darüber geredet haben, »so ist das immer in den Agentenfilmen.«

Die bestechende Logik daran hat sich mir nach wie vor

nicht erschlossen, immerhin wohnen wir zusammen, und wenn sie es wollten, könnten die Leute jeden Tag pausenlos vermuten, wir würden auf unserem Hof irgendwas aushecken. Ich glaube, sie tun es trotzdem nicht. Gegen einen Umtrunk nach Feierabend hatte ich aber auch nichts einzuwenden. Ganz im Gegenteil, es ist gut, mal rauszukommen. Herr Müller holt seinen Laptop aus der PARIS-Tasche und stellt ihn zentral vor uns auf den Tisch.

»Ich habe den perfekten Köder«, sagt er, klappt den Monitor hoch und drückt einen Knopf. Eine Website erscheint. Katja und ich starren sie lange an und begreifen nicht. Es ist einer dieser seltenen, kostbaren Momente, in denen Katja und ich dasselbe denken. Sie spricht es aus: »Was ist das? Was soll das?«

Herr Müller lächelt triumphierend in sich hinein und sagt dann: »Die hab ich gemacht.«

Wir sehen wieder auf die Seite. Sie wirkt hochwertig, professionell, kompetent programmiert oder wie man das auch immer ausdrückt. Niemals hat Herr Müller das zusammengebastelt. Außerdem ergibt es noch immer keinen Sinn.

»Jaaa, ich hatte ein bisschen Hilfe«, gesteht er schließlich, »von einem Profi.«

»Und was soll das?«, wiederhole ich mich, Katja, uns.

Die Seite ist überschrieben mit DER STRUMPFTRÄGER DES JAHRES, an einer animierten Wäscheleine in der oberen rechten Ecke hängen verschiedenfarbige Strümpfe, die langsam vorbeifahren. Überall sind Schnörkel, zentral ein Bild mit einem hochgerutschten Hosenbein, einem edlen Anzugschuh und einem goldglitzernden

Strumpf am Bein. In einem Textkasten unter dem Beinbild sind die Worte CHARITY, FRANKFURT und 50 000 EURO zu lesen, gefettet und großgeschrieben.

Ich will die Frage nicht noch einmal wiederholen und warte einfach, bis Herr Müller selbst zur Erklärung ansetzt. Es dauert zwei, drei Dartpfeilwürfe lang.

»Ich hab gebrainstormt, wie wir es ausgemacht hatten. Die Fragestellung war: Wie kommen wir möglichst einfach an Günther Jauch ran? Die Antwort seht ihr vor euch. Ich bin die Sache auf der psychologischen Ebene angegangen. Was lockt diesen Mann, der alles hat, aus dem Haus? Die Antwort: Geld, aber indirektes Geld. Geld, mit dem man etwas Gutes tun kann, worüber dann etwas in der Zeitung steht oder bei Frauke Ludowig läuft. Charity. Die gleiche Masche wie beim WWM-Promi-Special. Könnt ihr mir so weit folgen? Kommen wir also zur Folgefragestellung. Wie kann man ihm glaubhaft vermitteln, dass man ihm einfach so Geld geben will? Wo ist der Bezug zu seiner Person? Die Antwort seht ihr vor euch.«

»Strümpfe?«, fragt Katja.

»Strümpfe«, sagt Herr Müller. Und schweigt. Und schaut gewinnend.

Die Grenze zwischen Genie und Wahnsinn ist extrem schwammig. Ich weiß nicht genau, in welche Richtung ich tendieren soll, als ich begreife – und Herrn Müllers Ausführungen wie sein innerer Zwilling fortsetze: »Günther Jauch wurde schon als Krawattenmann des Jahres und als Anzugträger des Jahres ausgezeichnet. Diese beiden Auszeichnungen gibt es tatsächlich, also kann man nicht glaubhaft vermitteln, dass man sie ihm einfach noch mal geben will. Er kennt ja die Leute, die dahinterstecken. Was bleibt demnach, was ihn – rein äußerlich – ausmacht? Für ein fliehendes Kinn kann man keine Auszeichnung vergeben, die Brille ist auch nicht sonderlich speziell, Frisur genauso. Also Schuhe oder Strümpfe. Den Strumpfträger des Jahres gibt es nicht. Aber den erfinden wir … hoffe ich.«

»Richtig«, sagt Herr Müller und freut sich, dass ich des Pudels Kern so schnell gefunden habe.

Ich fahre fort: »Jauch hat in der Sendung schon öfter, mindestens zweimal, die Hose hochgezogen und seine Strümpfe gezeigt. Das ist der Bezugspunkt. Der Mann steht zu seinen Strümpfen. Dafür nominieren wir ihn und verleihen ihm den Preis.«

Herr Müller klatscht in die Hände. Wimmu an der Bar schreckt auf und zapft uns spontan drei weitere Biere. Ich kann gut eines gebrauchen. Herrn Müllers Ansatz ist teuflisch gut. Und teuflisch bescheuert. Aber mir würde nichts Besseres einfallen, um irgendwie an Jauch ranzukommen.

»Natürlich kriegt er das Geld nur, wenn er persönlich anreist und den goldenen Strumpf entgegennimmt«, ergänzt Herr Müller.

»Das ist genial«, sagt Katja mit Fernblick durch ihre Fensterglasbrille hindurch. »Echt genial.«

»Einen Versuch ist es wert«, beschließe ich meine Abwägungen.

»Wenn nicht so, wie dann?«, fragt Herr Müller und klappt den Laptop zu.

Eben. Wir haben einen Plan. Oder sagen wir lieber: Das Grundgerüst eines Plans. Jetzt muss das Haus gebaut werden.

Freitag, 20.15

Das Haus steht, der Plan ist perfekt.

»Und hier kommt Ihr Moderator. Hier ist Günther Jauch.« Dööö-dö-dömmm. Applaus. Johlen. Euphorische Pfiffe. Günther Jauch tritt auf, und ja, ich würde es nicht als gänzlich unrealistisch einschätzen, wenn er nun aus dem Fernseher heraus direkt zu uns ins Wohnzimmer staksen und sich neben uns auf die Couch setzen würde. Wir haben an alles gedacht, ich fühle mich ihm schon ziemlich nah, es kann nicht viel schiefgehen. Gut, er könnte natürlich kein Interesse daran haben, als Strumpfträger des Jahres ausgezeichnet zu werden, aber das ist nun wirklich die einzige Unwägbarkeit. Ansonsten ist das alles ziemlich wasserdicht. Wenn wir bei der Hausmetapher bleiben, dann fehlt maximal noch der Dämmschutz an manchen Fenstern. Niemandem wird etwas geschehen, wir werden uns gut um ihn kümmern. Er wird eine schöne Zeit bei uns haben, so viel steht fest. Tatsächlich war es Katja, die die große Devise ausgegeben hat, die nun über dem ganzen Entführungsplan steht: »Aber sanft muss es sein.«

Wir planen eine sanfte Entführung.

Seit Montag haben wir uns jeden Abend zur Beratung im Hexenbesen getroffen. Das war schon fast auffällig. Trotzdem kamen keinerlei komische Blicke oder Nachfragen, abgesehen von »Noch eine Runde Hopfenkaltschale?« von Wimmu.

Vielleicht hatte Herr Müller doch recht mit seiner These, dass »das Heimliche, ausgetragen in aller Öffentlichkeit, seine Heimlichkeit und somit seine Anrüchigkeit verliert«. Keine Ahnung, wo er das gelesen und wie lange er zum Auswendiglernen gebraucht hat. Wer weiß, was die Leute an den Tischen um uns herum besprochen haben? Das ist vielleicht auch nicht ohne. Herr Seuversholz und Herr Adelschlag waren zum Beispiel auch jeden Abend da und haben die Köpfe gar nicht mehr auseinandergekriegt. Also nicht weil sie miteinander intim geworden wären, sie haben eben die ganze Zeit getuschelt. Um die Planung ihres allsommerlichen Campingurlaubs kann es nicht gegangen sein, das läuft sowieso immer gleich ab, seit die beiden Anfang zwanzig waren. Frau Adelschlag kauft jedes Jahr einen Tag vor Abfahrt den halben Supermarkt leer und erzählt jedem Dahergelaufenen, wie aufregend es werden wird, jeden Abend Räuber-Rommé im Vorzelt ihres Wohnwagens zu spielen. Ich glaube, sie macht das, seit sie auf der Welt ist, der Stellplatz wurde in der Familie weitervererbt. Und da Frau Seuversholz Frau Adelschlags Cousine ist, kennt sie sich dort auch ganz gut aus. Ihren Männern wurde die Urlaubstradition beim Ja-Wort zusammen mit ihren Frauen an die Hand gegeben.

Als Entschädigung gab es dafür auch reichlich Äcker.

Die beiden haben sogar dann weitergetuschelt, wenn wir mal eine Pause eingelegt und eine Partie Kicker gespielt haben. Vielleicht wollen Seuversholz und Adelschlag irgendwas Abenteuerliches mit ihrem angeehelichten Land anstellen oder gar mit ihren geehelichten Frauen oder gar mit beidem in Kombination. Auf jeden Fall haben sie etwas ausgeheckt, und es könnte schlimmer sein als das, was wir vorhaben. Denn bei uns wird, ich kann es nicht oft genug sagen, niemandem etwas passieren, weil alles sanft ablaufen wird, ganz sanft.

Einen einzigen Zwischenfall gab es, aber der hatte so direkt nichts mit dem Plan zu tun: Katja wollte am Mittwoch einen Asbach-Cola trinken, und obwohl Herr Müller und ich das nicht für die beste Idee hielten, schlossen wir uns ihr aus Gutmütigkeit an. Als wir die Gläschen vom Tresen abholten und, zum Glück, den Inhalt etwas näher betrachteten, als sie vor uns standen, blieb uns zunächst die Spucke weg. »Drosophilidae«, sagte Herr Müller schließlich, schüttelte erst den Kopf in Richtung Wimmu und forderte ihn dann lautstark auf, zu uns an den Tisch zu kommen. In jedem unserer Gläser schwammen mindestens fünf Fruchtfliegen herum, tote Fruchtfliegen, immerhin. Wimmu versuchte zunächst noch, die Schuld auf uns abzuwälzen. Was könne er schon dafür, dass wir nun ausgerechnet einen Asbach trinken wollten, was im Hexenbesen seit Monaten niemand mehr getan habe. Da sei es doch nur logisch, dass in dem Portionierer, der unten an der kopfüber an der Wand hängenden Riesenflasche angebracht ist, lange kein Durchfluss mehr stattgefunden habe und es sich natürlich dort das eine oder andere Insekt gemütlich gemacht habe. Ich fand seine Argumentation ebenso folgerichtig wie unverschämt; Herr Müller hingegen war einseitig für unverschämt und handelte als Wiedergutmachung diverse Freirunden für uns aus. Ohne Asbach, versteht sich. Dies führte dann dazu, dass sich keiner von uns mehr in der Lage sah, ein Auto und die anderen sicher nach Hause zu befördern. Nicht etwa wegen der Polizei, Herr Horb und Herr Scheßlitz waren ja selbst im Hexenbesen, nur zwei

Tische neben uns und beim fünften bis sechsten Bier, das spielte also keine Rolle. Aber wir hatten einfach allesamt Angst davor, während der langen Fahrt am Steuer einzuschlafen. Also spazierten wir in den Supermarkt und schliefen im Lager.

»Ich kann überall schlafen«, sagte Katja, als ich ein paar Haufen Verpackungsmaterial zusammengesammelt hatte und sich allmählich matratzenähnliche Gebilde ergaben. »Aber sanft muss es sein.«

»Es sollte sowieso immer sanft sein«, sagte Herr Müller, zwinkerte Katja zu und hielt die Hände schützend auf Höhe seiner Brustwarzen.

In diesem Augenblick wurde mir zweierlei klar: Katja war höchstwahrscheinlich die Soft-SM-Frau aus dem Internet. Gut, dass das endlich geklärt war. Und außerdem …

»Ich hab's«, rief ich und sprang aus einem Haufen Ploppfolie empor wie Popeye auf Spinat. »Sanft muss es sein!«

»Ja, das habe ich eben gesagt«, sagte Katja und klopfte sich ihr Kopfkissen, einen Viererpack Jumbo-Küchenrollen, zurecht.

»Die Entführung!«, rief ich, noch immer enthusiasmiert wie selten zuvor in meinem Leben.

»Die Entführung, sie muss sanft sein. Ganz, ganz sanft.«

Der Rest ist bekannt.

Am Ende der ersten Werbepause kommt auch Katja zu uns vor den Fernseher. Sie verbreitet einen Duft wie nasses Herbstlaub.

»Eure Dusche ist übrigens ein bisschen eklig«, meint sie,

so als würde sie sagen »Katzen haben vier Beine«. Es ist eine Feststellung, unumstößlich.

Wenn ich so drüber nachdenke, kann sie durchaus recht damit haben. Wir haben zwar einen Putzplan am Kühlschrank hängen, so einen, wie man ihn von öffentlichen Toiletten her kennt. Datum und Name sind vorgedruckt, dahinter unterschreiben wir, wenn wir unsere Arbeit getan haben. Aber der Plan ist doch eher Dekoration. Die letzte Unterschrift stammt von mir und ist sechs Wochen alt. Im Laden bin ich sehr viel penibler mit der Sauberkeit, natürlich, aber zu Hause denke ich eben, dass nur ich selbst der Leidtragende bin, und ein bisschen vielleicht auch Herr Müller, wenn mal eine oder zwei Wochen lang nichts gewischt und gewienert wird. Sich beschweren und deshalb nicht wiederkommen kann sonst eben niemand. Die Grundordnung ist immer da, es geht lediglich um die Feinarbeiten in den allen zugänglichen Räumen, zum Beispiel im großen Badezimmer. Dass die Fugen in der Dusche nicht mehr ganz puderweiß sind, ist mir auch schon aufgefallen. Tatsächlich habe ich schon versucht, sie mit einer alten Zahnbürste zu reinigen, aber da sich nicht sofort ein Erfolg eingestellt hat, habe ich es sein lassen. Tief sitzender Schimmel – was will man machen? Der tut keinem weh. Im Käse ist Schimmel etwas Gutes. Erst war er nur punktuell aufgetreten, jetzt sind die Fugen eher schwarz als weiß. Man gewöhnt sich dran.

»Ich krieg das weg«, sagt Katja. »Das macht mir Spaß.«

Fast wäre ich spontan in Jubel ausgebrochen. So mag ich das Zusammenleben. Aber sie wird es schwer haben.

Eigentlich ist es ein Ding der Unmöglichkeit, wenn selbst ich schon daran gescheitert bin. Kein einfacher Job.

»Kein einfacher Job«, sage ich.

»Lass mich nur mal probieren. Ich hab da so ein Wundermittel, aus dem Teleshopping. Tiefenreinigung. Das tut man drauf, lässt es ein bisschen länger einwirken, wischt es mit einem trockenen Tuch ab, und schon ist alles weg. Das Zeug würde aus jedem Braunbär einen Eisbär machen.«

Diesen Vergleich finde ich zwar ein bisschen gewagt, aber sie kann gern ihr Glück versuchen. Mittlerweile hat sie so ziemlich alle ihre Utensilien für das tägliche Leben bei uns im Bauernhof verstaut, dazu zählen neben diversen Aufnahmegeräten, die sie immer wieder fleißig bespricht, sich dann selbst anhört und sich freut, und erstaunlich wenig Klamotten (vielleicht habe ich aber bloß nicht alle Koffer gesehen) auch ihre Palette an Putzwundermitteln.

»Ich mach das gleich jetzt«, sagt sie.

»Aber wir schauen doch Jauch«, sagt Herr Müller. »Willst du nicht mitgucken?«

»Den seh ich in nächster Zeit noch oft genug«, sagt Katja, lacht spitz auf und geht nach draußen. Zurück in die Dusche.

»Sie ist wirklich eine Bereicherung«, sage ich.

Herr Müller nickt langsam und ergriffen, als wäre es ein persönliches Kompliment an ihn.

»Sie sind mir ja 'ne Nummer«, sagt Herr Jauch im Fernseher zum aktuellen Kandidaten. Er studiert Sportmarketing und will sich von seinem Gewinn ein Kajak kaufen.

Irgendwann

Ich habe keine Ahnung, wie ich hierhergekommen bin. Herr Müller, Katja und ich stehen an einem Stehtisch vor einer Autobahnraststätte und essen Currywurst mit Pommes. Katja kichert, als sie Herrn Müller das letzte Wurststückchen aus seiner Schale herauspickt. Herr Müller schaut grimmig und grunzt. Ich selbst sehe mich permanent um und fühle mich von allen Tankenden und Rastenden beobachtet und verfolgt.

»Hast du was zu trinken für ihn gekauft?«, fragt Herr Müller.

»Eine Schokomilch im Trinkpäckchen«, sagt Katja.

»Fantastisch«, sagt er.

Sie nicken sich und mir verschwörerisch zu, wir schieben die Pappschalen in das Abfallloch in der Mitte des Tischs und setzen uns in Bewegung. Nebeneinander schlendern wir breitschultrig und mit abweisenden Gesichtern zum Parkplatz. Vor meinem Wagen bleiben wir stehen, Katja und ich positionieren uns als Blickschutz rechts und links hinten am Kofferraum, bevor Herr Müller ihn öffnet. Drinnen liegt Günther Jauch, Arme und Beine gefesselt und den Mund mit schwarzem Klebeband zugeklebt. Herr Müller zückt einen Schraubenzieher aus seiner hinteren Hosentasche, legt einen Finger auf seinen Mund und macht »Pschscht«. Er führt den Schraubenzieher auf Günther Jauch zu und durchsticht das Klebeband mittig mit der Schraubenzieherspitze. Dabei flüstert er »ruhig, brav, alles wird gut« und streichelt Günther Jauch mit der anderen Hand über die zerzauste Frisur. Katja reicht die

Schokomilch an, Herr Müller steckt den Strohhalm durch Jauchs frisches Mundloch, und der nuckelt das schmackhafte, pasteurisierte Gesöff in sieben Zügen leer. »Brav«, sagt Herr Müller wieder, nimmt das Päckchen zurück und winkt zu Günther Jauch hinunter. Katja und ich schließen uns an, wir winken zu dritt in den Kofferraum. Dann greift Herr Müller nach oben und knallt ihn beherzt zu. Niemand hat etwas mitbekommen, rundherum ist es still.

»Das haben wir gut gemacht«, sagt Katja.

Der Wackeldackel hinter der Heckscheibe signalisiert seine Zustimmung durch Nicken.

Dann wird alles schwarz.

»Paul! Paul!«

Es ist ganz, ganz leise. Es ist weit, weit weg.

»Pahaul!«

Ich schaffe es, die Augen ein ganz kleines bisschen zu öffnen. Nein. Nur das linke. Es macht Bumm-Bumm.

Bumm-Bumm-Paul. Bumm-Bumm-Paul.

Ich sehe einen Siphon. Etwas staubig. Könnte mal abgewischt werden. Man schaut sich viel zu selten bewusst Siphons an, denke ich, und mache das Auge wieder zu. Ich sehe konzentrische Kreise in Regenbogenfarben, rechts größer als links. Das muss der Himmel sein. Es ist wohl so weit, und es fühlt sich gar nicht schlimm an. Da ist der Tunnel.

Bumm-Bumm-Paul. Bumm-Bumm-Paul.

Wo ist bloß das Licht am Ende?

Bumm-Bumm-Paul. Bumm-Bumm-Paul.

Wo ist Oma Ruth, die mir zur Beruhigung ein Mon Cheri in den Mund steckt, wie sie es immer gemacht hat, wenn ich ihr zu quengelig war?

Bumm-Bumm-Paul. Bumm-Bumm-Paul.

Wo ist Herr Puschel, mein Grundschul-Kaninchen? Er könnte mir endlich die Umstände seines mysteriösen Todes während meiner nur einwöchigen Abwesenheit auf einer Skifreizeit erklären.

»Paul, ich komm jetzt rein! Geh von der Tür weg.«

Bumm-Bumm-BUMM.

Herr Müller landet ein Stück vor mir auf dem Boden und schreit wie die Kuh beim Kalben.

»Meine Schulter! Aiiiiiaaaaiiiiii!«

Katja stürmt hinter ihm her, nimmt ihn und mich als Hürde, überspringt uns elegant und reißt das Badezimmerfenster auf, dazu kreischt sie: »Frischluft! Frischluft!«

Wie ich das alles mitbekommen kann, ist mir ein Rätsel. Ich sehe es plastisch vor mir, obwohl ich die Augen nach wie vor geschlossen habe. Vielleicht bin ich wirklich schon aus meinem Körper gefahren.

Katja dreht das Wasser am Waschbecken auf, formt eine Schale mit ihren Händen und schippt es mir portionsweise ins Gesicht. Ich werde klarer. Ich spüre mich wieder.

»Das ist alles meine Schuld!«, kreischt Katja.

»Es – is – alls – in – Oang«, sage ich.

»Ich glaub, meine Scheißschulter ist gebrochen«, ächzt Herr Müller. »Diese Scheißtür.«

»Wir fluchen nicht«, sagt Katja.

Dienstag, 7.35

Herrn Müllers Schulter ist nicht gebrochen. Er ist nur verdammt wehleidig. Wie immer eben. Ständig den harten Hund markieren, aber bemitleidet werden wollen, wenn er sich mal unvorteilhaft den Musikantenknochen anstößt. Mit einem ordentlichen Flatsch Pferdesalbe wird er in ein paar Stunden wieder völlig schmerzfrei sein.

Aber der Schock sitzt bei uns allen noch tief. Wir kauen unsere Marmeladenbrote sehr langsam. Und plötzlich geht mir ein Licht auf. Ach was, kein Licht, ein Lüster.

»Das war fantastisch. Das war genial«, sage ich.

»Es war genial, dass du ohnmächtig geworden bist?«, fragt Herr Müller.

»Es hat mir die Augen geöffnet«, sage ich.

»Noch nicht so ganz, dein rechtes Auge ist ein bisschen zugeschwollen«, sagt er.

»Ich habe das letzte Puzzlestück gefunden. Was haben wir noch überhaupt nicht bei unserem Plan bedacht?«, frage ich.

Herr Müller und Katja glotzen. Die Milchkanne vor ihnen wirkt in diesem Moment intelligenter als beide zusammen. Sie begreifen nicht.

»Wie kommst du denn jetzt plötzlich auf den Plan?«, fragt Katja.

»Wie wir ihn betäuben!«, rufe ich und haue triumphierend auf den Tisch. »Wenn dein Wunderputzmittel mich umhaut, sobald ich nur ein paar Sekunden im Badezimmer bin …«

»Weil sie es die ganze Nacht lang draufgelassen und nicht gelüftet hat«, wirft Herr Müller ein.

»Ja, das wissen wir schon, ich bin schuld«, zickt Katja.

»Nicht in geschlossenen Räumen verwenden, steht extra auf der Packung!«, zickt Herr Müller zurück.

»Ruhe jetzt! Wenn das Zeug mich umhaut, nur weil es sich über Nacht im Badezimmer ausgedampft hat, dann ist das das ideale Betäubungsmittel. Sogar in kleineren Dosen.«

Stille. Herr Müller beißt in sein Brot.

»Katja, du bist genial«, sage ich.

»Und die Fugen sind auch wieder weiß«, fügt sie hinzu. Sie strahlt.

»Ich finde, wir sollten das noch mal gegenchecken«, sagt Herr Müller nachdenklich.

Damit hatte ich nun nicht gerechnet. Aber er hat recht, der Plan sollte schon perfekt sein.

»Okay, ich hab den Anfang gemacht«, sage ich. »Wer will als Nächstes umfallen?«

Stille. Herr Müller und Katja beißen in ihre Brote.

»Staturmäßig bin ich wohl leider am nächsten an Jauch dran, oder?«, sagt Herr Müller. Da kann ich nun nicht ganz zustimmen. Von der Körpergröße her kommt es fast hin, aber Herr Müller hat im Volumen doch einiges mehr zu bieten. Ich will seine Bereitschaft allerdings nicht dämpfen.

»Man muss auch mal Opfer bringen«, fährt er fort. »Aber erst nach Feierabend.«

»Wieso Feierabend? Du arbeitest doch grade gar nichts«, sagt Katja.

»Pauls Feierabend«, sagt Herr Müller. »Pauls Feierabend

ist auch mein Feierabend. Außerdem arbeite ich sehr wohl, ich bereite akribisch eine sanfte Entführung vor.«

»Abgemacht«, sage ich und stehe ganz schnell auf.

Das Feierabendgerede hat mich daran erinnert, dass ich es niemals rechtzeitig zum Arbeitsbeginn zum Laden schaffen werde. Ich soll heute aufschließen. Das wird von Frau Rottenbauer ordentlich was auf den Deckel geben.

Dienstag, 20.35

Herr Müller erwacht nach genau fünfzig Minuten von selbst aus der Putzmittel-Narkose. Ich habe die Zeit gestoppt. Das fügt sich wunderbar in den Plan ein. So viel Zeit brauchen wir nicht mal.

»Na, wie war's?«, frage ich und reiche ihm ein Glas Wasser.

»Toll war es. Ich fühle mich wie neugeboren«, sagt er.

»Glaub ich dir nicht«, sagt Katja. Es ist das genau zweite Mal, dass wir eine Meinung teilen.

»Doch«, sagt er. »Mir geht es fantastisch. Ich könnte Bäume ausreißen. Ich hab geschlafen wie ein Baby. Das ist der gleiche Effekt, wie wenn man hyperventiliert.«

»Wenn man was?«, fragt Katja.

»Woher weißt du, wie es sich anfühlt, wenn man hyperventiliert?«, frage ich. »Du bist doch gar nicht so ein grundaufgeregter Typ.«

»Das macht man natürlich vorsätzlich.«

Ich gebe ihm die Zeit, eine Erklärung nachzuschieben

und verpacke derweil den Defibrillator, den ich für den Fall der Fälle heute besorgt habe, wieder in seinem Koffer. Es ist doch erstaunlich, wer solche Dinge einfach so zu Hause herumliegen hat, ohne sie wirklich zu brauchen. Ich darf natürlich jetzt nicht verraten, wer. Das ist Informantenschutz, oder wie man das in diesem Fall auch immer nennt. Zulieferersschutz. Jedenfalls wäre Wimmu nicht gut beraten, wenn heute jemand im Hexenbesen zusammenklappen würde.

»Wir hatten ja damals nix in West-Berlin«, sagt Herr Müller. Nicht dass ich das zum ersten Mal hören würde. »Und wenn man was Cooles erleben will als Jugendlicher und keine Drogen zur Hand hat, dann schnüffelt man eben Klebstoff oder hyperventiliert ganz einfach. Das ist total leicht. Du musst dich nur an eine Wand stellen, ein Kumpel drückt dir mit dem Unterarm auf die Brust und dann …«

»Ich will es gar nicht so genau wissen«, sage ich.

»Darf ich auch mal testbetäubt werden?«, fragt Katja in unsere Mitte.

Herr Müller und ich sehen uns zweifelnd an und überdenken ihre Frage. Dann antworten wir gleichzeitig. Er mit Nein, ich mit Ja. Wir einigen uns auf ein Unentschieden und demzufolge, wie man das in diesem Fall eben tun muss, auf in dubio pro reo. Katja ist zwar nicht angeklagt, aber es reicht schon, dass Herr Müller seine Gesundheit vorsätzlich aufs Spiel gesetzt hat, ich sogar unfreiwillig. Wir brauchen keine dritte Testperson. Wir entscheiden also für sie und verbieten ihr einen Test. Vielleicht wirkt das Putzmittel auf den weiblichen Organismus grundsätzlich anders, kann man nie wissen. Aber ihre Bereitschaft rechne ich ihr hoch an.

Was man jedenfalls festhalten kann: Der Plan ist jetzt rund. Runder geht's nicht. Alles, was fehlt, ist das letzte kleine Mosaiksteinchen, die Zusage von Günther Jauch, dass er sich zum Strumpfträger des Jahres küren lassen und den Goldenen Strumpf entgegennehmen möchte. Das könnte noch ein Weilchen dauern.

Mittwoch, 11.44

»Herr Wildensorg, Herr Wildensorg!«, ruft Etienne von vorne im Laden. Ich habe ihn allein an der Kasse gelassen, um mich einer meiner absoluten Lieblingstätigkeiten zu widmen: Rechnungen abstempeln und eine Excel-Tabelle updaten. Das war natürlich gelogen, das mit der Lieblingstätigkeit. Verwaltung macht keinen Spaß. Gut, dass ich offenbar an der Front gebraucht werde.

»Ja, was gibt's denn?«, frage ich, als ich die paar Meter nach vorne eile.

»Eine Beschwerde«, sagen Etienne und jemand anders, irgendein Mann, gleichzeitig, noch sind sie nicht in meinem Blickfeld. Ich biege bei den Maoams, Wick Bonbons und Fishermen ab, und schon erkenne ich auf den ersten Blick, was Sache ist: Großstadtkunden. Auf den zweiten Blick: aus München. Woher ich das weiß? Kombinationsgabe und Erfahrung. Sie wollen irgendwas haben, was unser Repertoire nicht hergibt, und regen sich furchtbar darüber auf. Passiert alle paar Wochen.

»Sie sind der Cheffe, ja?«, sagt der stämmige Mann mit

dem Pullover um den Schultern, von dem aus mich ein kleines, aufgesticktes Krokodil angrinst.

»Ja«, sage ich mit meiner tiefstmöglichen Bruststimme.

»Dann hören Sie sich mal an, was Ihr Azubi behauptet«, sagt die Frau an des Mannes Seite. Die Sonnenbrille in ihrem Haar wippt leicht, wenn sie redet.

»Er ist kein Azubi, Etienne ist Praktikant«, sage ich.

»Ist ja noch schöner«, sagt die Frau.

»Also?«, frage ich.

»Ich habe nur gesagt, dass wir keinen Aperol Spritz im Sortiment haben«, sagt Etienne.

Die Frau beginnt fast hysterisch zu lachen. »Hören Sie?« Sie stößt ihrem Mann neckisch den Ellenbogen in die Seite. »Kein Aperol Spritz, ha! Also, wo steht er denn?«, fragt sie mich, als sie sich beruhigt hat.

Ich lasse mir eine Kunstpause lang Zeit und bereite mich darauf vor, ihren Gesichtsausdruck zu genießen: »Es stimmt. Wir haben keinen Aperol Spritz.«

Der Frau fällt das Gesicht aus dem Gesicht. Sie scheint nah an einer Ohnmacht.

»Wo leben Sie denn?«, fragt sie völlig verständnislos. »In diesem Jahrhundert, ja? Aperol Spritz ist DAS Modegetränk der letzten paar Sommer.«

»Ich weiß«, sage ich. »Aber es schmeckt scheiße.«

Ab und an habe ich Spaß daran zu provozieren. Bei Durchreisekunden bin ich gerne frech. Gerade bei solchen wie den Exemplaren vor mir, die hochnäsig durch die Welt spazieren und alle Dienstleister als Diener ansehen, die einen Hofknicks vor ihnen machen müssen. Meine Behauptung, Aperol Spritz schmecke scheiße, trifft die Frau, als hätte ich das Grab ihrer Mutter geschändet. Inzwischen kämpft sie fast schon mit den Tränen.

»Entschuldigen Sie sich bei meiner Frau!«, fordert ihr Mann.

»Sie armer, armer Mensch«, stammelt die Frau vor sich hin.

Etienne tut sich schwer damit, ein Lachen zu unterdrücken, ich spiele weiterhin den sturen Dorfdeppen und finde zunehmend Spaß daran. Im Weltbild der feinen Dame scheint man kein vollwertiges Mitglied der Gesellschaft zu sein, wenn die Verfügbarkeit von Modegetränken nicht permanent gewährleistet ist.

»Ich könnte Ihnen als Ersatz Jacky-Cola in der Dose empfehlen«, sage ich.

»Meinen Sie das ernst?«, fragt der Mann verblüfft.

»Natürlich.« Natürlich nicht.

»Wo bekommen wir denn in Ihrem Ort einen guten Aperol Spritz her?«, versucht es die Frau jetzt auf der sachlichen Ebene. Sie scheint den Schock fürs Erste verdaut zu haben.

»An jeder Tankstelle«, antworte ich. »Allerdings haben wir hier nur eine, drei Dörfer weiter, das ist das Problem. Aber wenn Sie dort sind, können Sie auch gleich Ihren schicken BMW durch die Waschstraße fahren. Der wirkt ein bisschen verdreckt.«

Der Schluss, dass der direkt vorm Schaufenster im absoluten Halteverbot stehende BMW Z3 zu dem seltsamen Aperol-Paar gehört, lag wirklich nahe. Da gab es nicht sehr viel zu kombinieren.

»Übrigens bekommen Sie gerade einen Strafzettel.«

Die beiden sehen sich um. Draußen lässt Doris gerade

den Scheibenwischer über den Zettel schnappen. Als sie mich durchs Schaufenster sieht, winkt sie freundlich herein.

»Ja, so eine Sauerei!«, poltert der Mann. »Das ist doch ein abgekartetes Spiel. Da haben uns die Bauern hier drangekriegt.«

Obwohl ich jetzt genug Grund hätte, auch ausfallend zu werden, bleibe ich überaus freundlich und belehre sie stattdessen lieber: »Nein, nein, zu so etwas sind wir Bauern gar nicht fähig. Würden Sie sich hier auskennen, wüssten Sie einfach, dass Sie um diese Uhrzeit auf keinen Fall draußen vorm Laden parken sollten. Sonst ist es nicht so schlimm. Doris ist die einzige Politesse im Landkreis, und sie fährt mit ihrem Fahrrad von Dorf zu Dorf. Zwischen elf Uhr dreißig und zwölf Uhr ist sie bei uns. Das heißt außerdem, dass wir gleich Mittagspause haben und ich Sie freundlich bitten darf, entweder irgendwas zu kaufen oder jetzt so langsam nach draußen zu gehen.«

Jetzt schauen die beiden so doof und verständnislos drein wie meine Kühe. Lustig, denn wahrscheinlich haben sie noch nie eine echte Kuh gesehen.

Wie passend, dass Frau Rottenbauer gerade jetzt ihre tägliche Sitz- und Lesesession beendet und mit dem Klappstühlchen unterm Arm aus den Tiefen des Ladens getippelt kommt. Als sie sie bemerken, gucken die beiden Stadtaffen gleich noch eine Stufe dümmer.

»Soll ich Ihnen den Weg nach draußen zeigen?«, fragt Frau Rottenbauer, auf die Tür zusteuernd, ohne den Blick vom Boden vor sich zu nehmen.

»Die sind hier alle verrückt«, flüstert die Frau, für ein Flüstern sehr laut.

»Wir gehen!«, ruft der Mann entschieden, als ob es auch andere Fortsetzungsmöglichkeiten dieser Episode gäbe.

»Auf Wiedersehen, Frau Rottenbauer«, sage ich.

Als alle den Laden verlassen haben und die Staubwolke des BMW sich verzogen hat, wischt sich Etienne die Haare aus dem Gesicht und zeigt beim Lachen alle seine Milchzähne. »Herr Wildensorg! Sie können ja echt gemein sein«, sagt er bewundernd. »Die haben Sie wirklich krass abblitzen lassen. Hat es irgendeinen Grund, dass Sie so gut drauf sind?«

»Ja«, sage ich und grinse breit. »Ist aber ein Geheimnis.«

Was ich vorhin gesagt habe, war nämlich ein bisschen gelogen. Ich habe hinten im Büro nicht nur Rechnungen abgestempelt, ich habe auch mit Herrn Müller telefoniert. Und er hatte gute Nachrichten: Günther Jauchs Management hat sich gemeldet. Er hat zur Preisverleihung zugesagt. Natürlich bin ich gut drauf. Ich könnte zur Feier des Tages direkt einen Aperol Spritz trinken. Die Flaschen stehen ein bisschen versteckt.

Sonntag, 17.30

Als ich das Wohnzimmer betrete, sehe ich Katja auf dem Boden kauern, ihr fettarmes Hinterteil regelmäßig nach rechts und links ausschwenkend. Irgendetwas macht sie mit ihren Händen.

»Was machst du da?«, frage ich.

»Ich kämme die Teppichfransen«, sagt sie mit großer Selbstverständlichkeit.

Ich habe noch nie Teppichfransen gekämmt. Ich fände es natürlicher, eine Katze zu kämmen oder seine eigenen Brusthaare. Ihr Tun erweckt in mir also eine gewisse Neugier. Ich will der Sache auf den Grund gehen.

»Katja?«

»Ruhe! Ich muss mich konzentrieren!«

»Katja? Warum genau kämmst du die Teppichfransen?«

Endlich dreht sie sich um.

»Ja, warum kämme ich wohl die Teppichfransen?«, sagt sie, als fragte sie, warum sie zwei Arme hat. »Denk mal drüber nach!«

Ich bin mir sicher, dass ihre Aufforderung nicht zum Erfolg führt, selbst wenn ich sie beherzigen würde.

»Ist das mein Kamm, den du da in der Hand hast?«

Sie übergeht die Frage und leitet gleich zu ihrer logischen Erklärung über:

»Was soll Günther Jauch denn von uns denken, wenn er hier reinkommt? Das hier ist ein ordentlicher Haushalt. Das soll er denken. Und deshalb kämme ich die Teppichfransen, damit sie schön gerade liegen und alles seine Ordnung hat.«

Intuitiv sehe ich nach oben an die Deckenecke, wo ein verstaubtes Spinnennetz im leichten Windzug hin und her schwingt.

»Er soll sich wie zu Hause fühlen, der Herr Jauch. Der Raum soll Gemütlichkeit ausstrahlen.«

Wir gehen die Sache einfach von ganz unterschiedlichen Warten aus an, überlege ich, aber so ist am Ende womöglich an alles gedacht. Morgen ist es so weit. Morgen kommt er. Wenn alles klappt.

Viel mehr Sorgen als um die Teppichfransen haben wir uns in den letzten Wochen um die genaue Aufgabenverteilung gemacht, und dabei kam ein nicht zu vernachlässigendes Problem auf: Ich kann nicht dabei sein, wenn wir ihn abholen. Selbst falls er ein schlechtes Gedächtnis hat, ist es durchaus möglich, dass er mein Gesicht noch kennt. Die Sendung liegt noch nicht lange zurück. Natürlich werden wir danach nicht die ganze Zeit mit Masken herumlaufen, wir hoffen einfach auf den Stockholm-Effekt und seine gütige Mitwirkung, das wird schon irgendwie, aber direkt beim Empfang in Frankfurt darf er noch keinen Verdacht schöpfen. Daher müssen Katja und Herr Müller das alleine hinkriegen. Der Plan ist an sich ganz einfach: Alles, was man braucht, ist eine Limousine mit abgetrenntem Fond. Die haben wir. Sie steht vor der Tür. Im Detail:

Herr Jauch kommt nicht alleine, das wissen wir. Er hat einen Assistenten Schrägstrich Diener Schrägstrich Bodyguard dabei, das wurde der Gesellschaft der deutschen Strumpfträger, also Herrn Müller, mitgeteilt. Alles, was zu tun ist, ist, die beiden im Fond zu platzieren, fertig. Und dann wird bei voller Fahrt durch die Belüftung Katjas Putzmittel auf sie losgelassen. Binnen einiger Sekunden sollten sie selig schlummern. Was hinten passiert, lässt sich auf einem Bildschirm in der Steuerkonsole überprüfen, also weiß Herr Müller, wann es so weit ist. Es wird natürlich nicht mehr Dampf als nötig geben, Stichwort Sanftheit. Herr Müller hat das alles ausbaldowert und installiert, und in einer zweiten Versuchsreihe haben er und ich es gestern ausgetestet. Nach zehn Sekunden waren wir für eine Stunde weg. Diesmal hatte ich auch keine Nahtoderscheinungen, sondern ganz angenehme Träume. Ich habe eine ganze Supermarktkette geleitet.

Der Schlitten war natürlich nicht ganz billig, wir haben ihn für fünf Tage geleast, aber von nichts kommt nichts. Man muss erst investieren, um Gewinne machen zu können – Herrn Müllers großes Credo. Auch Katja hat im Voraus Unmengen Geld ausgegeben, für die sinnlose Dekoration des Limousineninnenraums. Aber sie meint, das könne man alles wiederverwenden. Bin mal gespannt.

Weiter im Plan: Sobald die beiden Fahrgäste sich für ihr Nickerchen aneinandergekuschelt haben, stoppt Herr Müller den Wagen in einem abgelegenen Waldstück; er hat sich fünf mögliche Plätze auf der Strecke ausgesucht und sie auch schon alle abgefahren. Dort wird dann Herrn Jauchs Begleiter abgesetzt. Wir haben schon den Wetterbericht studiert, es wird nicht regnen, milde achtzehn Grad. Es soll für ihn ja auch keine Zumutung werden in der freien Natur, er ist bestimmt ein Stadtmensch. Er bekommt alle Mobiltelefone, die Katja und Herr Müller in Gepäckstücken und Hosentaschen finden, neben sich gelegt, damit der Wagen und Herr Jauch nicht geortet werden können. Dafür kann er, der Begleiter, sich aber selbst orten, sofern er weiß, wie das geht, und sich ein Taxi rufen oder einen Bus nehmen. Für den unwahrscheinlichen Fall, dass er kein Geld bei sich haben sollte, kriegt er zwanzig Euro Fahrtgeld und ein Proviantpaket dazu. Getränke, zwei Butterbrote und ein paar Radieschen aus unserem Garten. Ob wir ihm auch einen Salzstreuer dazugeben sollten, falls er die Radieschen gerne mit Salz isst, haben wir lange diskutiert und uns schließlich pro Salzstreuer entschieden. Wir hatten sowieso einen zu viel. Fast noch wichtiger ist aber das Begleitschreiben, das nach viel Hin und Her schließlich den folgenden Wortlaut hat:

Liebe Begleitperson von Günther Jauch,
wir hoffen, Sie hatten einen angenehmen Schlaf. Zur Stärkung haben wir Ihnen Brote, Radieschen, Mineralwasser und echte Kuhmilch eingepackt. Machen Sie sich bitte keine Sorgen, Herrn Jauch geht es gut. Wir entführen ihn nur für ein paar Tage, dann haben Sie ihn wieder. Sie trifft keine Schuld! Sie haben Ihren Job prima gemacht! Unser Plan war einfach sehr gut.
Bitte rufen Sie nicht die Polizei, das wäre uns unangenehm. Denn dann müssten wir doch fordernder werden, und das will niemand. Wir melden uns morgen und stellen unsere Forderungen. Das können Sie gerne ausrichten.
Wir wünschen eine komfortable Heimreise und verbleiben mit freundlichen Grüßen,
Die Entführer

Wer würde nach einem solch netten Brief noch etwas gegen uns haben?

DRITTER TEIL

Montag, 18.28

Damals, als ich im Auswahlpool zur Sendung war, dachte ich, es könne nichts Schlimmeres geben, als auf den alles entscheidenden Anruf zu warten. Das war eine krasse Fehleinschätzung. Es ist noch viel schlimmer, auf den *jetzigen*, alles entscheidenden Anruf zu warten. Herr Müller ist überfällig. Nach Zeitplan sollten sie schon längst mit allem durch sein, nur noch Herrn Jauch im Auto haben und innerhalb der nächsten halben Stunde hier auftauchen. Ich werde wahnsinnig! Aus lauter Verzweiflung und Angst davor, dass die Zeit noch langsamer vergeht, wenn ich untätig bin, habe ich schon die Kühe einmal zu oft gemolken – es kam gar nichts mehr raus – und, wer hätte es gedacht, die Teppichfransen noch einmal nachgekämmt. Die Spinnweben an der Decke sind jetzt auch weg, ich wäre fast vom Stuhl gefallen, als ich mich mit dem Staubsauger an sie rangemacht habe. Das war wirklich dumm von mir. Ich hätte das Telefonklingeln überhören können, als ich gestaubsaugt habe. Jetzt trage ich es wieder am Halfter bei mir. Der Akku ist voll. Ich habe sogar ein Meinungsinstitut, das angerufen hat, sehr rüde abgewimmelt, obwohl ich Umfragen doch eigentlich gern beantworte. Aber was soll ich tun? Wenn ich Herrn Müller anrufe und er grade dabei ist, den Bodyguard abzusetzen, wacht der vielleicht auf, sobald er ein Klingeln hört. Herrn Müllers Klingelton ist wirklich penetrant, obschon nicht originell. Es ist der Nokia-Ton, den eine Zeit lang alle Handys weltweit hatten. Jetzt gilt man eher als wunderlich, wenn man ihn noch eingestellt hat. Herrn Müller stört das nicht. Herr Müller ist an sich eine starke Persönlichkeit, ohne allerdings ständig betonen zu müssen, dass er eine starke Persönlichkeit ist, wie zum Beispiel diese Casting-Jugendlichen. Herr Müller … oh, ruft an! Jajaja! Ich gehe sofort ran.

»Wie läuft es?«

»Paul, es ist eigentlich ganz logisch.«

»Was?«, kreische ich, so hysterisch wie zehn Castingjugendliche zusammen. »Was ist logisch?«

Etwa, dass Herr Jauch doch nicht gekommen ist, weil er kurzfristig den Bundespräsidenten interviewen musste?

»Alles nach Plan, keine Sorge. Wir sind nur ein bisschen spät dran. Versetze dich mal in die Lage eines Prominenten. Wie würdest du …«

»Herr Müller, ich hab jetzt wirklich nicht die Nerven, deine Fragespielchen zu spielen.«

Eigentlich sollte ich aufatmen. Aber ich bin wütend. So ist das, wenn sich Angespanntheit lösen sollte, man aber weiter auf die Folter gespannt wird.

»Was war denn los?«

»Wir haben ihn nicht gefunden. Wir waren pünktlich am Treffpunkt, er und sein Bodyguard auch. Aber es hat dann doch ein bisschen länger gedauert, bis wir ihn erkannt haben.«

»Wieso das denn?«

Montag, 20.15

Wenn er keinen Anzug trägt, sieht Günther Jauch nicht wie Günther Jauch aus. Er wirkt so menschlich in diesem Kapuzenpulli, so nahbar. Günther Jauch liegt auf unserer Wohnzimmercouch und schläft. Das muss man sich mal vorstellen: GÜNTHER JAUCH liegt auf UNSERER Wohnzimmercouch und schläft! Nennt man das eigentlich schlafen, wenn man betäubt wurde? Jedenfalls gibt er seit Kurzem unregelmäßige Schnarchgeräusche von sich. Könnte darauf hindeuten, dass er bald aufwacht. Katja, Herr Müller und ich sitzen im Schneidersitz vor ihm auf dem Boden und warten gespannt.

»Irgendwie ist das, wie ein Kind zu bekommen«, sagt Katja. »Was wohl seine ersten Worte sind?«

Jetzt wimmert er ein bisschen im Schlaf und bewegt sich auch. Er zuckt. Lange kann es nicht mehr dauern, bis er die Augen öffnet. Wir halten den Atem an, Herr Müller vergräbt seine Nase in den gefalteten Händen. Und da passiert es. Günther Jauch öffnet die Augen.

»Was soll das?«, fragt er.

»Wir haben Sie entführt, Herr Jauch«, sagt Katja.

Günther Jauch verdreht genervt die Augen.

»Och nee. Nicht schon wieder!«, sagt er.

Stille.

Er will wohl die Hände vors Gesicht schlagen, aber die haben wir ihm zusammengebunden. Er schlägt sich fast selbst auf die Nase.

»Wieso schon wieder?«, spricht Katja unser offensichtliches Wissensdefizit aus.

»Ja glauben Sie, Sie sind die Ersten, die auf diese Entführungsidee gekommen sind?«, fragt er.

Nach einigen Sekunden allgemeiner Bedenkzeit antwortet Herr Müller bestimmt: »Ja, das haben wir geglaubt!« Wir sind verwirrt. Was will der Mann? Er kann einfach nicht schon mal entführt worden sein.

»Da haben Sie sich getäuscht. Das hier ist meine, warten Sie mal – achte Entführung. Ja, genau, die achte. Machen Sie das etwa zum ersten Mal? Heißt das, Sie haben keine Ahnung, wie das in der Branche abläuft?«

Günther Jauchs Gesicht wirkt ernsthaft ratlos. So wie wenn ihm eine gegenübersitzt, die mit der 50-Euro-Frage überfordert ist, obwohl es nicht mal um ein Sprachspiel geht. Was will er uns mitteilen? Es wird ja wohl keine Promi-Entführungsindustrie geben.

»Meine Fresse«, sagt er genervt, was mich etwas überrascht, im Fernsehen benutzt er solche Ausdrücke nämlich nicht, da würde er vielleicht *ojemine* sagen.

»Meine Fresse, Sie haben wirklich keine Ahnung und haben mich trotzdem gekriegt. Respekt!« Da lächelt er plötzlich.

»Auch der blinde Vogel findet manchmal einen Wurm«, quakt Katja drauflos und schiebt ein »Hihi« hinterher.

Durch ihr Anlachen wird klar, dass es sich um eine humorige Bemerkung handeln sollte. Günther Jauch sieht sie entsetzt mit weit aufgerissenen Augen an. Dann lächelt er mit nachsichtigem Ausdruck, schüttelt leicht den Kopf und sagt: »Entschuldigung. Ich vergesse manchmal, dass die meisten Menschen kein Autorenteam haben, das ihre spontanen Gags für sie schreibt. Jetzt aber mal im Ernst: Binden Sie mich los, dann reden wir darüber wie vernünftige Menschen. Sie brauchen keine Angst zu haben. Wenn Sie mich ordentlich behandeln, kann Ihnen gar nichts passieren. Sie kriegen Ihr gefordertes Geld in ein paar Tagen, ich mache hier so lange ein bisschen Urlaub, und dann gehen wir fröhlich unserer Wege. Ich bin nicht nachtragend.«

Er redet mit einer solchen Selbstverständlichkeit über die Sache, bei gleichzeitiger kompletter Ahnungslosigkeit unsererseits, dass es auf mich den Eindruck macht, als würde der Missionar den Wilden im Busch von den Neuerungen des iPhone 6 im Vergleich zum iPhone 5 erzählen.

»Mann Mann Mann«, fährt er fort, »ich hoffe doch aber, dass Sie für einen gewissen Grundluxus und ein gutes Unterhaltungsprogramm gesorgt haben, wenn Sie das zum ersten Mal machen. Und warum haben Sie eigentlich eine Maske auf?«

Das gilt mir. Um meine Identität so lange wie möglich geheim zu halten, habe ich mich für das Modischste entschieden, was ich aus dem Internet kenne: die klassische Vendetta-Variante, die Guy-Fawkes-Anonymous-Maske.

Herr Müller geht mit gutem Beispiel voran. Für den Empfang in Frankfurt hat er sich einen Schnurrbart angeklebt und eine dicke Hipster-Brille aufgesetzt. Jetzt entfernt er beides und nickt mir aufmunternd zu. Ich bin noch unschlüssig, ob ich so schnell Vertrauen fassen soll. Andererseits liegt da Günther Jauch, der vertrauenswürdigste Mensch der Welt.

»Ich habe Ihnen Erdbeerquark aus den Erdbeeren im Garten gemacht, Herr Jauch!«, lenkt Katja vom Thema ab.

»Na, das ist doch mal ein guter Anfang«, sagt er, »und schon haben wir einen Grund, mir die Handfesseln abzunehmen.«

Er reckt uns seine gefesselten Hände entgegen.

»Ich hole ein Messer!«, sagt der demaskierte Herr Müller spontan und erhebt sich. In anderen Situationen würde ich mir bei einer solchen Aussage Sorgen machen, aber ich bin erstaunlich ruhig. Ich begehe das erste Kapitalverbrechen meines Lebens, und alles ist so einfach und relaxt. Das liegt sicher auch daran, dass Herr Jauch so cool reagiert hat. Irgendwie hat er jetzt schon die Oberhand, die Moderation über die ganze Sache. Wenn es stimmt, was er sagt, ist er außerdem die Person hier im Raum mit der größten Erfahrung bezüglich einer Entführung von Günther Jauch.

»Machen wir einfach das Beste draus«, sagt er.

Herr Müller erscheint mit dem größten Messer aus unserem Messerblock wieder im Raum, und ich entscheide mich dafür, mein Gesicht zu entblößen. Es ist auch rein atmungstechnisch nicht sehr angenehm unter so einer Vollplastikmaske, wenn man sie länger als zehn Minuten trägt. Einer der Gründe, weshalb ich Karnevalsveranstaltungen nicht mag.

»Ich kenne Sie«, sagt Günther Jauch und verfällt, soweit es ihm möglich ist, in eine Nachdenkerpose. Er deutet mit seinen zusammengebundenen Händen auf mich, beide Zeigefinger ausgestreckt. »Sie waren doch neulich in meiner Sendung. Ha!«

Ha! Na toll. Möglicherweise verlief der ganze Vertrauensaufbau doch etwas zu schnell? War das doch alles nur Taktik, mit seinen früheren Entführungen und den Einlullungen, dass das alles ganz normal für ihn sei? Wollte er nur unsere Gesichter sehen, um sie später dem Zeichner der Phantombilder minutiös beschreiben zu können? Prima, dann haben wir es ihm gleich noch leichter gemacht. Jetzt kann er sich an meinen Namen erinnern oder ihn ohne Probleme rausfinden, und dann geht es in den Knast. Verdammt! Wir wollten doch keine Eskalation. Ich will doch nur mit ihm zusammen sein und eine Million dafür bekommen. Was für eine riesige Drecksidee, diese sanfte Entführung!

»Herr Müller!«, rufe ich panisch und will ihn so davon abhalten, Jauchs Fesseln zu öffnen. Wir brauchen erst eine neue Taktik.

»Man merkt wirklich, dass Sie Anfänger sind. Seien Sie beruhigt, ich sage es noch mal: Niemand hat ein Interesse daran, dass so eine kleine Entführung an die große Glocke gehängt wird. Ich erkläre Ihnen das gleich alles im Detail. Ich gebe Ihnen die Nummer der Entführungs-Hotline, die habe ich immer im Portemonnaie bei mir.«

»Krass«, ruft Katja, »eine Entführungs-Hotline«, und sie wedelt mit den Händen durch die Luft, wie es proseccotrinkende Damen oft tun, wenn sie sich zusammen über etwas freuen wollen und um lautstarke Zustimmung heischen. Herr Jauch straft sie wieder mit einem verächtlichen Blick ab.

»Nun bewahren Sie mal die Contenance, junge Dame, das ist alles Alltagsgeschäft. Aber«, er macht eine Kunstpause und mustert uns der Reihe nach, »es ist meines Wissens das erste Mal, dass ein früherer Kandidat aus der Sendung mich entführt. Da sind Sie Vorreiter.«

Das war ein Bonbon für Herrn Müller. Er war also doch

der Erste mit der Idee, irgendwie. Ein erfülltes Lächeln setzt sich auf seinem Gesicht fest, während er verzückt und vorsichtig die Handfesseln durchschneidet.

»Ist es so angenehm?«, fragt er wie die Coiffeuse beim Haarewaschen vor dem Schneiden – nur dass er tatsächlich schon schneidet.

»Sie machen das gut«, bestätigt Herr Jauch.

Ich versuche, Herrn Müller nicht weiter daran zu hindern, ich halte Herrn Jauch für so vertrauenswürdig wie eh und je. Er würde uns keine Lügengeschichten erzählen. Nein, er nicht. Läge da Oliver Pocher vor uns oder Veronica Ferres, dann wäre das was ganz anderes, denen würde ich nichts abnehmen, das sind durchtriebene TV-Figuren im Vergleich zu Günther Jauch. Ich habe ihn mehr als tausendmal im Fernsehen gesehen und nie, bei keiner einzigen Gelegenheit, habe ich gedacht, dass das jetzt nicht so klug war, was er da gesagt hat. Ihm nehme ich alles ab. In diesem Moment die Fußfesseln.

»Danke«, sagt Herr Jauch, betrachtet seine nur leicht geröteten Handgelenke und richtet sich zum Sitzen auf. Er zieht sich die Kapuze herunter und fährt sich durch die plattgedrückten Haare, ohne dass es einen großen Effekt hätte. Er ist so herrlich uneitel.

»Dann reden wir mal drüber«, sagt er.

»Wir gehen am besten in die Küche«, sage ich. »Wollen Sie vielleicht auch ein Bier, Herr Jauch? Auf den Schreck, habe ich gedacht. Ich habe extra einen Kasten Krombacher gekauft.«

»Sie glauben ja wohl nicht, dass ich das Zeug privat trinke. Haben Sie Wein?«

Auf der persönlichen Ebene ist mir Herr Jauch sehr sympathisch. Wir gehen in die Küche und reden drüber.

Montag, 22.15

Günther Jauch hat uns erleuchtet. Könnte man sagen. Es ist wirklich verrückt, wovon man so alles keine Ahnung hat. Nachdem er uns die ersten zwei Gläser Wein lang ein bisschen was von seinem eigenen Weingut und aus seinem Privatleben erzählt hat, über seine Frau und seine Kinder – alles hoch spannend übrigens, davon liest man ja sonst nichts in den bunten Blättchen –, kamen wir schließlich aufs Geschäft zu sprechen. Aufs Entführungsgeschäft.

»Ich sag Ihnen mal was«, hat er gesagt, und dazu eine seiner typischen Günther-Jauch-Gesten gemacht, nämlich mit dem Finger auf uns gezeigt und die Augenbrauen hochgezogen, so schelmisch, besserwisserisch. Ich habe mich direkt gefühlt, als würde ich ihm im Fernsehen dabei zusehen, wie er einen Kandidaten belehrt oder eben: ihm mal was sagt. Und dann hat er uns aufgeklärt.

»Ich sag Ihnen mal was. Was glauben Sie eigentlich, wieso die Sommerpause im Fernsehen immer so ewig dauert? Das sind bis zu drei Monaten, je nach Sendung. Na? Natürlich, weil ständig die Moderatoren entführt werden. Das ist ein lukratives Geschäft. Sie sind ja jetzt auch draufgekommen. Die ganze Medienbranche weiß das natürlich, alle Zeitungen wissen es, aber die schreiben nix drüber. Das gehört nicht zum guten Ton, das ist wie mit den schwulen Fußballern. Keiner hat was davon, wenn es rauskommt. Wenn ich jetzt die *Bunte* anrufen würde, nächste Woche, und denen sagen würde, ich wurde grade entführt und sie sollen darüber schreiben, ja was glauben Sie denn, wohin das führt? Dann würden sie alle ihre Entführungsstorys auspacken. Dann stünde Harry Wijnvoord am nächsten Tag bei der BILD und würde denen erzählen, dass es in den Neunzigern noch viel aufregender war, entführt zu werden, so rough und ursprünglich, und ihn jetzt schon lange keiner mehr entführt hat. Und wenn der Wijnvoord dann ausgeredet hat, dann kommen gleichzeitig Howard und Wayne Carpendale, Iris Berben, Mike Krüger und irgendeine von den No Angels angerannt, um ihre geilen Entführungsgeschichten zu erzählen, und verstopfen da die Redaktionstür. Das würde gar kein Ende mehr nehmen. Und deshalb bleibt das alles schön unterm Teppich. Auf die Art gewinnen alle.«

Nach einer kurzen Trink- und Nachdenkpause, in der ich und – ich denke mal – auch die anderen von dem Gefühl übermannt wurden, bislang in einer völlig anderen, viel zu engen Galaxie mit riesigen Scheuklappen gelebt zu haben, dachte ich, ich sollte dann doch mal nachfragen und mir weitere Welten eröffnen.

»Und wer, ähm, hat jetzt genau was davon, außer den … also uns, den Entführern?«

»Genau«, pflichtete mir Herr Müller sinnloserweise bei. »Wer?«

Günther Jauch begann zu kichern.

»Sie sind so herrlich naiv. Das ist jetzt nicht böse gemeint, aber ich dachte, wenn Sie so ein Ding durchziehen, hätten Sie sich vorher vielleicht umfassend vorbereitet und auch mal das deutsche Steuerrecht studiert.«

»Was hat das denn nun damit zu tun? Sie werden ja wohl nicht behaupten, dass ...«, fing ich an, und plötzlich klappte ein ganzer Schwung Türen zu neuen Universen auf. Plötzlich ergab das alles einen umfassenden Sinn. Plötzlich fühlte ich mich nicht mehr wie der fiese Gangster, der alles in der Hand hat, sondern wie ein kleines Rädchen in einem großen Apparat, der ohne mein Wissen schon jahrelang munter vor sich hin geächzt und gedampft hat. Wir sind einfach nur Mitspieler, weil ...

»... weil die Sender die Lösegelder natürlich von der Steuer absetzen«, beendete und bestätigte Jauch meinen Gedankengang. »Nach Paragraph dreiunddreißig des deutschen Einkommenssteuergesetzes ist es möglich, Lösegeldzahlungen als außergewöhnliche Belastung steuerlich abzuschreiben. Wenn, ich zitiere mal aus dem Gedächtnis, sich der Steuerpflichtige den Aufwendungen aus sittlichen Gründen nicht entziehen kann, soweit die Aufwendungen notwendig sind. Und wenn sie einen angemessenen Betrag nicht überschreiten. Mit anderen Worten: Die Sender haben die Verpflichtung, ihre Mitarbeiter wieder auszulösen.«

»Das ist ja ein starkes Stück«, kommentierte Katja, die sich bisher eher durch Zurückhaltung ausgezeichnet hat. Und dadurch, dass sie zuverlässig die Gläser wieder auffüllte.

Ich dachte die ganze Sache schon etwas weiter:

»Steht das echt so im Steuerrecht? Ein angemessener Betrag?«

»Ja, da bin ich mir sicher«, bestätigte Jauch.

»Der richtet sich ja bestimmt auch nach der Zahlungskraft des Erpressten, nicht?«

»Ich merke, so langsam begreifen Sie es.« Herr Jauch verschränkte die Arme und sah mich herausfordernd an. Auch so eine typische Haltung von ihm. »An welche Summe hatten Sie denn gedacht? Ich habe da schon eine Vorstellung, aber sagen Sie mal!«

Und schon sind wir wieder im Jetzt angekommen. Jetzt, Montag, 22.15 Uhr, zu der Zeit, zu der *Wer wird Millionär* zu Ende geht, wenn es mal eine Doppelfolge gibt. Ich wende mich von der Uhr wieder ab und Herrn Jauch zu und sage, was wir uns gedacht haben und was er sich mit Sicherheit nun gerade denkt, was wir uns gedacht haben: »Eine Million.«

»Dachte ich mir«, sagt er prompt. »Machen Sie einfach eine Million für jeden draus. Das wird gezahlt, kein Problem. Das ist ein Werbeblock beim Supertalent.«

Zeitgleich greifen Katja, Herr Müller und ich zu unseren Gläsern und kippen den Inhalt in uns hinein.

»Außerdem zahlen die mir auch eine kleine Aufwandsentschädigung«, fährt Jauch derweil fort. »Aber das bleibt unter uns. Ich glaube, ich stehe momentan ganz oben in der deutschen Rangliste. Es sei denn, Thommy Gottschalk würde grade auch entführt, dann lägen wir beide bei acht. Das frage ich ihn mal, wenn ich wieder zu Hause bin. Gibt es noch Wein? Der Wein ist wirklich gut.«

»Ja, das ist auch der beste bei uns im Laden«, sage ich und öffne eine neue Flasche.

»Stimmt, Sie sind der Supermarkt-Mann, der immer

schon vorher weiß, für wie viel Geld die Leute einkaufen. Das habe ich mir gemerkt.«

Ich verdrehe die Augen.

»Respekt. Das hätte ich mir nicht gemerkt«, sagt Herr Müller.

»Im Behalten von unnützem Wissen bin ich ganz groß«, sagt Herr Jauch.

Wir stoßen zum gefühlt fünfzehnten Mal an.

»Und was arbeiten Sie?«, fragt Herr Jauch Herrn Müller.

»Zurzeit bin ich in der Energieberatung tätig. Ich besuche irgendwelche Leute und sage ihnen, dass sie ihre Geräte nicht auf Standby lassen, sondern ausschalten sollen. Und gelegentlich den Kühlschrank abtauen. Das sind so ziemlich neunzig Prozent des Jobs.«

»Aha«, sagen Herr Jauch und ich unisono. Ich wusste tatsächlich nicht, was Herr Müller zurzeit treibt, wenn er außer Haus ist, und ich hoffe, es werden keine Anschlussfragen über die Sinnhaftigkeit gestellt.

»Und Sie verkaufen sicher Schuhe«, sagt Jauch in Richtung Katja.

»Nein, ich orientiere mich noch. Ich will was in der Sprechrichtung machen.«

Es ergeben sich keine Anschlussfragen.

»Das können Sie dann ja bald etwas lockerer angehen, wenn das Geld da ist«, sagt Jauch. Den Satz habe ich von ihm schon oft gehört.

Wir stoßen zum gefühlt sechzehnten Mal an.

»Habe ich das jetzt eigentlich richtig verstanden, Herr Jauch?«, fragt Katja. »Praktisch jeder, den man im Fernsehen sieht, wurde schon mal entführt?«

»Im Prinzip ja«, sagt er, »aber das ist so wie überall. Manche sind gefragter, manche nicht. Das sage ich jetzt mal so ganz uneitel. Ich mache ja schon ein paar Jahre lang Fernsehen, also bin ich ein bisschen bekannter als zum Beispiel der Moderator von *Land und Leute* im NDR oder als Steffen Hallaschka. Für mich gehört es einfach zum Beruf und zum Leben dazu mittlerweile, das ist ja mit allem so, was man öfter macht. Andere sind noch ganz aufgeregt und haben kein anderes Thema auf den After-Show-Partys. Und wieder andere sind ein bisschen verzweifelt, weil sie keiner entführen will. Der Pocher zum Beispiel, an sich mag ich den ja, aber was diese Sache angeht …«, er unterbricht sich kurz und scheint ein Stoßgebet abzusenden. »Sie müssen sich das mal vorstellen, der streunt regelmäßig auf irgendwelchen Autobahnraststätten herum und hofft, dass ihn da einer mitnimmt. Aber bisher wollte ihn noch niemand. Und dann diese ganzen Castingleute. Die hören einmal davon, dass es so was gibt und erzählen am nächsten Tag herum, sie wären schon dreimal entführt worden. Ich hab mir mal einen Spaß draus gemacht und den Buchhalter des Senders beim Abendessen gefragt, wer von denen wirklich schon entführt wurde. Buchhalter haben den kompletten Überblick, auch darüber, was bei der Konkurrenz abgeht, müssen Sie wissen. Und raten Sie mal! Niemand von denen wurde je entführt! Gut, doch, dieser eine Italiener von *Popstars*, aber nur, weil ihn die Entführer mit Giovanni Di Lorenzo verwechselt haben. Man glaubt es ja nicht, aber neben Gottschalk und mir sind Waldi Hartmann und Hella von Sinnen die Spitzenreiter. Ich frage mich, wer sich so was antut. Wo schlafe ich eigentlich? Ich bin ein bisschen müde.«

»Ich kenne die alle nicht, von denen Sie reden«, wirft Katja ein.

»Seien Sie froh!«, sagt Jauch und nimmt noch einen ordentlichen Schluck Roten.

»Wo Sie schlafen«, sagt Herr Müller und überlegt eine Weile, »das haben wir uns gar nicht wirklich überlegt.«

»Um ehrlich zu sein«, bin ich ehrlich, »wollten wir Sie unten in die Sauna sperren, falls Sie uns Probleme machen. Die Sauna haben wir auch ganz liebevoll gepolstert und dekoriert. Und falls nicht, nun ja, wir waren so mit den Planungen bis hierher beschäftigt, dass wir das wohl ein bisschen aus den Augen verloren haben. Entschuldigung! Wir haben natürlich ein Gästezimmer. Das müsste nur noch etwas«, während ich spreche, sehe ich bedeutungsvoll zu Katja und Herrn Müller, »*hübsch gemacht* werden.«

Was ich genau mit *hübsch machen* meine, weiß nur Herr Müller. *Entrümpeln* trifft es ziemlich gut. Im Gästezimmer, in dem seit drei, vier oder acht Jahren niemand mehr geschlafen hat – zuletzt war es eine von Herrn Müllers Tagesbekanntschaften, die nächtens aus seinem Schlafzimmer geflohen ist und sich dort eingesperrt hat, bis es hell wurde, ich habe nie gefragt, warum –, sind mittlerweile einige sperrige Gerätschaften abgestellt. Gerätschaften im Sinne von Hometrainingmaschinen, die sich Herr Müller irgendwann für teures Geld zugelegt und nicht mehr als zweimal genutzt hat. Sogar ich habe sie heimlich öfter benutzt als er, wenn er aus dem Haus war. Außerdem lagern wir dort unsere verbrauchten Glühlampen, und ein Fass mit Weinkorken steht auch herum, neben vielen, vielen alten Möbeln. Ja, das Gästezimmer *ist* recht geräumig.

Herr Müller scheint wenig begeistert von der Idee, jetzt noch in Aktion zu treten. Ich genauso.

»Sie können heute Nacht auch in meinem Zimmer schlafen, Herr Jauch«, biete ich an. »Ich nehme das Sofa. Morgen können wir dann zusammen das Gästezimmer herrichten, dann haben wir schon einen Punkt auf dem Tagesprogramm. Also einen zweiten, neben der Lösegeldforderung.«

Herr Müller atmet erleichtert auf, und Herr Jauch willigt dankend ein. Ich nehme ihn kurz darauf mit nach oben in mein Zimmer, der Tag war für uns alle anstrengend.

Er darf sich die Bettwäsche aussuchen, mit der wir gemeinsam das Bett beziehen werden. Eine Art Teambuildingmaßnahme. Oder eine Art Jugendherbergsausflug, je nach Blickwinkel. Nur eben ohne gemeinsames Duschen.

»Ich weiß nicht«, sagt er mit Blick in meinen Schrank. »Dieser Kater war mir schon immer suspekt. Ich glaube, ich würde erschrecken, direkt nach dem Aufwachen, wenn ich vielleicht noch nicht ganz klar bin und dann als Erstes dieses fiese Grinsen von diesem Kater sehen muss.«

Die Garfield-Garnitur ist somit schon mal aussortiert.

»Haben Sie eigentlich auch irgendwelche Bettwäsche ohne Comictiere drauf?«

Herr Jauch ist mittlerweile mit seiner oberen Körperhälfte in meinem Schrank verschwunden und wühlt sich durch die Motive. Zum Glück habe ich im Schrank einige Brocken Lavendelseife gegen Mottenbefall und für guten Geruch verteilt.

»Nein, tut mir leid.«

»Hm … dann nehme ich das Pferd.«

»Welches Pferd?«

»Na das hier, mit der Blume im Mund.«

Ohne mit dem Kopf aus dem Schrank zurückzukehren, streckt er einen Bezug mit Jolly Jumper darauf heraus.

»Okay, aber wenn Sie den auffalten, werden Sie auch noch Lucky Luke neben dem Pferd entdecken. Also nicht erschrecken!«

Die Wahl ist getroffen, und wir machen uns ans Beziehen. Wir arbeiten effizient und reden wenig, ich finde das sehr angenehm. Irgendwie bin ich einfach glücklich.

Schließlich liegen Lucky Luke und Jolly Jumper auf dem Bett und grinsen uns mit Strohhalm und Blume im Mund an.

»Sehr schön«, sagt Herr Jauch. Ich zeige ihm das Badezimmer, frisch durchgelüftet, und bringe ihm noch eine Flasche Wasser, falls er in der Nacht Durst bekommt. Dann sagen wir uns Gute Nacht.

»Gute Nacht, Paul.«

»Gute Nacht, Herr Jauch.«

Ich knipse das Licht aus und gehe nach unten aufs Sofa.

Dienstag, 8.45

Zweiter Entführungstag. Ich wache auf, weil irgendetwas zerbrochen ist. Mit viel Krach. Glas wahrscheinlich. Direkt im Anschluss höre ich ein »Uiuiui«, das stark nach Günther

Jauch klingt. Ich kämpfe mich aus dem durchgelegenen Sofa und gehe in Richtung der Ereignisse, in die Küche. Günther Jauch steht neben unserer zerbrochenen großen Glasschüssel und wirkt ratlos und wie auf der Suche.

»Was machen Sie denn da, Herr Jauch?«

»Belgische Waffeln.«

»Ach so.«

»Ich war schon im Garten und habe Erdbeeren gepflückt. Dann habe ich ein Waffeleisen gefunden und so gut wie alle Zutaten. Jetzt wollte ich den Teig anrühren. Wo haben Sie denn ein Kehrblech?«

»Ach lassen Sie mal, ich mach das schon. Sie sind ja unser Gast.«

»Das ist nett«, sagt er und setzt sich.

Ich hole das Kehrblech und den kleinen Besen unter der Spüle hervor und mache mich an die Arbeit.

»Haben Sie denn gut geschlafen?«, frage ich ihn.

Er antwortet eher indirekt.

»Ihre Leidenschaft für Comicfiguren beschränkt sich also nicht nur auf die Bettwäsche.«

»Hm?«, sage ich, komme aber sehr schnell drauf, was er meint. Ich trage Popeye-Boxershorts. Zum Schlafen trage ich immer nur Boxershorts. Im Winter auch ab und an ein T-Shirt. Wo wir aber grade beim Thema sind, spreche ich aus der Hocke auch Günther Jauch auf seine Kleidung an:

»Sind Sie nicht ein bisschen overdressed?«

Er trägt einen Anzug mit Hemd und Krawatte. Mir ist das erst gar nicht aufgefallen, da man ihn eben so kennt. Gestern war das erste Mal überhaupt, dass ich ihn ohne Anzug und Krawatte gesehen habe.

»Ich war der Meinung, ich sei auf dem Weg zu einer Preisverleihung, Sie erinnern sich? Da habe ich mir meine normalen Sachen eingepackt. Gut, sind wir ehrlich, meine Frau packt meine Koffer, und es waren nur Anzüge drin.«

Ich hätte auch gern eine Frau, die meine Koffer packt. Das sind sogar zwei Wünsche auf einmal. Erstens eine Frau und zweitens Koffer, die man packen muss, also irgendeinen Grund wegzufahren. Vielleicht ergibt sich das ja, wenn das Geld da ist. Gar kein so dummer Gedanke.

»Worüber denken Sie nach?«, fragt Günther Jauch. »Da im Eck ist noch eine Scherbe.«

»Über nichts«, sage ich. »Soll ich Ihnen was Bequemeres leihen?«

»Das hat keine Eile, ich bin ja dran gewöhnt. Später gern. Nach der Arbeit.«

»Welche Arbeit?«

»Wir sollten uns recht bald um die Lösegeldforderung kümmern. Sonst macht sich noch irgendjemand Sorgen um mich.«

Aus den Tiefen des Hauses heraus höre ich eine kichernde Katja und Holzdielengequietsche, das auf mindestens vier sich nähernde Füße schließen lässt.

»Guten Morgen, Herr Jauch«, sagt Katja, als sie, strahlend wie ein ganzer Atomreaktor, gefolgt von Herrn Müller die Küche betritt. Jetzt ist die ganze Herde im Stall, und aus der Überraschungseinzelaktion Frühstück wird eine Gruppenarbeit. Unter den Anweisungen von Günther Jauch, den wir zumindest dazu überreden konnten, die Krawatte auszuziehen und sich eine Schürze überzustreifen, produzieren wir feinste Belgische Waffeln.

Dienstag, beim Frühstück

»Ich finde es ja schon ein bisschen schade«, sagt Katja, während sie sich einen abenteuerlichen Berg Sahne und Erdbeeren auf eine Waffel häuft, »dass wir das nicht wie geplant machen mit der Lösegeldforderung. Das ist irgendwie alles so unpersönlich, wenn man nur anrufen muss. Total der abgebrühte Betrieb.«

Sie bläst sich geräuschvoll eine Haarsträhne aus dem Blickfeld, um ihren Unmut zu unterstreichen.

»Wie hatten Sie es denn ursprünglich geplant?«, fragt Herr Jauch beim Kauen.

»Klassisch«, sagt Herr Müller.

Als ob das schon die gesprächsbeschließende Antwort gewesen wäre, schaufelt er sich noch mehr Erdbeeren in den Mund. Herr Müller setzt ziemlich oft voraus, dass alle Menschen genauso denken wie er, daher redet er auch selten viel, weil er glaubt, es sei eh alles gesagt.

Ich entscheide mich dafür, etwas ausführlicher zu antworten: »Also, wir dachten an eine Videobotschaft wie bei Schleyer. Sie, Herr Jauch, mit einer aktuellen Zeitung in der Hand, hätten erzählen sollen, dass Sie gut behandelt werden und das Lösegeld da und da um die und die Zeit übergeben werden soll und so weiter.«

»Und ich hätte die Off-Stimme gesprochen«, ergänzt Katja. Ich glaube, das ist der eigentliche Grund für ihre Unzufriedenheit mit den einfachen Abläufen.

»Soso«, sagt Herr Jauch. »Aber Sie können natürlich mit der Entführungs-Hotline telefonieren, wenn Sie das wollen, Katja.«

Augenblicklich hellt sich ihr Gesicht auf.

»O ja! Mit einem Tuch vor dem Mund!«

»Das brauchen Sie nicht mal. Die Gespräche werden nicht mitgeschnitten. Ich muss nur zwischendurch an den Apparat und was sagen, wegen der Stimmprobe, damit die wissen, dass sie nicht veräppelt werden.«

»Klingt vernünftig«, sagt Herr Müller. »Wann wollen wir das eigentlich machen, das mit dem Anruf?«

»Ich schlage vor, nach dem Frühstück«, sagt Herr Jauch.

Dienstag, nach dem Frühstück

»Das hier ist die direkte Durchwahl zur Entführungszentrale des Senders«, sagt Jauch und schiebt Katja ein kleines Kärtchen hin. Das Telefon liegt in unserer Mitte auf dem Küchentisch, der Lautsprecher ist eingeschaltet. Wir hören einen langen Tuuut-Ton, das Freizeichen. Katja tippt die Zahlenfolge ein.

»Ein bisschen aufgeregt bin ich ja schon«, sagt sie.

Wir haben alles bis ins kleinste Detail besprochen, schon gestern Abend. Zur Sicherheit liegt vor ihr ein Zettel, auf dem ich alles Wichtige in Stichpunkten notiert habe. Aus dem Telefonlautsprecher ertönt das Anruftuten. Einmal, zweimal, dreimal. Es knackt.

»*Guten Tag, Sie sprechen mit der Entführungshotline. Im Moment sind alle Mitarbeiter im Gespräch. Der nächste freie Mitarbeiter ist für Sie reserviert. Bitte haben Sie einen Moment Geduld.*«

Skeptisch mustern Herr Müller und ich uns gegenseitig

und dann Herrn Jauch, während das Band dazu übergeht, Wartemusik zu spielen, Marius Müller-Westernhagen mit Freiheit.

»Das kann mal vorkommen«, sagt Jauch, »es ist Hochsaison.«

Wir warten also. Genug Zeit, um unsere Nummer zurückzuverfolgen – wenn man nun misstrauisch wäre. Aber Herr Jauch hat uns jegliche Angst vor Verfolgung oder Konsequenzen genommen. Und er würde niemals lügen.

»Freihahahahaheit ist das Einzige, was zählt.«

»Ich glaub, ich rauch mal eine«, sage ich und sehe fragend in die Runde. Als ob ich ihr Einverständnis einholen müsste, hier, in meiner Küche, wo wir gestern Abend ungezügelt und dekadent zum Weingenuss geraucht haben. Herr Müller schließt sich an.

»Geben Sie mir doch auch eine«, sagt Herr Jauch. »Aber verraten Sie es keinem. Ich hatte gestern schon Lust, mal wieder eine zu pofen.«

Ich wundere mich gleichermaßen über die Wortwahl und das Anliegen und halte Herrn Jauch die geöffnete Schachtel entgegen. Er greift zu. Das Warteschleifenlied hat zwischenzeitlich wieder von vorne angefangen.

»Die Kapelle rumtata, und der Papst war auch schon da.«

Klack.

»Guten Tag, entschuldigen Sie bitte die Wartezeit. Willkommen bei der Entführungshotline, Sie sprechen mit Donna. Wie kann ich Ihnen weiterhelfen?«

Donna? Kommt mir irgendwie bekannt vor. Etwa die unfreundliche Gästebetreuerin aus der Sendung? Günther

Jauch jedenfalls wackelt freudig mit dem Kopf, ich interpretiere das als Erkennungsgeste.

Katja spricht mit ihrer Navi-Stimme: »Guten Tag. Wir haben Günther Jauch entführt.«

»In Ordnung«, sagt Donna, »einen kleinen Moment bitte, da muss ich in den Jauch-Ordner gehen.«

Wir hören sehr schnelles Mausgeklicke.

»Gut, da bin ich wieder. Können Sie mir Herrn Jauch kurz geben?«

»Ich bin schon da, Donna«, sagt Herr Jauch.

»Gut, Herr Jauch, Sie kennen ja das Prozedere. Sagen Sie bitte Ihren Erkennungssatz, auf drei, zwo, eins, jetzt.«

»Der Potsdamer Postkutscher putzt den Potsdamer Postkutschkasten.«

»Vielen Dank. Alles in Ordnung bei Ihnen?«

»Ja, mir geht es gut. Sehr angenehme Entführer, aber das kenne ich ja gar nicht anders.«

»Das freut mich. Also zurück zur Logistik. Lösegeld. Wie viel darf es sein?«

»Drei Millionen«, sagt Katja.

»Gerne«, bestätigt Donna. »Ist vermerkt.«

Für einen kleinen Moment denke ich, wir hätten nicht so bescheiden sein müssen. Vielleicht hätte sie bei dreißig Millionen genauso reagiert. Aber was will man mit so viel Geld anfangen? Eine Million pro Mann reicht völlig. Pro Mann und Frau natürlich.

»Das. Ist. Nett.«, sagt Katja. Sie ist wieder in ihren Navi-Modus verfallen und spricht überdeutlich abgehackt.

»Übergabe wann und wo?«, fragt Donna.

Katja schaut verwirrt um sich und auf ihren Zettel. Ich

deute zielsicher auf den Punkt, hinter den ich groß »Übergabemodalitäten« geschrieben habe.

»Donnerstag, zwölf Uhr mittags, am Hauptbahnhof in Frankfurt am Main, Gleis sieben, hinteres Raucherquadrat.«

»Momeeent«, sagt Donna und klickt wieder wild drauflos.

»Oh, tut mir leid, das geht nicht«, sagt sie dann plötzlich.

»Was?«, entfährt es Katja, völlig unbetont.

»Was?«, sagen auch unsere Gesichter rund um den Tisch, inklusive das von Herrn Jauch.

Donna erklärt:

»Am Donnerstag um zwölf Uhr mittags findet schon die Lösegeldübergabe für Bernd Stelter statt, und zwar auf Husum. Es tut mir leid, aber einer unserer Übergabeleute hat sich eine Sommergrippe eingefangen, und daher ist es bei uns personell etwas knapp. Ich könnte Ihnen Freitag um vierzehn Uhr anbieten.«

»Wenn es sein muss«, mischt sich Günther Jauch ein. Er wirkt ziemlich eingeschnappt. Wahrscheinlich ist es ihm nicht recht, dass Bernd Stelter ihm vorgezogen wird. Vielleicht hätten wir früher anrufen sollen, schon gestern Abend, aber da war es gerade so nett. Andererseits: Hätte es Donnerstag geklappt, wäre morgen schon unser letzter Abend gewesen. Vielleicht ist Freitag doch ganz gut, dann ist es nicht so schnell vorbei. Ich forme Katja die Antwort mit den Lippen vor.

»Was?«, fragt sie laut.

»Wir akzeptieren«, flüstere ich.

»Wir akzeptieren«, spricht sie navigatorisch nach.

Herr Müller zeigt ihr einen Daumen. Gut gemacht, soll das wohl heißen.

»Also Freitag, vierzehn Uhr«, hält Donna abschließend fest. »Wie hätten Sie es gerne? Große Scheine, kleine Scheine?«

»Alles in Fünfzigern«, befindet Katja spontan. Darüber hatten wir uns nicht unterhalten. Ich bin beeindruckt. Ich glaube, sie hat das gut entschieden. Als Belohnung gibt es von Herrn Müller gleich zwei Daumen nach oben.

»Ist notiert«, sagt Donna. »Erkennungszeichen?«

»Erkennungszeichen?«, fragt Katja.

»Nun, es kann ja sein«, erläutert Donna, »dass am Freitag um vierzehn Uhr mehrere Menschen auf Gleis sieben am Frankfurter Bahnhof im hinteren Raucherbereich stehen.«

»Warten Sie mal eben«, sagt Katja und blickt ratlos auf. Günther Jauch hat eine Idee. Er deutet heftig auf mich.

»Was?«, flüstere ich. »Was meinen Sie?«

Dass es eigentlich völlig unnötig ist zu flüstern, bemerkt irgendwie niemand. Auch nicht Herr Jauch, der keine Anstalten macht, irgendetwas zu sagen, sondern noch nachdrücklicher auf mich deutet, auf Brusthöhe. Ich sehe an mir nach unten und finde seine Eingebung tatsächlich recht gut. Ich drehe mich frontal zu Katja und zeige ihr aufdringlich mein T-Shirt, das ich mir vor der Waffelaktion übergezogen habe.

»Das Erkennungszeichen ist ein T-Shirt«, sagt Katja, »ein blaues T-Shirt. Mit Spongebob Schwammkopf drauf.«

»In Ordnung«, sagt Donna. »Dann habe ich alles festgehalten. Ich wiederhole noch einmal.«

Sie wiederholt noch einmal.

»Und Ihrer Frau, Herr Jauch, sage ich, dass Sie Freitag wieder zu Hause sind, ja?«

»Jaja«, bestätigt er beiläufig.

»Ist notiert. Auf Wiederhören!«

Donna legt auf. Das ging ja einfach. Ich merke mir: T-Shirt waschen. Laut Plan wird nämlich Herr Müller die Tasche mit dem Geld entgegennehmen. Also muss *er* das Spongebob-T-Shirt tragen. Hoffentlich hält das gute Wetter, sodass er nicht frieren muss. Er soll ja nicht seine Gesundheit aufs Spiel setzen.

»Du warst super«, lobt Herr Müller Katja.

»Finde ich auch«, sagt Herr Jauch. »Und was machen wir jetzt?«

»Den Abwasch«, sagt Katja.

Dienstag, beim Abwasch

»Ein bisschen fuchst mich das ja schon«, sagt Herr Jauch, als er mit dem Geschirrtuchzipfel über einen Teller streichelt. Er ist nicht wirklich bei der Sache und erledigt seine Aufgabe nicht ordentlich. Auf manchen Tellern und Gläsern, die er nach dem Abtrocknen in den Schrank stellt, sind noch ganz deutlich Wassertropfen und sogar Schaumrückstände zu erkennen. Aber ich will ihn nicht zurechtweisen. Er ist immerhin Gast bei uns.

»Was fuchst Sie genau?«, frage ich.

»Die Sache mit Stelter. Gut, meinetwegen haben sie

dort grade Personalmangel in Köln, aber dass man da derart unflexibel ist. Nicht, dass es nicht schön wäre bei Ihnen, aber ich meine … Bernd Stelter! Das ist maximal seine dritte Entführung, und bei dem einen Mal war es seine Mutter. Dass der mir einfach vorgezogen wird …«

Er schüttelt frustriert den Kopf. Dann entscheidet er anscheinend, die Trockenarbeit ganz einzustellen. Er wirft sich das Tuch über die Schulter, stützt sich mit der linken Hand gegen das Küchenregal und sagt: »Ich sag Ihnen mal was. Wissen Sie, was Bernd Stelter immer macht, wenn er sich in seiner Garderobe unbeobachtet fühlt? Er pupst! Bis zu einer Minute lang.«

Herr Müller und ich starren uns fassungslos an, dann beginnen wir wie auf Kommando haltlos loszubrüllen. Herr Jauch kichert mit, weiß aber nicht hundertprozentig, warum. Wir haben einfach eine extrem gute Menschenkenntnis.

Unsere Türklingel beendet die allgemeine Heiterkeit. Es ist augenblicklich ausgelacht.

»Wer ist das wohl? Bernd Stelter?«, will Herr Jauch einen draufsetzen, aber mir ist eher abrupt unwohl.

Wir kriegen nie Besuch. Wer soll denn extra zu uns gefahren kommen? Die einzige Ausnahme ist der Paketbote, der Herrn Müller alle paar Monate irgendwas bringt. Und selbst dann habe ich schon immer ein extrem schlechtes Gewissen, weil die Lage unseres Hofs einfach in keine Route ordentlich einzuplanen ist, ohne dass sie sich um eine Stunde verlängert. Ich lasse meine ebenfalls nicht sehr zahlreichen Bestellungen – zwei- bis dreimal im Jahr ein Buch, DVD-Boxen, einmal ein Besteckset aus der Zoll-

Versteigerung – einfach an den Supermarkt liefern. Trotzdem bin es komischerweise immer ich, der zu Hause ist und die Tür öffnet, wenn ein Paket für Herrn Müller kommt. Ich bringe es nie übers Herz, die Boten, von denen man ja weiß, dass sie in Subunternehmen ausgenutzt und grottig bezahlt werden, ohne reichlich Trinkgeld oder wenigstens einen Teller warme Suppe wieder wegfahren zu lassen. Man glaubt es gar nicht, wie die sich alle auf die Suppe stürzen, wenn sie ihnen angeboten wird. Was ich schon alles von Paketboten beim Suppeessen vorgejammert bekommen habe … Kein schöner Beruf, wirklich nicht. In der Zalando-Werbung sind sie entschieden lebensfreudiger. In der Realität wollte die Hälfte von ihnen mal Künstler werden. Oder ist es eigentlich. Das sagen sie immer: »Eigentlich bin ich Künstler. Das ist nur eine Kurzzeitlösung mit dem Paketeausliefern. Trotzdem ein Drecksjob.«

Jetzt wäre es allerdings die beste Lösung, wäre das an der Tür nur ein Paket und ein dazugehöriger verkannter Künstler, der gleich wieder weg ist.

»Ich hab nix bestellt«, sagen Herr Müller und Katja unisono und vernichten meine Hoffnung.

»Dann müssen wir Sie wohl verstecken, Herr Jauch«, sage ich.

»Kein Problem. Sagen Sie mir einfach, wohin. Das Haus ist doch groß genug.«

»Sie könnten sich schon mal das Gästezimmer ansehen«, schlägt Katja vor. »Das wollten wir später doch sowieso ausmisten.«

Als ich Herrn Jauch den Weg zum Gästezimmer weise, klingelt es schon zum vierten Mal.

»Es tut mit leid, Herr Jauch, da drin muss es furchtbar staubig sein.«

»Wir haben doch alle im Sandkasten Dreck gefressen. Machen Sie sich mal keine Sorgen.«

»Na ja«, sage ich und schiebe ihn mit schlechtem Gewissen in sein zukünftiges Gemach.

»Verhalten Sie sich unauffällig«, sage ich, als ich die Tür schließe. Ein Satz, den ich schon immer mal sagen wollte, genauso wie: »Folgen Sie diesem Wagen!«

Ich drehe mich um, nicke Katja zu, und zeitgleich mit dem sechsten Klingeln öffnet sie die Haustür. Der geheimnisvolle Klingelterrorist ist Annette. Wieso das denn? Sollte die nicht im Laden stehen?

»Ein Wunder! Ich darf rein«, frohlockt sie zur Begrüßung. »Und Sie sind?«, schiebt sie nach und lächelt Katja entwaffnend offenherzig an.

»Katja«, sagt Katja.

»Ach ja, die Katja, die Freundin von Herrn Müller, nicht?«

»Ja, ich rede auf der Arbeit über dich«, antworte ich, stellvertretend und Annettes Wissensstand erklärend. Ich bin jetzt bei den beiden angekommen und nehme das Gespräch in die Hand in der Hoffnung, es möge alsbald beendet sein.

»Was gibt es denn, Annette? Probleme im Laden? Kann ich helfen?«

»Nein, nein. Etienne ist ein Goldstück. Der kriegt das heute auch mal ganz alleine hin. Wurst und Käse hab ich vorgeschnitten und abgepackt. Sozusagen arbeite ich also auch jetzt noch, immer, wenn ein Kunde eines von den Päckchen nimmt.«

Eine bestechende Logik.

»Wir wollten einfach mal so privat vorbeischauen. Du lässt dich in letzter Zeit so selten blicken.«

Wen meint sie denn mit wir? Annette war noch nie ein Wir. Annette war immer Annette. Entweder ist sie von gestern auf gleich schizophren geworden, oder ich verpasse wirklich Entscheidendes in ihrem Leben, weil ich anderen Hobbys nachgehe und mich kaum noch im Laden zeige.

»Willst du nicht wissen, wer Wir ist?«, fragt sie.

»Doch, darüber habe ich grade nachgedacht.«

Katja wirkt eher gelangweilt und hängt beteiligungslos im Türrahmen. Wie ein Kind, das zwischen Erwachsenen herumstehen muss, statt spielen gehen zu dürfen. Ich würde ihr gerne mit einem großväterlichen Gutmütigkeitsgrinsen einen Klaps auf den Po geben und sagen: »Na geh schon, Kleine. Geh spielen, hopp hopp.« Und dann würde sie die Treppe hinab davon ins Freie hopsen und einfach rennen, rennen, weil sie es darf, und weil sie ihre Freiheit genießt. Ab und an würde sie hochspringen, »Yippie, yippie« rufen und die Füße in der Luft zusammenschlagen. So lange, bis die untergehende Sonne am Horizont sie verschluckt. Ich glaube, ich sehe zu viele kitschige Filme.

»Wer ist denn wir?«, stellt Katja nun die erwartete Frage, weil ich meinen Einsatz verpasst habe.

»Ich ... uuuuuund ...«

Eine solche Spannung habe ich zuletzt erlebt, als ich die Lindenstraße geschaut habe, sich der Fahrstuhl geöffnet hat und ich schon vorher wusste, dass Klaus Beimer aussteigen wird. Weil er vorher eingestiegen ist.

»... Achim!«

Aha. Und wer ist Achim?

Die Frage beantwortet sich dadurch, dass der Obst- und Gemüsemann an Annettes Seite springt.

»Huch«, sagt Katja.

Hat er sich wirklich für diesen Überraschungseffekt bis eben an die Hauswand gequetscht, damit wir ihn nicht sehen?

»Ach, Achim!«, rufe ich aus und spiele den Überraschten. Die Chancen, die beiden schnell wieder loszuwerden, haben sich durch seinen Auftritt nicht grade maximiert. Er hält eine bedrohlich groß wirkende Tüte in der Hand. Was da wohl drin ist?

»Wir haben Bienenstich mitgebracht«, sagt Achim und drückt Katja die Tüte in die Hand.

Ein Dilemma. Da kriegen wir zum ersten Mal Besuch von Menschen aus meinem Bekanntenkreis, sie bringen Kuchen mit und wollen sich nett unterhalten. Und ausgerechnet jetzt habe ich Günther Jauch in meinem Haus versteckt und will sie eigentlich gar nicht reinlassen. Aber ich mag Bienenstich.

»Kommt doch rein«, sage ich, weil alles andere wochenlange Spekulationen nach sich ziehen würde, die wir nun wirklich nicht gebrauchen können. Ich klopfe dem Gemüsemann freundschaftlich und mit einem Zwinkern auf die Schulter. So machen das Männer, die sich zu neuen Eroberungen beglückwünschen, das vermute ich zumindest. Ob ich noch einen lockeren Spruch bringen soll, irgendwas mit »flotte Biene« und »Bienenstich«? Hm, später vielleicht, wenn ich mir einen ausgedacht habe, der ausreichend spontan klingt.

Ich führe die beiden in die Küche, Katja folgt, Herr Müller empfängt uns am Küchentisch. Er hat die Zeit genutzt, um Spuren zu verwischen und Herrn Jauchs Teller vom Tisch zu räumen. Das nenne ich löbliches Mitdenken, so gefällt mir die organisierte Kriminalität.

»Mi casa es su casa«, begrüßt Herr Müller die neuen Gäste und lädt mit ausgebreiteten Armen jovial dazu ein, Platz zu nehmen.

Dienstag, 12.40

So langsam wird es lang. Wie das bei Kaffee- und Kuchenrunden leider öfter üblich ist, wurden die spannenden Informationen ganz am Anfang verschossen, und man ist schon bald ins Allgemeine geraten. Jeder steuert eine relativ unspektakuläre Anekdote aus seinem Leben bei, die er mit »Ihr werdet lachen!« einleitet, damit die anderen wissen, was sie zwei Minuten später zu tun haben, und dann dient irgendwann jeder rostige Nagel als Steigeisen, um die Unterhaltung am Laufen zu halten. Eigentlich war nicht mal der Beginn spektakulär. Annette und der Gemüsemann, ich habe seinen Namen schon wieder vergessen, haben sich nach einer unerträglich langen Zeit der Anflirterei (so haben sie es nicht exakt ausgedrückt, das war eher mein Eindruck) endlich auch mal nach der Arbeit getroffen, beim Italiener. Das war vor einer Woche. Zwischenzeitlich waren sie auch mal zusammen im Wellnessbad und im Hexenbesen. Der Besuch bei uns ist ein weiterer Meilenstein in ihrer aufkeimenden Beziehung. Das war's.

»Frau Rottenbauer lässt übrigens die liebsten Grüße ausrichten, Paul«, sagt Annette.

»Danke«, sage ich, »zurück«, und stehe auf. »Ich muss mal dringend wohin. Der ganze Kaffee.«

Anklopfen wäre verdächtig, sollte man es noch in der Küche hören, also marschiere ich einfach ohne Ankündigung ins Gästezimmer. Herr Jauch zuckt zusammen, als er mich eintreten sieht, entspannt sich dann aber schnell.

»Sind die immer noch da?«, flüstert er.

Ich nicke.

Er hat einen unserer ausgemusterten Sessel von Gerümpel befreit und ihn Richtung Fenster gedreht. Darin sitzt er jetzt, die Beine auf drei übereinandergestapelten Pappkartons abgelegt.

»Sieht ja ganz gemütlich aus«, flüstere ich.

»Ist es auch«, flüstert er zurück. »Ich kann es schon noch eine Weile aushalten. Spätestens, seit ich das hier gefunden habe.«

Er deutet auf einen Haufen alter Comichefte, die neben dem Sessel liegen.

»Mit Asterix bei den Schweizern bin ich schon durch. Jetzt ist Asterix bei den Briten dran. Vielleicht kriege ich ganz Europa durch, wenn Ihre Freunde noch ein bisschen länger bleiben.«

»Ich habe auch Tim und Struppi«, sage ich.

»Ein Glas Wasser wäre mir lieber«, sagt er. »Ansonsten

fühle ich mich pudelwohl. Ich muss nur aufpassen, nicht zu laut zu lachen.«

»Ist sowieso nicht sehr hellhörig bei uns.«

»Gute alte Bausubstanz.«

»Ich bringe Ihnen dann gleich was zu trinken.«

»Dankeee«, sagt er und hält sich das Heft vors Gesicht. Mein Signal, wieder an den Pärchentisch zurückzukehren.

»Tssss, diese Römer«, flüstert er ins Heft hinein, als ich die Tür von außen schließe.

Zurück in der Küche sind Herr Müller und der Gemüsemann im Begriff, mit Schnaps anzustoßen. Noch wird eingeschenkt. Das ging aber schnell. Kaum bin ich ein paar Minuten aus dem Raum, schon steht der bissige Finne auf dem Tisch, Herrn Müllers Lieblingsschnaps. Gibt es nur zu ganz besonderen Gelegenheiten. Entweder die beiden haben rausgefunden, dass sie weitläufig verwandt sind beziehungsweise zusammen im Knabenturnverein waren, oder Herr Müller feiert mehr so für sich selbst unser geglücktes Projekt, und der Besuch des Gemüsemanns dient ihm als willkommener Vorwand, die Flasche öffnen zu können. Ich tippe auf Letzteres.

Katja und Annette scheinen sich in der kurzen Zeit ebenfalls sehr gut angefreundet zu haben, Annette hat einen Tischtennisball im Mund und spricht von Katja vorgegebene Worte nach. Professionelle Sprecherziehung ist das wohl. Sie beachten mich gar nicht.

»Haukachnchuche«, sagt Annette.

»Maultaschensuppe«, sagt Katja.

»Haukachnchuche.«

»Fast gut«, sagt Katja.

»Auf dein Wohl«, sagt der Gemüsemann und hebt Herrn Müller das überreichlich befüllte Schnapsglas entgegen. Da wird etwas daneben gehen, sie können überhaupt nicht so vorsichtig anstoßen, dass nichts daneben geht.

»Skull«, sagt Herr Müller. Sie stoßen an. Die Gläschen schwappen über, sie machen sich nichts draus und kippen das widerliche Zeug in sich hinein.

Der Gemüsemann keucht ein bisschen, nachdem der bissige Finne in ihm verschwunden ist. Ich zapfe ein Glas Wasser aus dem Spühlhahn und reiche es ihm. Er schaut dankbar. Aber um seiner eben manifestierten Männlichkeit für den Moment keinen Abbruch zu tun, wird er erst daraus trinken, wenn Herr Müller woanders hinsieht. Mir auch egal. Ich zapfe ein zweites Glas, sage, es sei für das Meerschwein, und verlasse die Küche wieder. Es ist, als wäre ich nie da gewesen. So gefällt mir das. Die Pärchen haben sich gefunden, und Herr Jauch gehört mir.

Leider will Herr Jauch beim Comiclesen nicht weiter gestört werden. Nebenbei ist er dabei, einen Plan zu entwerfen, wie er sein Zimmer einrichten möchte, sagt er. Ich bin überflüssig und tranformiere meine Lüge in Wahrheit, indem ich tatsächlich nach meinem Meerschwein auf dem Balkon schauen gehe.

Es geht ihm gut. Eigentlich weiß ich gar nicht genau, ob mein Meerschwein männlich ist, ich habe nie nachgesehen, aber für mich war er schon immer ein Er. Würde ihn sicherlich auch verwirren, wenn sich das nun plötzlich anders verhalten sollte, also bleibt es dabei. Ich akzeptiere jedes Geschlecht und jede Lebensform, aber so als Quasi-Mitbewohner, der Tür an Tür mit mir auf dem Balkon lebt, bevorzuge ich eben einen männlichen Kumpeltyp. Er allerdings kommt, wie er mir verdeutlicht, ohne meine Gesellschaft ebenso gut aus wie alle anderen im Haus. Er sitzt in einer Ecke seiner Strohbox und atmet sehr schnell, wie es Meerschweine eben so machen, wenn sie sich wohlfühlen. Wie sie es sowieso immer machen. Wasser hat er, Knabbereien hat er, ausgemistet werden muss er auch nicht. Er fiepst nicht mal. Alles in Ordnung. Mit hängenden Schultern gehe ich wieder nach drinnen.

Annette und ihr Gemüse-Lover hätten jederzeit vorbeikommen können. Sie himmelt ihn ja nicht erst seit gestern an, aus welchen Gründen auch immer. Die Liebe ist ein seltsames Spiel. Mussten sie sich ausgerechnet jetzt dazu entschließen, sich zu vereinigen und einen Ausflug auf den Bauernhof zu unternehmen? Das passt mir so gar nicht ins Konzept. Ich verliere ungern die Kontrolle. Herr Müller stellt sich schneller auf unvorhergesehene Situationen ein. Sieht man ja. So fix stand der Finne noch nie auf dem Tisch.

Was soll ich denn schon mit ihnen bereden? Mein Verhältnis zu Annette ist hauptsächlich professionell. Das mag daran liegen, dass weder sie noch ich bislang ein nennenswertes Privatleben hatten, also wenig, worüber man sich austauschen oder womit man angeben konnte. Wie es beim Gemüsemann in dieser Beziehung aussieht, kann ich nicht sagen, aber ich würde durchaus hohe Summen darauf verwetten, dass es sich ähnlich verhält. Er fährt Kartoffeln durch die Gegend, was soll man da erwarten? Wie hieß er noch mal? Albert? Zusammen sind die beiden immer noch langweilig. Doppelt langweilig. Ich meine, jetzt mal im Ernst, wir ziehen hier den Coup unseres Lebens durch, haben sowieso nicht allzu viel Zeit, die wir mit Herrn Jauch verbringen können, und dann platzen die beiden bei uns rein und denken, die Welt hätte aufgehört, sich zu drehen, nur weil sie sich mal nackt gesehen haben. Das ist ganz schön unfair. Ich will mein Verbrechen genießen können, und das geht nur, wenn sie aus dem Haus sind.

Aber was die können, kann ich schon lange. Striche durch Rechnungen machen ist mein zweiter Vorname. Das war ein dummer Gedanke, denke ich, als ich eine Nummer ins Telefon eintippe. Paul Strichedurchrechnungenmachen Wildensorg klingt reichlich bekloppt. Es knackt in der Leitung, es tutet dreimal, ich habe mein Ziel erreicht. Ich frage Etienne, ob er sich nebenbei was dazuverdienen möchte. Natürlich möchte er das. Ich gebe ihm Instruktionen. Der Junge ist genauso begabt, wie er gut aussieht, das weiß ich mittlerweile, und wenn er was für sich behalten soll, dann macht er das.

»Alles klar, in zehn Minuten. Und dieses Gespräch hat es nie gegeben«, sagt er verschwörerisch zum Abschied. Wenn er nicht mal Model im Otto-Katalog wird, könnte er es auch als Geheimagent versuchen. Den Slang beherrscht er jedenfalls.

Dienstag, zehn Minuten später

»Du bist ganz schön ungeschickt, Paul«, sagt Katja und schüttelt mütterlich ihren hübschen Kopf. Ich weiß auch nicht genau, wie mir das passieren konnte, verdeutliche ich durch meine Gestik. Nachdem ich das Telefon scheinbar unachtsam auf dem Küchentisch habe liegen lassen, wollte ich mir Sirup aus dem Kühlschrank holen und, huch, nun sind meine Hände voll damit. Zu allem Übel klingelt nun auch noch das Telefon, und ich kann nicht rangehen, als ich verlangt werde.

»Wer ist es denn, Katja?«

»Ein Herr Oberhaid aus dem Supermarkt, sagt er.«

»Wenn es um den Laden geht, gib den Hörer doch gleich Annette«, schlage ich vor und hebe meine Sirup-hände. »Wir wissen ja beide über alles Bescheid.«

Wow, noch ein ungeplantes Kompliment on top an die Frau, die ich loswerden will. Was bin ich für eine perfekte falsche Schlange!

»Na, das ist aber ein Zufall«, sagt Annette und übernimmt das Telefon.

Sie lauscht, sagt »Aha«, sagt »Oh«, sagt »O mein Gott«, sagt »Mache ich, mache ich«, legt auf und sagt: »Wir müssen leider los.«

Ich produziere einen glaubhaften Laut des Bedauerns.

»Notfall im Laden«, sagt sie. »Es geht um Gemüse. Wir werden beide gebraucht, Achim.«

Dem Gemüsemann, Achim, scheint die Information nicht zu schmecken, der Schnaps dafür umso mehr. Zusammen mit Herrn Müller nimmt er noch einen zum Abschied, und raus sind sie. In ihrer Eile und Aufgebrachtheit hören sie nicht einmal das unverhohlene Kichern aus dem Gästezimmer, als sie daran vorbeihasten. »Diese Römer!«, kommt es dumpf von drinnen, gerade als ich die Tür hinter den hinforteilenden Hausgästen schließe.

Ich warte, bis ich den Motor starten höre, dann klopfe ich Herrn Jauch aus seinem Zimmer.

»Die Luft ist rein«, sage ich.

»Das ging aber flott«, sagt er. »Wie haben Sie das geschafft?«

»Anscheinend proben ein paar Kunden bei mir im Laden den Aufstand. Sie behaupten, unser Gemüse sei genmanipuliert. Und sie haben eine Demonstration gestartet.«

»Herrje. Ist das nicht geschäftsschädigend?«, fragt er besorgt.

Ich winke ab.

»Die Kunden werden sehr schnell die Lust verlieren. Es waren Durchreisende, die niemand kennt.«

»Das ist aber mysteriös«, sagt Herr Jauch.

»Finde ich auch, Herr Jauch. Wie hätten Sie Ihr Zimmer denn nun gerne eingerichtet?«

»Ich habe es schon aufgezeichnet«, sagt er und präsentiert mir eine Skizze auf einem Blatt Löschpapier, das er in einem der Comichefte gefunden hat.

Dienstag, 21.45

Wo ist ein Porträtmaler, wenn man einen braucht? Herr Jauch hat uns, nachdem wir sein Zimmer auf Vordermann gebracht hatten, zu sich eingeladen. Er und Herr Müller sitzen in den beiden verbliebenen Sesseln, Katja und ich liegen rücklings auf dem Boden, die Arme hinter den Köpfen verschränkt, und starren an die Decke. Geredet haben wir seit einer Stunde nicht. Wir hören Platten. Und zwar nicht irgendwelche Platten. Raritäten. Und nicht mit irgendeinem Plattenspieler. Das Gerät ist älter als ich, wahrscheinlich sogar älter als Herr Jauch. Es ist erstaunlich, was man so alles im Keller herumstehen hat. Man sieht einfach zu selten nach.

Nachdem wir sein Zimmer auf Vordermann gebracht hatten – das sagt sich so schnell. Hat schon seine Zeit gedauert. Sechs Stunden, um genau zu sein. Auf Katjas Wundermittel haben wir bei der Reinigung verzichtet, ansonsten kam alles verfügbare Reinigungsmaterial zum Einsatz.

Schon recht bald, als wir noch beim Ausmisten der alten Möbel waren, kam Annettes Entwarnungsanruf. Etienne habe die Sache wohl etwas aufgebauscht, meinte sie. Aber besser war es, dass sie vorbeigeschaut habe, er sei völlig aufgelöst gewesen und habe sich Sorgen um den Ruf des Ladens und ihres Gemüsemanns gemacht. Ein guter Junge, der Etienne, meinte sie, lieber zu viel Engagement als zu wenig. Ich konnte ihr da nur zustimmen.

Ein bisschen später hat Herr Jauch beim Herumstöbern in den Kellerregalen die Hinterlassenschaften von Herrn Müllers Großeltern entdeckt. Ab da war er zu nichts mehr zu gebrauchen, und wir haben um ihn herum geschleppt, verstaut und oben eingeräumt. Als Herr Müller und ich dann gerade das Korkenfass die Kellertreppe hinunterhievten, hörten wir ihn, über vergilbte Dokumente gebeugt, wehklagen:

»Es ist eine Schande!«

»Was ist eine Schande?«, presste Herr Müller unter großen Anstrengungen heraus. Er musste das Fass unten tragen.

»Dass ich Ihre Großeltern nie in SternTV hatte. Das ist alles sehr interessant.«

»Ich glaube, sie hätten sich gefreut«, keuchte Herr Müller, der einem Hexenschuss nahe schien und aus allen verfügbaren Poren transpirierte.

»Es ist eine Schande«, rief Herr Jauch wieder, als wir das Fass endlich in einer Ecke abgestellt hatten, wo es wohl für die nächsten vierzig Jahre bleiben wird, um allmählich einzusinken.

»Was denn diesmal? Haben Sie seine SS-Uniform gefunden?«, fragte Herr Müller. Keine Ahnung, ob es ein Scherz war.

»Nein, das hier«, sagte Herr Jauch. »Eine Schande, dass das hier verstaubt. Es muss bespielt werden.«

Er drehte den verdreckten, ockergelben Koffer in unsere Richtung und zeigte uns sein Innenleben: einen Plattenspieler.

»Das ist ein original ZIPHONA-Kofferplattenspieler!«, jubelte er fast. »Vom VEB RFT Funkwerk Zittau. Echte, robuste DDR-Ware. Aus den Fünfzigern!«

Seine Augen leuchteten. Dass sich Herrn Müllers und

meine Begeisterung über seinen Fund zunächst eher in Grenzen hielt – »Na und?«, steuerte ich nur bei –, schien ihn etwas zu verstimmen.

»Banausen!«, sagte er, klappte den Koffer zu, klemmte ihn sich unter den Arm und stieg nach oben.

Erst als später der erste Ton erklang, ließen wir uns von seiner Euphorie anstecken.

Und nun machen wir Plapa. Plattenparty. Neben dem historischen Musikspieler hat Herr Jauch unter dicken Schichten Plastikfolie auch eine ganze Palette angestaubter Schallplatten gefunden. Herrn Müllers Großeltern scheinen große Jazz- und Swing-Liebhaber gewesen zu sein. Wir hören »Too Marvellous for Words« von Frank Sinatra. Ich schließe die Augen.

Mittwoch, 7.30

Irgendwann in der Nacht bin ich auf dem Gästezimmerboden wieder aufgewacht, habe nur noch den schlafenden Herrn Jauch vorgefunden und bin ins Bett gegangen. Es war ein sehr ausgefüllter Tag für uns alle. Das sind doch die schönsten Tage, nach denen man sich nicht stundenlang in den Schlaf wälzen muss, sondern einfach vor Erschöpfung gar nicht anders kann, als sofort in Tiefschlaf zu versinken. So wie man von Kindern sagt »Die werden heute Nacht gut schlafen«, wenn sie stundenlang die Wasserrutsche hochklettern und runterrutschen oder anderen sinnlosen körperlichen Aktivitäten nachgehen. Der beste Schlaf ist der nach dem munteren Spiel. Punkt.

Als ich am nächsten Morgen die Küche betrete, stehen Katja und Herr Müller eng nebeneinander am Küchenfenster und starren gebannt und fasziniert nach draußen. Die frühe Sonne steht tief und bescheint sie sanft. Sie schirmen die Augen mit den Händen ab. Ich sehe ihnen eine Weile dabei zu. Im Radio singt Lou Reed, Perfect Day. Diese Szene müsste eigentlich komplett in Sepia getaucht werden, um ihrer inneren Schönheit in all ihrer Banalität gerecht zu werden.

»Was macht ihr da?«, begrüße ich sie.

»Pscht!«, macht Katja. »Das musst du gesehen haben. Schau mal, was Herr Jauch draußen macht.«

Der ist auch schon wach? Ich stelle mich neben sie, und wir sehen gemeinsam nach draußen.

»Was macht er da?«, frage ich nach vielleicht einer Minute Beobachtung.

»Wir haben keine Ahnung«, sagt Herr Müller.

Günther Jauch schreitet unsere Wiese ab. Im Stechschritt. Er macht große Schritte mit durchgestreckten Beinen. Mit einer Pickelhaube auf dem Kopf könnte er vor dem preußischen König patrouillieren. Jetzt dreht er sich gerade wieder um neunzig Grad nach rechts und schreitet weiter. Er macht fünf Schritte, dreht sich wieder um neunzig Grad und geht wieder weiter, diesmal länger. Irgendwann dreht er sich wieder, ich habe die Schritte nicht gezählt.

»Das macht er schon seit zehn Minuten«, sagt Katja. »Er geht im Kreis.«

»Er geht eher im Quadrat«, berichtigt Herr Müller sie.

»Genau genommen im Rechteck«, berichtige ich beide. »Zwei Seiten sind eindeutig länger als die anderen.«

»Er misst irgendwas ab«, sagt Herr Müller.

»Vielleicht tut ihm die Landluft doch nicht so gut«, meint Katja.

»Wir sollten ihn einfach fragen«, beschließe ich.

Wir begeben uns nach draußen und warten aus Höflichkeit ab, bis er uns bemerkt. Dann fragen wir ihn, was er da tut.

»Sie haben hier«, er breitet die Arme aus, »einen so großen Garten. Eine ebene Wiese. Und Sie machen nichts draus! Was man da alles draus machen könnte.«

»Was denn zum Beispiel?«, fragt Herr Müller.

»Da muss man nicht Tine Wittler sein, damit einem was einfällt. Sie könnten ein Gartenhaus bauen. Oder – also mal ganz egoistisch gedacht, weil so ein Gartenhausbau dauert ja eine Weile, und Absperrband haben Sie sicherlich: ein Federballfeld.«

Ich sehe Katja und Herrn Müller nicht an, aber ich kann mir gut vorstellen, dass auf ihren Gesichtern der gleiche ratlose Ausdruck liegt wie auf meinem.

»Sie werden ja wohl einen Federball haben! Und Schläger. Irgendwo im Keller, da findet man doch alles, wie wir wissen.«

In der sich ausbreitenden Stille hört man eine der Kühe aus dem Stall muhen. Ich glaube, es ist Helene.

»Ich geh mal nachsehen«, sagt Herr Müller irgendwann, und die Gegenüberstellung scheint beendet. Er trottet ins Haus und sucht nach Federballutensilien.

»Mal was ganz anderes, Herr Jauch«, sagt Katja. »Was haben Sie denn da eben abgeschritten?«

»Das ist nichts anderes, Katja«, erkläre ich ihr. »Das waren die Maße eines Federballfelds.«

»Um genau zu sein, Badminton«, erklärt Herr Jauch. »Ich glaube nicht, dass Federball an sich olympisch ist oder dass es ein genormtes Feld dafür gibt.«

Katja wird einen Moment sehr nachdenklich.

»Was ist denn der Unterschied zwischen …«

»Ich brauche noch einen Kaffee«, sagt Herr Jauch und geht an uns vorbei ins Haus.

Mittwoch, 9.20

Als es um die Mitspielerwahl geht, wird es schwierig. Jeder will natürlich mit Herrn Jauch zusammen spielen. Er ist der Star. Ob er nun sportlich was drauf hat oder nicht, ist eher nicht so entscheidend. Irgendwann mal wird man erzählen können, dass man damals mit Günther Jauch zusammen in einem Team Federball gespielt hat. Und da kommen dann keine Nachfragen, ob man gewonnen oder verloren hat, die Information über den Teampartner bringt einem schon genug Respekt ein. Vielleicht auch die Randbemerkung, dass das legendäre Federballspiel im Rahmen einer wasserdicht aufgezogenen Entführung vonstatten ging. Wird man ja mal ausplaudern können, irgendwann. Herrn Jauch fällt die Partnerwahl sichtlich schwer. Ich glaube, er will nicht mit Katja spielen.

»Also, Sie beide«, er deutet mit dem Kopf auf Herrn Müller und mich, »Sie kennen sich wirklich zu gut, um zusammen in einer Mannschaft zu spielen. Immerhin teilen Sie sich seit Jahren diesen Hof, da sind Sie quasi schon eingespielt, die Gegner hätten überhaupt keine Chance. Wäre es nicht schön, wenn das Paar«, damit meint er natürlich Katja und Herrn Müller, »auch ein sportliches Paar wäre?«

»Au jaaa«, freut sich Katja und geht ihm in die Falle. Ich freue mich natürlich auch. Ich darf mit Herrn Jauch spielen. »Wir können ja später mal Partnertausch machen«, schlägt Herr Müller in leiser Hoffnung vor.

»Natürlich können wir das«, sagt Herr Jauch. »Aber jetzt sollten wir erst mal anfangen.«

Herr Müller war mit Absperrband, einer Auswahl an Schlägern, fünf Federbällen und einem tadellosen Volleyballnetz samt Stangen aus dem Keller zurückgekehrt. Es scheint wirklich nichts zu geben, was es dort unten nicht gibt. Er hatte sich alles auf einmal aufgeladen, was ihm meinen ehrlichen Respekt einbrachte. Beim Aufbau der ganzen Chose übernahm jeder die Rolle, die er am besten beherrscht, das heißt, Herr Jauch hat wieder eher moderiert, als mit anzupacken. Als es kurzzeitige Probleme mit der Netzentwirrung gab, hat er die Anekdote vom umgefallenen Tor in der Champions League zum Besten gegeben, das er zusammen mit Marcel Reif kommentieren musste. Katja kannte die Geschichte noch nicht. Herr Müller und ich haben also die Linien gelegt und fixiert, das Netz aufgestellt, und Katja hat ab und an etwas angereicht oder gehoben, und sonst hat sie gestaunt und »oooh« und »aaah« gesagt. Außerdem hat sie Orangensaft ausgepresst und sich ein weißes Kleidchen angezogen.

Das Spiel beginnt. Günther Jauch semmelt den ersten Aufschlag ins Netz.

»Das gilt noch nicht, wir spielen uns noch warm«, kommentiert er sich selbst.

Mittwoch, 15.00

Wir haben uns sehr lange warmgespielt, aber als wir endlich mit dem Zählen angefangen haben, wurde es auch nicht unbedingt besser. Dabei sollte man doch von jemandem, der lange Zeit als Sportmoderator tätig war, vielleicht ein Mindestmaß an Sportlichkeit erwarten können! Na gut, er hat meines Wissens nie Federball kommentiert oder Tennis oder sonst irgendetwas Artverwandtes, Lacrosse oder wie das heißt, oder Squash oder Teppichklopfen. Federball ist doch das Einfachste!

In meiner Vorstellung von seinem Alltagsleben hat Günther Jauch immer Federball gespielt. Mit einem cremefarbenen Kaschmirpullover über den Schultern und elfenhafter Eleganz und Leichtigkeit. Auf einer sattgrünen Wiese neben einem See von so erhabenem Blau, dass Pepsi es sich patentieren lassen möchte. Gegen Karl Lagerfeld, der dabei von tuchbehangenen Teenager-Models wie Majestix auf einem Schild umhergetragen und Richtung Ball geschwenkt wird. Oder gegen Barack Obama. Erst eine Runde Federball, dann ein kleines Kaltgetränk mit kumpelhaftem Fistbump und Genießen des Ausblicks Seit an Seit.

Günther Jauch hat diese meine Fantasie über ihn leider zerstört, als er sich als ungelenker Staks entpuppte, der lieber auf Aus spekuliert, anstatt das Spiel voranzutreiben und Kampfgeist zu zeigen. Ach, ich könnte mich aufregen! Ich mach's aber nicht. Ich bin viel zu entspannt, um mich aufzuregen. Nach der Satzniederlage mit nur fünf Punkten unsererseits gab es eine Satzniederlage mit vier Punkten unsererseits, und das Match war gelaufen. Schließlich haben wir wirklich noch die Partner getauscht, und ich habe endlich gewonnen, zusammen mit Katja. Dann haben wir noch mal Partner getauscht, und Herr Müller und ich waren absolut unschlagbar, ein Satz endete zu null. Das darf man eigentlich gar nicht erzählen, der ganze Mythos Jauch käme in Gefahr, wenn man wüsste, dass es da eine Sache gibt, die er nicht wirklich beherrscht. Drei Niederlagen in drei Matches.

»Gegen meine Kinder gewinne ich immer«, war eine seiner Entschuldigungen. Immerhin. Und dass er schon früher im Sportunterricht immer »kolossal fehlbenotet« wurde, weil ihm Herr Körbrück immer eine Vier plus gegeben hat, egal, was er geleistet hat. Um Ausreden ist der Mann echt nicht verlegen, ich bin da aber eher beim Sportlehrer.

Zwischen den Sätzen gab es im Interesse aller reichlich Pausen. Tatsächlich haben wir auch das Mittagessen schon um elf Uhr als große Pause genutzt, danach noch ein Match gespielt und uns schließlich einstimmig entschieden, dass uns allen Entspannung und etwas Alkohol guttäten. Also sind wir da gelandet, wo wir sind. Im Planschbecken. Mit den Füßen. Auf der Suche nach bequemem Gartenmobiliar sind wir alle zusammen zum nochmaligen Durchwühlen in den Keller gegangen, haben oben auf einem Regal das Becken gefunden, es aufgepumpt, auf eine der Spielhälften des Federballfelds gestellt und mit dem Gartenschlauch aufgefüllt. Einen Stuhl für jeden drumrum, Füße rein, fertig, fantastisch.

Alle halbe Stunde geht einer von uns nach drinnen, um neue Margaritas zu mixen.

»Hach, das ist ein Leben!«, sagt Günther Jauch. »So gute Margaritas hatte ich zuletzt auf Madeira, bei einem kleinen Betriebsausflug mit den ARD-Talkern. Anne Will macht sich an der Bar wirklich gut.« Er streckt seinen unsportlichen Lulatschkörper ordentlich durch. Aus Richtung Rücken knackt es hörbar. Er stöhnt zufrieden auf und lässt sich richtig tief in seinen Stuhl sacken.

Wir sind dazu übergegangen, nicht physisch anzuprosten, weil man sich dafür zu oft erheben müsste. Wir heben einfach die Gläser, sagen »Prosit«, »Cheers« oder »Egészségedre«, da Katja irgendwelche ungarischen Wurzeln besitzt, wie sie erklärt hat, und trinken alle miteinander recht zügig. Im Himmel könnte es nicht entspannter zugehen.

Und eigentlich ist das hier der Himmel für mich. Günther Jauch hing jahrelang nur als Autogrammkarte an unserer Wand und war so unglaublich weit weg. Als ich Kandidat war, war unser Aufeinandertreffen auch nicht unbedingt intim. Und jetzt das! Wir haben zusammen Sport getrieben, trinken zusammen und haben die Füße im selben Planschbecken! Ich kneife mich heimlich, um mir zu beweisen, dass ich nicht träume. Das habe ich schon recht oft gemacht, seit ich vor dem auf unserer Couch schlafenden Günther Jauch saß und ihn bewundert habe. Ich habe bereits vier blaue Flecken am Arm.

»Herr Jauch?«, sagt Herr Müller.

»Hmmm?«, fragt er in seinem Stuhl hängend zurück, mit den Augenlidern auf halbmast. Er ist auch sehr entspannt.

»Ich hätte ja nicht gedacht, dass ich das mal sage«, sagt Herr Müller, »aber«, er hebt sein Glas, »ich bin Heidemar.«

Katja zuckt zusammen. Dass sie es ausgerechnet auf diese Weise erfahren muss, so indirekt … das arme Mädchen!

»Das ist schön«, sagt Herr Jauch, »den Namen finde ich gut.«

»Ich wollte damit sagen«, fährt Herr Müller fort, »da wir uns jetzt schon ein bisschen kennen und wir noch ein bisschen mehr Zeit miteinander verbringen werden, da könnten wir uns doch duzen.«

Herr Jauch überlegt einen kurzen Moment.

»Die Idee ist an sich überzeugend. Aber ich bin kein großer Duzer.«

Damit scheint die Unterredung seinerseits beendet. Die Enttäuschung trifft Herrn Müller mitten ins Gesicht. Er wurde abgewiesen. Ich vertiefe mich in mein Glas, um mich nicht großartig in das Gespräch involvieren zu müssen.

»Das ist aber schade«, sagt Katja leicht vorwurfsvoll. Sie fühlt sich anscheinend mit gekränkt. Vielleicht ist auch ihr Bedauern über Herrn Müllers Vornamen so groß, dass sie ihm nicht noch weitere Rückschläge zumuten will.

»Das ist nicht gegen Sie gerichtet«, sagt Herr Jauch, »eigentlich duze ich so ziemlich niemanden … außer meiner Frau … und Thommy Gottschalk. Ich sag Ihnen mal was.«

Er räkelt sich in eine etwas aufrechtere Position. »Ich sag Ihnen mal was. In Potsdam wohne ich seit Jahren neben Wolfgang Joop. Das ist eine gepflegte Nachbarschaft, und ab und an lädt man sich zum Essen ein oder trifft sich mit dem Boot auf dem See oder einfach bei einem von uns zu Hause, um mit der Modelleisenbahn zu spielen. Aber ich würde nie im Leben auf die Idee kommen, Wolfgang Joop zu duzen oder es ihm überhaupt anzubieten. Wie klingt das denn? Hallo Günther, hallo Wolfgang. Das hat doch kein Flair. Das klingt, wie wenn man morgens um fünf zusammen runter ins Bergwerk fährt. Nein, ich finde das einfach irgendwie schick, wenn man sich siezt. Außerdem mag ich meinen Vornamen gar nicht so sehr. Das können Sie sicherlich nachvollziehen, Herr Müller.«

Herr Müller denkt kurz über Jauchs Ausführungen nach und stimmt am Ende zu. Ich habe den Eindruck, hundertprozentig überzeugt ist er nicht, aber er will kein Unruhestifter sein. Die ganze Situation ist grade so schön kontrolliert.

»Dann bleiben wir einfach dabei. Prost, Herr Jauch!«

»Prost, Herr Müller!«

Wir anderen steigen mit ein und beschließen und betrinken so die Siez-Hürde, die, wie ich finde, nicht viel von der Intimität nimmt, die sich zwischen Entführtem und Entführern eingestellt hat. Dass Katja und ich von Herrn Jauch mit dem Vornamen angesprochen, aber trotzdem gesiezt werden, empfinde ich auch als völlig normal. Wir haben uns ihm ja gar nicht anders vorgestellt. Außerdem kenne ich das so aus dem Laden. Dort weiß die Stammkundschaft zwar meinen Nachnamen, aber ich kann mich wirklich nicht erinnern, dass er jemals von ihr, also der Stammkundschaft, also ihnen, meinen meist weiblichen und älteren Kundinnen, benutzt worden wäre. Ich bin der Dienstleister, ich gebe den Leuten, was sie haben wollen, der Kunde ist König, ich bin der Lakai. Paul, Sie. Dass sie trotzdem Respekt vor mir haben, ist selbstverständlich. Drüben im Dorf haben alle Respekt voreinander, zumindest wenn sie direkt miteinander reden. Was hinter vorgehaltener Hand passiert, steht auf einem ganz anderen Blatt. Grade Dr. Fischer zum Beispiel wird mit großem Respekt behandelt, wenn zum Beispiel Frau Oberhaid im Laden mit ihm redet. Das kommt ja nicht selten vor. Schon dass sie ihn mit »Herr Doktor« begrüßt und immer interessiert tut und nickt, wenn er ihr seinen täglichen Einminüter darüber vorträgt, was seiner Meinung nach in der Weltpolitik schiefläuft, zeugt von gewaltigem Respekt. »Wie recht Sie haben!«, ruft sie dann öfter aus. Aber wenn er dann aus dem Laden raus ist und sie beim Bezahlen, sagt sie meistens so was wie: »Der Genosse Fischer würde auch den Eisernen Vorhang wieder aufhängen, aber nur von der anderen Seite.«

Trotzdem, Respekt ist da, dabei bleibe ich. Und der ist auch da, wenn wir hier ums Planschbecken weiterhin beim Sie bleiben. Kommunikation auf Augenhöhe ist es sowieso, da sich unsere Augen durch die Sitzposition in etwa auf gleicher Höhe befinden.

»Ich habe da eine super Idee, was wir mit dem angebrochenen Tag noch machen könnten«, sagt Herr Jauch und späht schelmisch zum Kuhstall hinüber, »Bullriding!«

Mittwoch, 15.55

Es war nicht sonderlich schwer, die Kühe aus dem Stall heraus auf die Wiese zu bugsieren. Wir kennen uns ja. Und da stehen sie nun, die drei, hübsch aufgereiht: Helene, Rosamunde und Joanne K.

»So eine Kuh ist in natura tatsächlich größer, als man denkt«, sagt Herr Jauch, Rosamundes Rückgrat befindet sich etwa auf Höhe seiner Brustwarzenlinie.

Wir Männer stehen, konzentriert und bereit zum Aufschwung, neben unserer jeweiligen Kuh. Wie die deutsche Olympiaturnmannschaft bei den Spielen 2012 in London vor dem Gerät, dem Seitpferd, oder eben der Seitkuh, nur dass die Seitkuh keine Griffe hat. Wer mag wohl wer sein und sich am besten schlagen? Wer ist Hambüchen, wer Boy und wer Nguyen? Wer kann die Erwartungen erfüllen? Wer patzt? Es wird sich zeigen. Katja fasst die Regeln noch einmal zusammen und leitet den Start des Wettbewerbs ein. »Geehrte Wettstreiter, die Regeln unseres Bullridings sind folgende: Alle setzen sich auf mein Kommando gleichzeitig auf ihre Kuh. Dann warten wir, bis zwei runterfallen. Derjenige, der zuletzt oben sitzt, hat gewonnen und wird morgen den ganzen Tag lang von den beiden Verlierern bedient.« Ich kenne diese Kühe schon ein paar

Jahre. Auf die Idee, mich auf sie zu setzen, bin ich aber bisher nicht gekommen. Ich streichle Joanne K daher in angemessener Stärke – eine Kuh darf man nicht zu leicht streicheln –, über den Rücken und flüstere ihr Beruhigendes und Verschwörerisches ins Ohr.

»Auf die Plätze, fertig, los!«, ruft Katja.

Herr Jauch steht mit dem Rücken zu mir, ich beobachte seinen ersten Aufstiegsversuch. Er greift Rosamunde an der Schulter, holt durch einige Kniebeugen Schwung und wirft sein rechtes Bein mit Verve über ihren Rücken. Der Körper folgt, und dann ist Herr Jauch ungeplant über die Kuh hinweg und hinter ihr verschwunden. »Aaahiaaah!«, ruft er grade. Doch etwas zu viel Schwung. Rosamunde schaut desinteressiert auf und wiederkäut routiniert weiter.

»Das zählt nicht, das war nur Übung«, ruft Herr Jauch, den ich gar nicht mehr sehen kann. Katja entscheidet, ihm recht zu geben, auch, weil ich selbst nicht auf ihr Kommando aufgesprungen bin. Ich war einfach zu gefesselt von der Jauch'schen Pannenakrobatik. Herr Müller befindet sich bereits sicher auf Helene und murrt. Er darf sitzen bleiben und erhält einen Zeitbonus, entscheidet Katja; Herr Jauch und ich müssen schnellstmöglich unsere Kühe besteigen. Beim zweiten Versuch klappt es auch erstaunlich gut, bei beiden von uns. Wir haben Halt gefunden, ich befinde Joanne Ks Rücken für etwas sehr knochig, aber dafür kann sie nichts, es ist ja auch nicht ihre Aufgabe, sich reiten zu lassen und einen dafür angemessenen Körper auszubilden.

»Nun sitzen wir da«, sagt Herr Jauch.

Herr Müller und ich nicken einmütig. Männer, die auf Kühen sitzen.

»Hüa«, sagt Herr Jauch. Rosamunde regt sich kein Stück.

»Ich hole mir mal einen Stuhl«, sagt Katja.

Ich fummle umständlich meine Zigaretten aus der Tasche und stecke mir eine an. Mit rechts rauche ich, mit links streichle ich Joanne K zwischen den Ohren. Sie macht muh.

»Warum bewegen die sich nicht?«, fragt Herr Jauch.

»Weil sie sich noch nie bewegt haben«, erklärt Herr Müller. »Kühe stehen hauptsächlich in der Gegend herum, grasen und geben Milch. Dass sie nun plötzlich wild herumspringen sollen, nur weil jemand auf ihnen draufsitzt, haben wir vergessen, ihnen beizubringen.«

»Dann warten wir eben, bis sie von selbst darauf kommen«, sagt Herr Jauch, »es ist ja schon eine Herausforderung für sich, hier oben die Balance zu behalten.«

Da kann ich ihm nur eingeschränkt zustimmen. Bequem ist es nicht, wie gesagt, aber die Balance ist kein Problem.

»Ich könnte euch was vorlesen«, sagt Katja.

Joanne K und Helene machen Muh.

»Ich sehe mal nach, ob ich drinnen ein gutes Buch finde«, sagt sie und geht.

»Wie haben Sie sich eigentlich kennengelernt?«, fragt Herr Jauch Herrn Müller, als sie weg ist.

Herr Müller überlegt einen Moment. Ob er jetzt wohl mit dem Soft-SM-Forum herausrückt?

»Sie hat sich ein Lied gewünscht. Ich bin DJ.«

Schade.

»Welches Lied?«, hakt Herr Jauch investigativ nach.

»Das tut nichts zur Sache.«

»Kenne ich gar nicht«, sagt Herr Jauch. »Von wem ist das?«

Er zwinkert mir zu. Von Kuh zu Kuh.

Mittwoch, 17.00

Der Harndrang. Bei der Planung unseres Contests haben wir den Harndrang vergessen. Wir haben heute alle nicht wenig getrunken. Dafür haben wir alle auch gedacht, es ginge schneller vorbei. Die Kühe bewegen sich einfach nicht, da kann man nichts machen. Und im Gegensatz zu uns verrichten sie ihr Geschäft schamlos an Ort und Stelle. Jede von ihnen hat schon abgeflatscht, nicht nur einmal. Der leichte, warme Sommerwind weht aber günstig, also ist es zum Glück keine zusätzliche Erschwernis unseres Wettbewerbs. Ich halte es vielleicht noch zehn Minuten aus, dann muss ich runter und an den nächsten Baum. Die Gesichter meiner Kontrahenten verkünden Ähnliches. Katja liest uns vor. So etwas sollte man öfter machen. Lesen und sprechen kann sie gut, und ich lasse mir gerne vorlesen. Das letzte Mal ist allerdings etwa zwanzig Jahre her. Die Lektüre ist auch nicht schlecht, »Ansichten eines Clowns« von Böll. Recht spannend, zu Beginn zumindest. Es gab nicht viel Auswahl an Literatur im Haus, und die Comics eignen sich einfach schlecht zum Vorlesen. Katja kam mit der Bibel, dem Böll und dem Struwwelpeter an, da waren wir uns schnell einig. Jetzt sind wir vielleicht so bei Seite zwanzig, keine Ahnung, ich halte das Buch ja nicht in Händen. Bei einem Hörbuch weiß man auch nicht, auf welcher Seite man im Moment ist. Der Clown berichtet jedenfalls von Existenzschwierigkeiten im Kleinkunstgewerbe. Die Gage wurde ihm vorenthalten, weil er nicht lustig war, sondern sehr betrunken, und das führte zu schlechtem Timing, wie schon öfter in letzter Zeit. Für mich ist das eine völlig fremde Welt. Dieses Herumgereise und Aufgetrete. Aber genau deshalb höre ich mir eine solche Geschichte gerne an. Was würde es mir bringen, ein Buch über einen Supermarktverkäufer oder über *Wer wird Millionär* oder die Entführung von Günther Jauch zu lesen? Kenn ich ja alles, ist ja mein Leben, wäre total langweilig.

»Ich schlage vor, wir einigen uns auf ein Unentschieden«, sagt Herr Jauch, dem man ansieht, dass er seine Beine gerne sehr eng zusammenpressen würde, wäre nicht eine ganze Kuh dazwischen.

»Gott sei Dank«, sagt Herr Müller, obwohl er sich vorhin noch vehement gegen die Bibel als Lektüre ausgesprochen hat.

Auch ich habe nichts gegen Herrn Jauchs Vorschlag einzuwenden. Dann haben wir eben alle verloren und feilen morgen Katjas Fingernägel, meinetwegen.

»Aber Sie lesen uns auch weiter vor, wenn wir von den Kühen abgestiegen sind, Katja?«, fragt Herr Jauch.

Sie freut sich augenscheinlich über diese Frage, und kaum hat sie bejaht, sind Herr Müller, Herr Jauch und ich herunter von den Kühen, am nächsten Baum angelangt und erleichtern uns, begleitet von genussvollen Geräuschen. Rosamunde macht Muh.

»Meine Cowboys«, sagt Katja stolz.

Mittwoch, 20.15

Die Kühe sind längst wieder im Stall. Wir Menschen haben uns für einen gemütlichen Fernsehabend entschieden. Es gab gar nicht so viele Alternativen. Katja wurde das Vorlesen nach einer Weile zu anstrengend, und dann machte das Zuhören auch keinen Spaß mehr. Zu mehr, als schlaff auf den Sofas zu hängen, sind wir alle nicht mehr fähig. Das Federballspiel hat seine Nachwirkungen mittlerweile voll entfaltet, ich habe schrecklichen Muskelkater, Herr Jauch und Katja stehen auch offen dazu, Herr Müller markiert wie üblich den Harten und streitet alles ab. Das Ächzen bei manchen Bewegungen kann er aber nicht unterdrücken.

»Weiter, bitte«, sagt Herr Jauch.

Ich halte die Fernbedienung in der Hand und zappe nach seinen Vorgaben durch die Programme.

»Stopp! Nein, doch weiter. Stopp! Ach, ist das alles schrecklich. Weiter, bitte!«

»Ich sehe mir ja gerne Zoodokumentationen an«, sagt Katja.

»Damit kann man wunderbar ganze Nachmittage totschlagen«, sagt Herr Jauch, »aber um diese Zeit werden wir da nicht viel Glück haben. Im Sommer laufen doch nur uralte Spielfilme und bescheuerte, zusammengeschnittene Rankingshows.«

»Die da zum Beispiel«, sage ich und bleibe für einen Moment bei *Die 40 gruseligsten Burgen Hessens*.

»Weiter, bitte!«, sagt Herr Jauch.

Die 60 beliebtesten Volkslieder der Norddeutschen.

»Weiter, bitte!«

Günther Jauch.

»Die Show war vor fünf Wochen. Warum wiederholen die das denn immer noch? Ich sehe mich außerdem gar nicht gern im Fernsehen. Es genügt, wenn ein paar Millionen andere das tun.«

Kein Stück eitel, der Mann, ich hatte es schon erwähnt.

»Ist das nicht eigentlich total aufregend?«, fragt Katja. »Jeden Tag Kameras vor sich, und man selbst ist der Wichtigste. Ich finde die Leute im Fernsehen schon faszinierend.«

»Ich sag Ihnen mal was«, sagt Herr Jauch. »Wie es da hinter den Kulissen zugeht bei den meisten Sendungen, das möchten Sie gar nicht wissen. Das ist ein Hauen und Stechen, ein ständiges Kaffeegesaufe und Rumgehänge ohne Ende. Von den Fernsehleuten ist einer miesepetriger als der andere, aber alles die größten Strahlemänner, solange das Rotlicht an der Kamera an ist. Ich kann mit meinen Sendungen ganz zufrieden sein, eigentlich, aber man weiß ja, wie es bei den Kollegen zugeht. Das ist … nicht schön. Jetzt schalten Sie mich doch mal weg, Paul.«

Wir bleiben schließlich bei einer Dokumentation über Weinanbau in Spanien hängen, die Herr Jauch unbedingt sehen will und die ich sehr Ruhe ausstrahlend finde. Das Gespräch verstummt. Herr Müller ist, glaube ich, schon länger vor Erschöpfung eingeschlafen. So geht das nun jeden Tag. Wie im Ferienlager, wenn man viel erlebt hat.

Überhaupt ist das alles so seltsam harmonisch. Wir könnten in einer Werbung für Grillwürste oder Luftpumpen als moderne Familie ums Lagerfeuer herumsitzen, so harmonisch läuft es.

Meine größte Angst ist, dass doch irgendwas an der Sache nicht stimmt, dass es doch einen Haken gibt, ein böses Erwachen. Ich fürchte, dass bald etwas Schlimmes passieren wird. Im Fernseher stampfen Spanier Weinbeeren.

Donnerstag, 8.30

Es fühlt sich an, als würde ich auf meinem kleinen Kutter in leichte Seeturbulenzen geraten. Nicht allzu schlimm, ein kleiner Wind, ich woge hin und her. Aber doch irgendwie unangenehm, da es sich fremdbestimmt anfühlt. Das ist nicht der Wind, der mich wiegt. Ich öffne die Augen. Es ist Herr Müller.

»Was ist denn los?«

»Da ist jemand am Telefon für dich. Einer mit einem französischen Namen. Vielleicht ruft er von weit weg an. Ist sicher wichtig.«

»Das ist der Laden. Gib das Telefon her!«

Herr Müller gibt es mir und geht nach draußen, wahrscheinlich weiter mit Herrn Jauch frühstücken oder Morgensport machen. Ich richte mich im Bett auf, räuspere mich kurz, na ja, eher länger, und wende mich meiner Urlaubsvertretung zu.

»Guten Morgen, Etienne. Was gibt's denn?«

»Es ist was mit Frau Rottenbauer.«

»Um Gottes willen! Was ist mit ihr?«

»Sie ist vom Stuhl gefallen.«

»Was? Das ist ja schrecklich!«

»Und ich glaube, sie hat sich die Hüfte gebrochen oder so.«

»Dann ruf einen Krankenwagen!«

»Das hab ich doch schon.«

»Und wieso rufst du mich jetzt an?«

»Ich bin allein im Laden. Annette ist mit dem Gemüsemann ins Café Sulzberg frühstücken gegangen. Ich weiß nicht, was ich in einer solchen Situation machen soll, das haben Sie mir nicht beigebracht. Soll ich den Laden schließen?«

»Hm. Wie schlimm ist es denn? Liegt sie noch auf dem Boden?«

»Ja, hören Sie mal, ich halte den Hörer hin.«

Ich höre Frau Rottenbauer leise röcheln. Ich bin umso lauter:

»Etienne! Jetzt hilf ihr doch, die Frau krepiert ja!«

»Ich fass doch keine alten Frauen an! Vielleicht breche ich ihr noch was, wenn ich sie berühre. Das sollen mal lieber die Sanitäter machen, die sind dafür ausgebildet. Ich sage einfach den Kunden, dass sie später wiederkommen sollen, ja?«

»Vielleicht hast du recht. Ja, tu das. Lass sie liegen. Sprich mit ihr. Wie ist das überhaupt passiert?«

»Sie hat in der Zeitung gelesen, dass Günther Jauch entführt wurde, und das hat sie nicht verkraftet.«

Ich weiß nicht genau, an welchen Körperstellen ich überall Haare habe, zum Beispiel kann ich nicht so gut auf meinen Rücken sehen. Dass sich aber alle möglichen vorhandenen Haare an mir gerade senkrecht aufgestellt haben, daran besteht kein Zweifel.

»Herr Wildensorg? Warum sagen Sie nichts?«

»Ist schon gut.«

»Sie klingen ja plötzlich ganz schwach.«

»Ich mache mir eben Sorgen ... um Frau Rottenbauer.«

Plötzlich höre ich leise von irgendwo einen Sirenenton anschwellen. Jetzt ist es vorbei. Sie haben uns. Sie kommen uns jetzt holen.

»Der Krankenwagen ist da. Ich muss auflegen. Ich rufe Sie später wieder an.«

»Ja, Etienne, später«, sage ich und behalte das Telefon am Ohr, noch lange nachdem es still geworden ist. Ich glaube, ich muss mich ein bisschen übergeben gehen.

Als ich damit fertig bin, stolpere ich nach unten in die Küche, wo Günther Jauch und Herr Müller eine Partie Schach spielen. Ein flüchtiger Blick zeigt mir sofort die deutliche Dominanz Jauchs. Katja rührt irgendetwas in einer Schüssel.

»Ihr wisst noch nichts, hab ich recht?«, frage ich zur Begrüßung.

»Was sollen wir wissen?«, fragt Günther Jauch scheinheilig, ohne aufzusehen.

»Dass die Bombe geplatzt ist! Das Kind ist im Teich! Die totale ...«, in meiner Aufregung bin ich mir nicht sicher, ob ich die richtigen Worte finde, »... Eskalation! Der Rubikon ist sozusagen überschritten, verdammte Scheiße.«

Jetzt sehen mich alle an. Ich gestikuliere weiter, ohne noch Tiraden parat zu haben und haue schließlich einfach auf den Tisch. Bumm.

»Hey!«, ruft Herr Müller. »Jetzt sind meine Türme umgefallen. Idiot!«

»Unsere Türme sind auch umgefallen. Die Sau ist ausgebrochen. Die Jauch-Sache steht in der Zeitung!«

»Typisch«, kommentiert Herr Jauch kopfschüttelnd, »nie fragen sie einen, wenn sie was über einen bringen. Und diesmal kann ich nicht mal dagegen klagen.«

Eine Minute später sitzen wir im Wohnzimmer und zappen von Sondersendung zu Sondersendung, wie gestern Abend, als noch alles in Ordnung war. Jetzt sind wir aber sehr viel weniger gemütlich. Peter Klöppel prodziert auf RTL einen schiefen Gesichtsausdruck, setzt sich Sorgenfalten auf die Stirn und sagt: »Wie wir vor wenigen Stunden erfahren mussten, wurde der erfolgreiche Moderator und Publikumsliebling Günther Jauch« – er reißt weit die Augen auf – »ENTFÜHRT! Noch wissen wir nichts Genaues. Die Polizei gibt aus ermittlungstaktischen Gründen keine Informationen preis. Sehen Sie daher Reaktionen, die wir in der Kölner Fußgängerzone eingefangen haben.«

Die erste angesprochene Passantin bricht spontan in Tränen aus.

Das Sat.1-Frühstücksfernsehen befragt eine Kartenlegerin, ob sie etwas über Günther Jauchs Aufenthaltsort sagen könne. »Die Karten sagen immer die Wahrheit«, sagt sie, »die Frage ist, ob wir die Karten richtig verstehen.«

Einer der privaten Nachrichtensender spricht mit einem Experten. Worin er Experte ist, wird nicht so ganz klar, unter seinem Namen in der Bauchbinde steht lediglich Experte. Seine Expertise lautet: »Herr Jauch wird danach nie wieder derselbe sein. So eine Entführung ist ein tief traumatisches Erlebnis. Das hinterlässt Wunden, seelische Wunden!«

»Schalten Sie das aus, das ist ja schlimmer als die Lieblingshits der Norddeutschen!«, sagt Günther Jauch und windet seine Gliedmaßen in ehrlicher Abneigung, so wie man es sonst vielleicht nur von Christian Rach kennt, wenn ihm die Suppe nicht mundet.

»Wahrscheinlich versenden sie jetzt auch schon überall meinen aktuellen Nachruf.«

Er fasst sich intuitiv an die Kehle, wo er seinen Krawattenknoten lockern will, stellt dann aber fest, dass er gar keine Krawatte trägt.

»Das ist mir schon etwas unangenehm, dass es rausgekommen ist«, sagt er zu uns gewandt. »Wirklich, so war das bisher nie. Da hat irgendjemand Mist gebaut.«

»Unangenehm? Mist gebaut?«, brülle ich los. »Sie haben uns die ganze Zeit erzählt, so eine Entführung wäre nicht schwieriger, als zwanzig Euro vom eigenen Konto abzuheben. Sie haben die ganze Zeit gesagt, das ist gaaar nichts Besonderes, das ist *Tagesgeschäft*, das kommt niemals raus, das ist pillepalle.«

»Pillepalle hab ich nie gesagt. Dieses Wort würde ich nie in den Mund nehmen.«

Ich werde ernsthaft wütend. Nein, Moment, ich bin schon längst ernsthaft wütend.

»Was sollen wir denn jetzt machen?«, schreie ich weiter und drehe Kreise im Raum. »Wie stehen wir denn jetzt da? Als wären wir echte Kriminelle! Die stecken uns ins Gefängnis, wenn sie uns kriegen! Das kann doch nicht angehen! Wir tun hier doch nichts Böses oder so, verdammt. Wir haben Sie doch nur ein bisschen … sanft entführt.«

Mir kommen die Tränen.

Katja nimmt mich in den Arm und streichelt mir den Kopf. »Wird alles wieder gut, alles wieder gut.«

»Wir kommen schon wieder raus aus der Nummer«, sagt Herr Müller.

»Dann lassen wir das mit dem Lösegeld eben und fahren ihn irgendwohin und lassen ihn laufen«, er wendet sich zu Günther Jauch, »oder?«

»Für mich ist das doch auch ganz neu. Ich habe da leider keine Erfahrungswerte. Schade wäre es schon, wenn Sie nichts dafür kriegen. Immerhin hatten Sie Umstände. Allein die Miete für die Limousine. Und die meisten anderen haben sich beim Unterhaltungsprogramm weniger Mühe gegeben.«

»Da haben Sie recht«, sagt Herr Müller und ändert seine Meinung schneller, als Joanne K Muh machen kann, »wir ziehen das auf jeden Fall durch, irgendwie … Was ist das?«

Es ist ein knattriges Geräusch, das von draußen kommt und anschwillt. Ein Geräusch, das man hier in der Gegend, gerade hier über unserem Bauernhof, selten bis noch nie gehört hat: die Rotorblätter eines Hubschraubers.

»Das ist jetzt aber kein Zufall«, sagt Katja.

Ich glaube, das ist das Intelligenteste, was sie je von sich gegeben hat.

»Oh«, sagt Herr Jauch. »Das hatte ich ja ganz vergessen.«

Wir sehen ihn wortlos an. Herrn Müller läuft ein einzelner Schweißtropfen die Stirn hinunter, bis er von seiner linken Augenbraue aufgehalten wird.

»Was?«, sagt er so ruhig, dass es mir Angst macht.

Herr Jauch spricht vorsichtig: »Ich habe noch mein Zweithandy dabei. Im Koffer versteckt. Zwischen meinen Sachen. Ein altes Nokia, bei dem der Akku noch länger als eine Woche hält. Das haben sie wahrscheinlich geortet.«

»Wir sind am Arsch«, sagt Herr Müller. »Ich habe von Anfang an gesagt, dass das keine gute Idee ist mit der Entführung.«

»Es war DEINE Idee!«, brülle ich ihn an.

»Lassen Sie uns bitte einen kühlen Kopf bewahren«, sagt Herr Jauch, »und fliehen!«

Fliehen?

»Fliehen?«, fragt Herr Müller.

»Über uns steht ein Hubschrauber in der Luft«, kreische ich. »Wohin wollen Sie da fliehen?«

Ich weiß nicht, was zuerst aufgeben wird, meine Stimme oder mein Vorhaben, niemandem Gewalt anzutun. Ich habe keine große Erfahrung mit Ausnahmesituationen. Wahrscheinlich nennt man sie deshalb so.

»Sie kennen sich doch im Wald hier nebenan aus«, sagt Herr Jauch und führt seine Finger zusammen wie Angela Merkel oder Mr. Burns, Spitze auf Spitze. Ich glaube, wir sehen zum ersten Mal seine dunkle Seite.

»Im dichten Wald entdeckt uns keiner aus der Luft. Und noch ist außer dem Hubschrauber niemand draußen. Mit dem Auto braucht man doch ewig, bis man hier ist. Das haben Sie selbst erzählt, Paul. Also sollten wir uns schleunigst ins Auto setzen und abhauen. Alles Weitere besprechen wir im Wald. Im tiefen, düsteren Wald.«

»Und wenn die uns erschießen, aus dem Hubschrauber heraus, wenn wir raus ins Auto gehen?«, fragt Katja.

»Solange ich bei Ihnen bin, wird hier gar niemand erschossen«, sagt Herr Jauch, »und ich habe nur eine einzige Bedingung ... ich darf vorne sitzen. Wegen der Beinfreiheit.«

»Abgemacht«, sagt Herr Müller. »Wo sind die Autoschlüssel?«

Im Wald

Es hat funktioniert. Wir sind im Wald. In Herrn Müllers Gelände-Subaru mit Vierradantrieb im Wald. Herr Müller steuert und navigiert, Herr Jauch darf Beifahrer sein. Ich navigiere von der Mitte hinten aus mit und Katja klebt hinten links am Fenster und navigiert überhaupt nicht, obwohl es immer noch ihr Berufsziel ist.

»Na, Gott sei Dank«, sagt sie, »dass hinten rechts niemand sitzt. Das ist der gefährlichste Platz in einem Auto.«

Die Landschaft um uns herum hat sich in den letzten fünf Minuten nicht sehr verändert, Bäume in allen Richtungen, die Waldwege sind geschottert oder auch gar nicht befestigt, eigentlich sind sie für Wanderer gedacht, aber wir haben noch keinen Wanderer getroffen. Katja setzt ihre Ausführungen fort:

»Weil, wenn nämlich vor dem Auto was auftaucht, dann weicht der Fahrer eher auf seine Seite aus, um sich zu schützen, also prallt das Auto meistens rechts irgendwo auf, oder was anderes prallt rein. Und der Beifahrer hat ja immerhin einen Airbag. Aber der, der hinten rechts sitzen muss, der hat gar nichts.«

»Das halte ich eher für Populärwissenschaft«, sage ich vom eindeutig gefährlichsten Platz des Autos aus.

»Was machen wir denn jetzt?«, fragt Herr Jauch.

»Wir fahren durch den Wald«, sagt Herr Müller. »So wie Sie es wollten. Also los, Brainstorming, wohin fahren wir denn? Paul?«

»Ja, ähm«, sage ich und glaube, auf einem Hochsitz einen Jäger zu erkennen. Ich drehe den Kopf, während wir an ihm vorbeifahren und starre so lange durch die Heckscheibe hin, bis ich mir sicher bin, dass es doch kein Jäger war. Vielleicht eine vergessene Jacke oder ein großer Greifvogel.

»Wir fahren jedenfalls Richtung Stadt«, sagt Herr Müller, »was an sich nicht schlecht ist, weil die Polizei grade weg von der Stadt in Richtung uns fährt.«

In Richtung uns, das ist ein schöner Ausdruck; wäre auch ein guter Slogan für irgendeine heilsbringende Sekte oder eine patriotische Partei. Kommen Sie in Richtung uns!

»Da vorne steht ein Reh«, sagt Herr Müller.

»Das ist kein Reh, das ist ein Hirsch«, sagt Herr Jauch.

»Wehe, du überfährst es … ihn!«, schreit Katja.

Herr Müller haut ein paarmal kräftig auf die Hupe, und schon hat sich das Problem Tier-auf-Strecke erledigt.

»Es war eindeutig ein Hirsch«, sagt Herr Jauch.

»Ich weiß, wo wir hinfahren können«, sage ich. »Frau Rottenbauer wohnt im Dorf ganz abseits, schon ein Stück in den Wald rein. Da sieht uns kein Hubschrauber, wir müssen nicht mal aus dem Wald rausfahren. Und es würde mich doch stark wundern, wenn sie mit ihrer gebrochenen Hüfte – oder was sie hat – schon wieder aus dem Krankenhaus zurück wäre.«

»Wie kommen wir da hin?«, fragt Herr Müller.

»Ich glaube, du musst einfach nur weiter geradeaus fahren, wir sind schon auf dem richtigen Weg.«

»Fantastisch«, sagt Herr Müller.

»Ich vermute, das da ist ein Rosenschwanzgimpel«, sagt Herr Jauch. Er hat unser Pläneschmieden wohl ausgeblendet und beobachtet Vögel. Später haben wir noch ein Hühnchen miteinander zu rupfen. Ich bin noch lange nicht drüber weg, dass er uns vorgelogen hat, mit unserer ganzen Entführungssache könne so rein gar nichts schiefgehen. Was ist denn jetzt? Wir sind auf der Flucht und werden wahrscheinlich gleich ins Haus einer alten, gutmütigen Frau einbrechen, wo uns eigentlich nichts anderes übrig bleiben wird, als zu warten, bis sie uns dort aufspüren. Die Lage ist verdammt aussichtslos. Dass Frau Rottenbauer einen Geheimgang unter dem Haus hat, der uns ein paar Kilometer weit in irgendeines der nächsten Dörfer führt, wo wir unbemerkt aus der Kanalisation steigen, ein Taxi zum Flughafen nehmen und uns nach Brasilien absetzen können, ist zwar nicht ganz ausgeschlossen. Andererseits ist es vielleicht doch wahrscheinlicher, in der Männersauna dem Papst über den Weg zu laufen.

»Ist es das?«, fragt Herr Müller, begleitet von abruptem Gebremse.

Der Schotterweg beult sich zu einer Bucht, an die direkt ein Jägerzaun grenzt, hinter dem Frau Rottenbauers kleines

Haus steht. Ich habe sie einmal nach Hause gefahren, als sie sich beim Aufstehen aus dem Stuhl den Knöchel verdreht hatte und damit nicht gleich zum Arzt gehen wollte. Allerdings bin ich nicht mit reingekommen.

»Das ist es«, sage ich und fühle mich direkt irgendwie kriminell. Das ist das Zielobjekt, denke ich noch nachträglich. Vor meinen Augen wird es grün, und ein Fadenkreuz erscheint. Herr Müller parkt parallel zum Zaun, wir bleiben sitzen und betrachten das Zielobjekt.

Rechts neben dem Jägerzaun ist eine frei stehende Doppelgarage. Die ist mir damals gar nicht aufgefallen. Wozu braucht Frau Rottenbauer eine Doppelgarage? Sie hat weder ein Auto noch einen Mann zu Hause, der darin Regale für sie bauen kann.

»Ich schau mal nach, ob die Garage auf ist«, sagt Herr Jauch, gurtet sich ab, manövriert sich ungelenk aus dem Wagen und stakst auf die Garage zu. Er rüttelt an dem Knopf und versucht, ihn in alle Richtungen zu drehen und daran zu ziehen. Nichts. Am anderen Tor das gleiche Spiel. Er dreht sich zu uns um und hebt die Arme, um uns zu signalisieren, dass seine Bemühungen erfolglos waren.

»Lassen Sie die Hände gleich oben«, ruft jemand hinter ihm. »Schön oben lassen.«

Herr Müller drückt vor lauter Schreck auf die Autohupe, ich stoße mir den Kopf am Wagendach an. Katja kreischt hochfrequentig. Es knallt sehr laut.

»Ruhe auf den billigen Plätzen«, sagt der Mann mit der Flinte im Anschlag, der langsam zwischen Haus und Garage auf Günther Jauch zugeht. »Das war ein Warnschuss. Der nächste geht ins Ziel.«

Es ist Herr Dr. Fischer. Der alte Kommunist.

»Nicht schießen«, sagt Herr Jauch und dreht sich um.

Was hat Dr. Fischer in Frau Rottenbauers Haus zu suchen? Er und Günther Jauch starren sich nun direkt an, und auf einmal lässt Dr. Fischer die Flinte sinken.

»Günther?«, sagt er.

»Thomas?«, sagt Günther Jauch.

Wir Zuschauer im Auto lernen erstens, dass Dr. Fischer mit Vornamen Thomas heißt und dass er und Günther Jauch sich offenbar kennen. Er scheint wirklich nur Thomasse zu duzen.

»Wir haben uns ja seit München nicht mehr gesehen«, ruft Günther Jauch freudig.

»Ha, das waren Zeiten«, sagt Dr. Thomas Fischer.

Sie fallen sich in die Arme und klopfen sich gegenseitig auf den Rücken. Das Rohr der Flinte zeigt dabei beängstigend geradlinig in Richtung unseres faradayschen Käfigs, der uns zwar vor dem gemeinen Blitz, aber nur bedingt vor Schrotmunition schützen kann, sofern sie durch die geöffneten Fenster hereinzischt.

Herr Müller, Katja und ich nehmen die Entspannung der Situation, die neue Zärtlichkeit, daher zum Anstoß, schnellstens das Auto und die Schussbahn zu verlassen.

»Paul«, sagt Dr. Thomas Fischer überrascht, »Sie auch hier?«

Das Auto steht sicher in der Garage, die Flinte sicher im Schirmständer, und Dr. Fischer reicht Marmorkuchen zum Kaffee.

»Das mit Ursula und mir muss nicht an die große Glocke

gehängt werden, Paul, das verstehen Sie doch?«, sagt er und meint seine Liaison mit Frau Rottenbauer, die nach meiner Einschätzung mindestens dreißig Jahre älter ist als er. Er ist sozusagen ihr Lustknabe, in seinen mittleren Fünfzigern.

»Ich bin nicht Frau Oberhaid«, sage ich, »bei mir sind Ihre Geheimnisse gut aufgehoben. Aber überrascht bin ich doch ein wenig.«

»Das glaube ich!«, stößt er aus. »Ich war auch überrascht. Aber jetzt ist es nun mal so. Ursula und ich haben uns gefunden, ohne uns gesucht zu haben, so spielt das Leben.«

»Wir werden grade gesucht, aber hoffentlich nicht gefunden«, wirft Herr Jauch ein.

»Das Haus hat einen Schutzbunker«, sagt Herr Dr. Fischer. »Da könnt ihr gut und gerne ein Jahr lang drinbleiben. Konserven gibt es genug.«

Ich hoffe, dass unser Aufenthalt hier doch etwas schneller vorübergeht.

Der Aufklärungsbedarf, der auf beiden Seiten bestand, wurde schnell befriedigt. Herr Dr. Fischer und Herr Jauch haben zusammen die Journalistenschule in München besucht und sind einige bis viele Male gemeinsam durchs Glockenbachviertel gezogen, das damals noch gar nicht hip und von der Gay Community besetzt war – was es wahrscheinlich später erst so hip gemacht hat. Seitdem haben sie sich nicht mehr gesehen, außer Dr. Fischer Herrn Jauch ein paarmal im Fernsehen, bis wir auf die Idee gekommen sind, ihn zu entführen.

»Passend zum Wiedersehen einen Kaffee mit Schuss?«, fragt Dr. Fischer und zaubert einen Flachmann unter dem Sofakissen hervor. Herr Jauch hebt ihm seine Tasse entgegen. Gerade als Herr Dr. Fischer eine Einschenkbewegung vollführen will, höre ich von draußen ein neuerdings bekanntes Geräusch wieder anschwellen. Der Hubschrauber ist zurück. Nicht nur ich bekomme es mit.

Wir erstarren.

Eigenartig. Tatsächlich bleiben wir alle wie angeklebt sitzen. Eigentlich sollten wir sofort in den Schutzbunker und dort bis Silvester Leberwurst essen. Aber nicht mal ich kann mich rühren. Es ist, als wären wir eingefroren und warteten darauf, dass jemand schnipst und uns wieder bewegungsfähig macht. Herr Jauch senkt nicht mal seine Tasse, Dr. Fischer hält den Flachmann in exakt dem Winkel in der Luft, der das Austreten des ersten wärmenden Tropfens noch unmöglich macht. Von ganz oben, wohl vom Dach, höre ich pock, pock, pock. Sie seilen sich aus dem Hubschrauber aufs Dach ab und werden das Haus stürmen. Vielleicht direkt durch den Kamin, wie der Weihnachtsmann. Die Sache ist vorbei. Pock, pock, pock. Das sind wirklich viele Weihnachtsmänner.

»Paul«, sagt Herr Jauch plötzlich und sieht mich durchdringend an.

»Paul, Sie träumen. Wachen Sie auf!«

Donnerstag, 8.30

»Paul, Sie träumen. Wachen Sie auf!«

Ich öffne die Augen und sehe einen besorgten Günther Jauch vor mir stehen.

»Warum rütteln Sie denn an mir?«

»Sie sind ja ganz verschwitzt. Sie hatten einen bösen Traum. Es ist alles gut.«

»Herr Jauch? Steht was über Sie in der Zeitung heute?«

»Nein, natürlich nicht. Ich wollte Ihnen nur hier das Telefon bringen.« Er hält mir das klingelnde Mobilteil unseres Festnetztelefons übers Gesicht. »Ich dachte, es wäre besser, wenn nicht ich rangehe. Herr Müller und Katja sind weggefahren, ich war alleine unten im Garten, als es geklingelt hat. Ich habe angeklopft.« Pock, pock, pock?

»Entschuldigung, dass ich dann einfach so reingeplatzt bin. Aber vielleicht auch besser, dass Sie aufgewacht sind, hm? Sie sahen nicht so ganz glücklich aus und haben ziemlich rumgezappelt.«

»Ja, der Traum war ganz, ganz schlimm. Ich bin so froh, dass es vorbei ist. Herr Jauch, ich bin so glücklich, dass Sie da sind. Darf ich Sie umarmen?«

»Nein. Nehmen Sie das Telefon! Hier! Ich bin an einer sehr spannenden Stelle in meinem Buch und möchte weiterlesen.«

Er geht nach draußen, ich nehme das Telefon, setze mich auf, wische mir das Gesicht mit einem Zipfel der Batman-Bettwäsche trocken und drücke auf den grünen Hörer. Es muss schon zwanzigmal geklingelt haben. Mindestens. Scheint also nicht unwichtig zu sein.

»Wildensorg und Müller, Paul Wildensorg hier.«

»Hallo Herr Wildensorg. Ich bin's, Etienne.«

»Etienne!«, rufe ich. »Ich hoffe, es gibt keine Schwierigkeiten im Laden?«

»Ähm, doch, es ist was mit Frau Rottenbauer.«

Wird das doch alles geschehen? Habe ich die Realität vorausgeträumt? Bin ich hellsichtig geworden?

»O nein! Ist sie vom Stuhl gefallen und hat sich die Hüfte gebrochen? ... Etienne?«

»Wie kommen Sie denn darauf? Nein. Aber, na ja, sie ist nicht da. Schon wieder nicht. Sie war gestern schon nicht da. Und das ist doch eher ... ungewöhnlich. Oder?«

Ein Glück.

»Das ist es wohl.«

»Ich dachte, vielleicht haben Sie ihre Adresse? Dann kann ich nach ihr sehen.«

Wie fürsorglich er ist. Der Junge macht sich wirklich gut.

»Die Adresse steht sicher im Telefonbuch, Etienne.«

»Telefonbuch? Echt? Da stehen auch Adressen drin? Ich habe mal nach ihr gegoogelt und nichts gefunden. Gibt's das? Dass jemand nicht im Internet ist?«

»Dafür war sie im Krieg.«

Vielleicht hat er einen generationsbedingt anderen Humor als ich. Das würde jedenfalls die Gesprächspause erklären. Ich fahre frohen Mutes fort: »Aber mach du dir mal keine Umstände, Etienne. Ich sehe nach ihr. Das hat es tatsächlich noch nie gegeben, dass Frau Rottenbauer nicht um acht vor der Tür war. Vielleicht ist doch was passiert. Aber du bleibst lieber im Laden. Ich fahre gleich mal rüber. Okay?«

»Ja, okay.«

»Und ... ist Annette da oder hat sie vielleicht grade ein Date mit ihrem Gemüsemann?«

»Nee, der ist schon wieder weg, hatte es eilig heute. Sie ist da und sitzt an der Kasse. Ich mache die Wursttheke.«

»Dann bin ich beruhigt. Ich komm später mal bei euch vorbei. Bis dann!«

Ich bin wirklich beruhigt, fundamental beruhigt. Der Traum war schon ein Hammer. Das hätte ich nicht durchgestanden, plötzlich als Krimineller dazustehen und gesucht zu werden.

Um ganz, ganz sicherzugehen, kneife ich mir mit beiden Händen in beide Oberarme. Das alte Spiel. Im Traum selbst denke ich nie dran. Ja, es tut weh, sehr sogar. Ich bin wach. Ich bin glücklich. Ich gehe nach unten, Herr Jauch liegt in sein Buch vertieft auf der Terrasse, wie er angekündigt hat. Ich schlendere zu ihm nach draußen, ohne ihn zu stören, bleibe ein Stück von ihm entfernt stehen, mit Blick auf die Kühe, die auf offener Weide mit aller Hingabe wiederkäuen. Rosamunde macht muh. Ich rauche erst mal eine Zigarette, was ich morgens sonst nicht tue, einfach auf den Schreck und auf das unbeschwerte Leben als sanfter Entführer.

»Kapitel fertig«, sagt Herr Jauch auf einmal und schlägt sein Buch zu. Der Knall erschreckt mich, ich fahre zusammen.

»Nun kriegen Sie sich mal wieder ein«, sagt Herr Jauch. »Ich habe uns schon Frühstück gemacht. Schöner Tag heute. Wir könnten draußen essen.«

Donnerstag, 10.30

Fast hätte ich Frau Rottenbauer wieder vergessen. Aber jetzt bin ich auf dem Weg zu ihr. Nicht über einen Waldweg, ich glaube, eine direkte Waldwegverbindung zu ihrem Haus gibt es gar nicht. Ich muss endlich diesen Traum vergessen. Mein Leben verläuft zur Zeit sowieso wie daherfantasiert, da kann ich nicht noch eine grenzwertige Affäre meiner Kunden gebrauchen. Nach dem Frühstück habe ich lange geduscht, weil ich mich immer noch irgendwie schmutzig gefühlt habe. Böses Gehirn! Wie kann so was passieren?

Ich bin auf meiner Hausstrecke, meinem Arbeitsweg, werde einen Schlenker durchs Dorf machen und dann hoch zu Frau Rottenbauer fahren, um nach dem Rechten zu sehen. Ich wette, sie hat überhaupt keine Doppelgarage. Hoffentlich geht es ihr gut. Sie war wirklich noch nie nicht im Laden, so weit ich zurückdenken kann. Sicher war sie früher auch so eine, die keinen Tag krank war, als sie damals vierzig Jahre lang im Büro gearbeitet hat. Jeden Tag pünktlich, immer loyal, keine Exzesse, hochgeschlossene Bluse, das Fräulein Rottenbauer, stets ein Lächeln für ihre Kollegen auf den Lippen und den Stenoblock griffbereit. Keine Ahnung, ob sie überhaupt mal in einem Büro gearbeitet hat, aber da kann ich sie mir einfach gut vorstellen. Geistige Arbeit steht ihr besser als das Überwachen der Produktion von Kartoffelsuppe in der Kartoffelsuppenfabrik, nur mal so als Beispiel.

Günther Jauch ist jetzt allein zu Haus. Wir sind so weit, dass er keine Aufsicht mehr braucht. Eigentlich brauchte er die von der ersten Entführungsminute an nicht, als er verschnürt auf dem Sofa lag. Er ist ein Guter! Wusste ich schon immer. Ein wahres Geschenk!

Ich habe ihn der Höflichkeit halber gefragt, ob ich ihm

was aus dem Laden mitbringen soll. Er hat mir dann eine Einkaufsliste für seinen persönlichen Bedarf geschrieben. Essiggurken will er haben, ein paar bestimmte Zeitschriften, vakuumverpackte Erdnüsschen wie aus der Hotel-Minibar und Kartoffelsuppe. Wahrscheinlich habe ich deshalb eben an eine Kartoffelsuppenfabrik gedacht. Außerdem habe ich mir überlegt, die Suppe eventuell selbst zu machen. Kartoffeln gibt es im Laden, Annette hat sicher ein Rezept für mich im Kopf. Zur Not rufe ich meine Mutter an. Obwohl, das Internet tut es auch.

Wie die Zeit verfliegt, wenn man in Gedanken ist. Ich biege in den Weg ein, wo Frau Rottenbauers Haus steht. Es ist das einzige Haus an diesem Weg. Was wohl zuerst da war? Haus oder Weg? Huhn oder Ei? Jedenfalls: Sie hat keine Doppelgarage. Allerdings einen Jägerzaun. Das könnte aber ein Zufallstreffer gewesen sein, jeder im Dorf hat einen Jägerzaun. Wer sich ein Haus baut, stellt sich einen Jägerzaun davor, so ist das hier Sitte. Und in eigenen Häusern wohnen sie alle. Mietwohnungen sind hier ziemlich exotisch.

Ich parke parallel zum Zaun, gehe zur Haustür und klopfe vorsichtig. Nichts tut sich. Ich klopfe etwas härter. Nichts. Ich rufe »Frau Rottenbauer?« Nichts.

Sollte ich mir Sorgen machen? Ich entdecke eine Klingel. Ich drücke drauf und lausche. Es ertönt kein simples Ding-Dong, nein, Frau Rottenbauer hat einen prächtigen Glockenklingelton, der mehrere Töne umfasst. Könnte das Läuten vom Big Ben sein. Und direkt danach: Eine Art Rumpeln, tief im Haus. Sie ist also da. Ich kann aufatmen, wenn auch unter Vorbehalt. Sollte sie nicht gleich zur Tür kommen, weil sie zum Beispiel bewegungsunfähig auf dem Boden liegt – in den eigenen vier Wänden passieren die meisten Unfälle –, werde ich wohl die Tür aufbrechen müssen. Oder doch lieber eines der Fenster, das geht womöglich schmerzfreier für mich und mithilfe eines Steins. Ich will mir ja nichts antun, ich will nur die arme Frau Rottenbauer retten.

»Frau Rottenbauer?«, rufe ich wieder.

Ich höre Schritte. Sie kommt auf mich zu, also auf die Tür. Direkt dahinter bleibt sie stehen, uns trennt nur noch Holz, aber das ist sehr massiv. Vielleicht späht sie aus Vorsicht durch den Spion? Wenn man alleine im Wald wohnt, ist Skepsis immer zu empfehlen.

Sie hat aber gar keinen Spion, merke ich, als ich genauer hinsehe.

»Wer ist da?«, ruft sie, ohne zu öffnen.

»Paul Wildensorg«, antworte ich.

»Paul aus dem Laden?«

»Ja.«

Sie schweigt.

»Frau Rottenbauer?«

»Es ist alles in Ordnung, morgen komme ich wieder.«

Was soll das? Warum öffnet sie mir nicht?

»Ich bin nur etwas«, sie hustet theatralisch, »erkältet.«

Ich schweige. Ich begreife die Situation nicht.

»Hören Sie? Ich huste. Ukhääärg. Gehen Sie einfach weg, sonst stecken Sie sich noch an.«

»Frau Rottenbauer, ich bestehe darauf, dass Sie mir die Tür öffnen. Ich würde mich gerne davon überzeugen, dass Sie keinen Arzt brauchen.«

»Ich habe in meinem ganzen Leben noch keinen Arzt gebraucht. In vierzig Jahren Büro war ich nicht einmal krank!«

»Dann ist es umso schlimmer, wenn Ihr Körper nicht daran gewöhnt ist und noch nie Antiviren gebildet hat.«

Das klang total überzeugend, finde ich, medizinisch fundiert. Sie muss mir öffnen. Ich muss rauskriegen, was hier nicht stimmt. Vielleicht sind Verbrecher im Haus, die sie festhalten. Krank ist sie jedenfalls nicht. Ich könnte auf meinem Handy schon mal eins eins wählen, und dann die Null gleich hinterher, wenn es nötig ist.

»Ich gehe nicht weg, bevor ich Sie nicht gesehen habe.«

»Sie sind ganz schön penetrant, Paul.«

»Ich bin besorgt.«

»Na gut, Sie dürfen mich anschauen. Aber nur kurz.«

Der Schlüssel dreht sich, die Klinke neigt sich, die Tür öffnet sich langsam nach innen. Da steht sie – und wirkt alles andere als krank. Sie trägt eine eigenartige Kombination aus einem schicken, zweiteiligen Kostüm, blassgrün, und einer Küchenschürze mit aufgedruckten, gekreuzten Holzkochlöffeln. Dazu plüschige Hausschuhe in Karooptik. Sie fährt mit ihrer Scharade fort, sieht mich von zwanzig Zentimetern weiter unten direkt an und macht: »Ökhrööö.«

»Ist wirklich alles in Ordnung, Frau Rottenbauer?«

»Das sehen Sie doch«, sagt sie. »Nur eine kleine Erkältung. Alles in bester ...«

Ein spitzer Schrei aus dem hinteren Teil des Hauses unterbricht sie. Ein Damenschrei. Frau Rottenbauer verliert ihre immer rosigen Bäckchen und versteinert vor meinen

Augen. Panik huscht ihr übers neue Kreidegesicht, während sie mich einfach weiter anstarrt. Vielleicht glaubt sie, ich hätte es nicht gehört.

»Ursula«, ruft die Schreierin. »Ursula, ich komm mit dem Mehl nicht klar.«

Eine sehr junge, sehr hohe Stimme. Gibt Frau Rottenbauer vielleicht einen Backkurs? Und schämt sich dafür? Wieso sollte sie sonst versucht haben, mich abzuwimmeln? Da ist doch absolut nichts dabei.

»Wie Sie hören, muss ich weitermachen«, sagt sie sehr schnell. »Also dann morgen im Laden, nicht?!«

Die junge Stimme habe ich schon mal irgendwo gehört. Frau Rottenbauer greift zur Tür und will sie schließen.

»Ursula«, ruft es wieder.

Ich strecke meinen Arm aus, um die Tür von ihrem und Frau Rottenbauers gemeinsamem Vorhaben abzuhalten, im Schloss zu landen und mir den Blick zu versperren. Ich habe die Stimme erkannt.

»Ursula!«, ruft es.

Ich halte die Tür auf.

»Frau Rottenbauer«, sage ich.

»Paul, gehen Sie jetzt bitte! Nehmen Sie die Hand da weg!«

»Frau Rottenbauer, haben Sie da Heidi Klum in Ihrer Küche?«

Donnerstag, 13.13

»Schau mal, Ursula, der ist schon richtig hochgegangen«, sagt Heidi Klum und reibt heftig die Hände aneinander. Dabei blickt sie fasziniert in den Backofen. Eine gute Haltung hat sie. Ihre Beine und ihr Oberkörper bilden einen exakten rechten Winkel, während sie vornübergebeugt durch das Hitzefenster sieht. Die Knie keinen Millimeter angewinkelt. Das nenne ich Grazie!

»Heidi ist immer so angetan vom Backen«, sagt Frau Rottenbauer und klappert mit ihrem Löffel beim Umrühren in ihrer Kaffeetasse herum.

»Sie bleiben doch noch, bis wir den Apfelkuchen essen, Paul? Er muss danach noch ein paar Minuten aufs Fensterbrett, das reicht, um die Vanillesoße fertig zu machen.«

»Vanillesoße!«, ruft Heidi Klum und klatscht aufgeregt in die Hände. »Ursula, ich liebe deine Vanillesoße! Und deinen Apfelkuchen!«

»Nun setz dich doch zu uns, Heidi, du verbreitest schon wieder Unruhe«, weist Frau Rottenbauer sie an.

»Ich bin eben ein aufgewecktes Mädchen«, sagt Heidi Klum, legt den Kopf schief, reißt ihre Augen auf, so weit es geht, und klimpert mit ihren Lidern wie der Kirchenorganist beim großen Auszug. Dann folgt sie Frau Rottenbauers Bitte und setzt sich zu uns an den Tisch. Mir kommt die Situation schon ganz normal vor. Ich bin mir ziemlich sicher, dass Frau Rottenbauer Heidi Klum nicht nur zu Besuch, sondern auch entführt hat, aber ich wollte das Thema noch nicht ansprechen. Sie behaupten beide, dass Heidi Klum hier ihren Urlaub genießt.

»Heidi«, sage ich, denn wir sind mittlerweile per Du, bei ihr geht das einfacher als bei Herrn Jauch, »wenn du hier Urlaub machst, wieso lässt du dich eigentlich nie im Ort blicken? Das Wochenblättchen würde sich sicher für dich interessieren.«

»Eben«, sagt Heidi Klum. »Paul, weißt du, sonst bin ich in New York, L.A., Paris, Mailand, Madrid, Buenos Aires, immer auf Achse, immer First Class, immer Leute um mich herum, immer Kameras, immer lächeln. Mir tut es wirklich gut, Ursula einmal im Jahr zu besuchen und einfach hier bei ihr auszuspannen. Sie ist mein Ruhepol. Und hinter dem Haus ist ein großer Garten. Da kann ich mich in die Sonne legen und relaxen. Wenn ich will, sogar …«, sie tut so, als würde sie sich nach potenziellen Mithörern umschauen, »… nackt.«

Und jetzt lacht sie. Nicht so, wie Frau Rottenbauer oder ich lachen würden, sondern eher so, als stünde sie auf einer Bühne vor fünftausend Leuten, von denen auch diejenigen, die grade auf dem Klo sind, mitkriegen sollen, dass sie ausgesprochen guter Stimmung ist. Ein Prominentenlachen eben. Sie wirft dabei die Arme seitlich von sich und den Kopf nach hinten.

»Das erdet«, sagt sie schließlich in ernstem Ton, wie ich es sonst auch nur aus Talkshows im Fernsehen kenne.

»Das erdet« sagt außer Leuten aus dem Showgeschäft wirklich niemand. Ich könnte mich nicht daran erinnern, dass jemand im Ort schon mal »das erdet« gesagt hätte. Höchstens vielleicht Herr Kürnach, der Bestatter. Das erdet.

»Du bist nicht zum ersten Mal hier?«, frage ich Heidi,

weil sie behauptet hat, sie würde Frau Rottenbauer einmal im Jahr besuchen.

Sie wirkt überrascht von der Frage und kann nicht direkt eine Antwort geben. Erwischt. Frau Rottenbauer versucht auszuhelfen: »Heidi ist schon zum dritten Mal mein Gast. Sie werden verstehen, Paul, dass ich das nicht herumerzählt habe. Sie sind ja selbst als Erstes auf das Wochenblättchen gekommen. Wenn die das rauskriegen, stehen nicht nur die, sondern am nächsten Tag auch das Fernsehen vor der Tür. Das möchte doch keiner.«

Nein, du Gangsterbraut, denke ich, natürlich möchte keiner, dass jemand deine Geisel zu Gesicht bekommt. Ich betrachte sie nachdenklich. Jahrelang habe ich mich in Frau Rottenbauer getäuscht. Immer hat sie auf brave Omi gemacht, stand mit ihrem Klappstühlchen vor der Tür, als könnte sie kein Wässerchen trüben, saß genau vor meiner Nase, lesend, den ganzen Tag, in meinem Laden. Sie schrie geradezu die ganze Zeit: »Ich bin unverdächtig!«

Dabei ist sie ein durchtriebenes kriminelles Element und hält Heidi Klum schon zum wiederholten Mal hier fest. Wer weiß, wen sie noch alles verschleppt hat? Kai Pflaume? Barbara Schöneberger? Anne Will? Günther Jauch? Gut, den vielleicht nicht.

Ich möchte gar nicht so böse über Frau Rottenbauer denken, aber solange sie noch ein Geheimnis aus ihrem Geheimnis macht, kann ich nicht anders. Es ist offensichtlich, sie hat Heidi Klum entführt. Eine sanfte Entführung, exakt unser Konzept. Sie backen zusammen Apfelkuchen. Sie wollte Heidi vor mir versteckt halten und hat deshalb diesen Terz an der Haustür veranstaltet. Eigentlich sind wir

Brüder, nein, Schwestern, nein, Geschwister im Geiste, im Entführungsgeiste, aber bevor sie das nicht zugegeben hat, muss ich sie verurteilen. Noch bin ich moralisch überlegen. Das Geniale an der Sache ist, das muss man ihr zugestehen, dass man es ihr noch viel weniger zutraut als mir, und mir traut man generell schon mal überhaupt nichts zu, außer Barcodes über einen Scanner zu ziehen.

»Und wo haben Sie sich kennengelernt?«, frage ich Frau Rottenbauer scheinheilig.

»In Paris«, antwortet sie sofort.

Die alte Frau ist gut. Sie hat sich eine Backstory überlegt.

»Ach übrigens, Paul.« Und jetzt will sie mich ablenken, indem sie auf ein anderes Thema überleitet. Sie ist so geschickt. »Ich habe vor ein paar Wochen eine Tasche im Laden liegen lassen, da stand auch *Paris* drauf, in fünf großen Buchstaben, in bunt. Haben Sie die vielleicht gefunden?«

»Ich glaube nicht, aber ich kann mal im Lager nachsehen. Womöglich hat Annette sie weggeräumt. Aber nun erzählen Sie doch mal Ihre Kennenlerngeschichte, das muss doch aufregend gewesen sein. Oder?«

»Fashion Week«, wirft Heidi Klum wie selbstverständlich ein. »Ursula hat zugesehen, ich bin gelaufen. Sie kam mir gleich so deutsch vor und hat mich an meine Großmutter erinnert, da habe ich sie später angesprochen.«

»So war das«, bestätigt Frau Rottenbauer und rubbelt Heidi Klum freudig über den nackten Oberarm. Sie wirken wirklich sehr vertraut.

»Huch, der Kuchen ist fertig«, sagt Frau Rottenbauer und schiebt ihren Stuhl nach hinten.

»Lassen Sie mal, ich hole ihn für Sie raus«, sage ich und stehe auf. Ich spiele das Spiel mit. Ich bin immer zuvorkommend, wenn ich sonst mit Frau Rottenbauer in Kontakt bin, warum sollte ich jetzt damit aufhören?

»Nehmen Sie das Handtuch da an der Wand, Paul, sonst verbrennen Sie sich die Hände«, sagt sie.

Sie ist sonst auch immer höflich zu mir, außer wenn ich nicht auf die Sekunde genau aufschließe, sobald die Turmuhr acht schlägt.

Heidi Klum folgt den Vorgängen interessiert. Vielleicht achtet sie auf meine Gangart, während ich zum Backofen gehe. Ich glaube, ich habe einen guten Walk.

Der Kuchen steht auf dem Fensterbrett und kühlt ab, Frau Rottenbauer rührt die Vanillesoße in einem kleinen Topf an. Ich schlürfe Kaffee. Es ist viel Kaffee da, die Kanne scheint keinen Boden zu haben.

»Heute lassen wir es uns richtig gut gehen«, sagt Heidi. »Ich esse bestimmt zwei Stück, Ursula.« Dann macht sie Mjam-mjam-mjam und lacht wieder, lacht über jedes Maß hinaus und hält sich das Brustbein mit der gespreizten linken Hand, damit es nicht auseinanderfällt. Ihre Erdung lässt auf sich warten, vielleicht braucht sie noch ein paar Tage. Wer weiß, wie lange sie hierbleibt, wird schon werden. Ein Nebeneffekt ihrer Unbeherrschtheit ist, dass es mir so langsam in den Ohren wehtut. Ich habe normalerweise keine Ohrenprobleme, aber wenn ein paar Zentimeter neben einem eine Rakete startet, dann kann das schon aufs Trommelfell gehen. Viel leiser ist die Klum-Lache nicht. Jedes Mal zieht es mir höllisch im Ohr, wenn sie loslegt.

Dass es so nahe bei uns noch einen anderen entführten Promi gibt, ist schon ein kleiner Zufall, aber es ist Sommerpause, und das bedeutet Hochsaison, wie wir gelernt haben: Zurzeit sind mindestens hundert Prominente entführt. Vielleicht sogar noch einer drüben im Dorf? Womöglich zündet Wimmu gerade Daniel Craig eine Zigarre an, oder Frau Oberhaid lässt sich von Hannelore Elsner die Nägel machen, vielleicht haben die Scheßlitz-Zwillinge Justin Bieber zu Hause und spielen mit ihm Mario Kart auf der PlayStation.

»So nah und doch so fern«, schmachtet Katja. »Heidi Klum hätte ich schon gern mal kennengelernt.«

»Ach so, ja, das hab ich noch gar nicht erwähnt«, sage ich, »sie kommen später zum Grillen vorbei. Ihr müsstet mir kurz helfen, die Sachen aus dem Auto zu laden.«

»Die Sachen« sind ein neuer Kugelgrill in Übergröße, diverse Sorten Fleisch, Gemüse, Maiskolben, Grillkohle, Grillanzünder, Alkoholika und Getränke der fruchtigen Art – was man eben so braucht für eine Promi-Party.

Da ich Etienne versprochen hatte, noch im Laden vorbeizuschauen, um ihn wissen zu lassen, wie es Frau Rottenbauer geht, habe ich bei der Gelegenheit gleich alles mitgenommen. Dass wir gerade Grillwochen und dementsprechende Angebote haben, war ein glücklicher Zufall. »Bin ich auch eingeladen?«, hat Etienne grinsend gefragt, da der Anlass meines Einkaufs nur allzu offensichtlich schien.

Nachdem ich rot angelaufen war und es dreimal mit einer ausweichenden Antwort versucht hatte, habe ich seine Frage schließlich mit »Ist was Privates, sorry« abgeschmettert.

Natürlich war ich damit nicht zufrieden, die Frage hatte mich einfach kalt erwischt. Ich bezweifle, dass es nicht ein bisschen Misstrauen in ihm geweckt hat. Aber er weiß gar nicht, wo ich wohne, daher kann er auch nicht einfach so überraschend vorbeischauen. Wäre so oder so unhöflich.

»Wow, toll, klasse«, kommentiert Katja jede einzelne Zusatzinformation von mir, während wir die Sachen nach drinnen tragen.

»Ich dachte, Heidi wird sicherlich nicht viel fettiges Fleisch essen wollen, deshalb hab ich auch Zucchini zum Grillen mitgenommen.«

»Wow.«

»Vorhin beim Apfelkuchen hat sie allerdings schon ganz ordentlich zugelangt.«

»Toll.«

»Wir müssen sie übrigens abholen, Frau Rottenbauer hat kein Auto.«

»Klasse.«

»Das erledige ich gern«, sagt Herr Müller, den Grill schulternd.

»Was ist denn hier los?«, fragt Günther Jauch, der, sich mit einem Handtuchzipfel im Ohr pulend, vor der Haustür zu uns stößt. Er trägt nass-platte Haare und einen seiner Anzüge, wir haben uns schon lange daran gewöhnt. Die Krawatte ist heute orange-rot gestreift, mit amerikanischem Streifenverlauf, von links oben nach rechts unten.

»Heidi Klum kommt zum Essen vorbei!«, quiekt Katja.

Günther Jauch zuckt gleichgültig mit den Schultern.

»Und Frau Rottenbauer«, füge ich an.

»Frau Rott-en-bau-errr?«, wiederholt er nachdenklich

und so langsam, als würde er von einer seiner Moderationskarten ablesen. »Doch nicht etwa Ursula Rottenbauer?«

»Doch, genau die«, bestätige ich leicht verwirrt.

»Wow«, sagt er anerkennend. »Da haben Sie aber Glück. Die kann Ihnen noch viel beibringen. Sie hat meines Wissens schon 1972 Wim Thoelke entführt. Hat mir Wigald Boning mal erzählt, der kennt sich in der Materie ganz gut aus. Vielleicht gibt sie mir ja ein Autogramm.«

»Wer ist Wim Thoelke?«, fragt Katja.

Donnerstag, 19.16

»Aber sie soll sich doch willkommen fühlen«, sagt Katja und zieht einen Schmollmund.

Es ist nicht das erste Mal, dass ich mich eher wie ihr Erziehungsberechtigter fühle als wie ihr … als wie der Freund ihres Freundes. »Ich denke, das wird sie auch dann, wenn du kein Banner über die Tür hängst, auf dem *HALLO HEIDI* geschrieben steht. Das kannst du ihr auch ganz einfach sagen.«

»Jetzt hab ich mir extra so viel Mühe gegeben«, sagt sie eingeschnappt.

»Aber du hast dir doch vorher schon ganz viel Mühe mit der Gartendekoration gegeben, das wird Heidi sicherlich auch sehr positiv auffallen«, versuche ich, sie zu besänftigen.

Tatsächlich hat Katja den Garten sehr schön hingekriegt. Direkt nach dem Autoausladen ist sie noch einmal extra rüber ins Dorf gefahren und hat große Fackeln besorgt, die man in den Boden stecken kann, Girlanden, Lampions, farblich dazu passende Tischdecken, kleine Blumengestecke für die Deko und zwei große Blumensträuße für Frau Rottenbauer und Heidi Klum. Einen davon halte ich in Händen, den anderen sie. Wir stehen vor der Haustür und erwarten die Ankunft der Gäste. Das Banner habe ich wieder abgenommen und sicher im Haus verstaut, sodass Katja es zumindest während des heutigen Abends nicht finden kann. Herr Jauch sitzt hinter dem Haus auf der Terrasse, in unserer neu geschaffenen Wohlfühl-Grill-Oase. So würde das auch Tine Wittler nennen, aber die hätte es nicht so gut hinbekommen. Er hat seinen Plattenspielerkoffer nach draußen geräumt und fungiert jetzt als DJ, weit hörbar. Das Gerät hat eine enorme Lautstärke für sein Alter. Im Moment läuft eine Originalaufnahme von Sammy Davis Junior, »Please Don't Talk About Me When I'm Gone« lautet der Refrain.

»Das ist alles so schön geworden. Heidi wird aus dem Häuschen sein«, meint Katja. »Sitzt meine Frisur?«

»Da sind sie«, sage ich.

Herrn Müllers Autoschiff, der Subaru in Rot metallic, ist schon aus weiter Ferne ganz deutlich zu erkennen. Da bräuchte er nicht mal ständig die Lichthupe zu betätigen.

»Sie kommen, sie kommen, sie kommen«, sagt Katja und tippelt von einem Fuß auf den anderen.

»Sollen wir es Herrn Jauch sagen?«, kräht sie mit sich überschlagender Stimme. Sie wartet keine Antwort ab: »HERR JAHAUCH«, ruft sie, »SIE KOMMÄHN.«

Abrupt bricht die Musik ab. Und setzt einige Sekunden

später ungleich lauter wieder ein. Frank Sinatra mit »Get Happy«. Das ist dann wohl das Willkommenslied. Herr Jauch holt aus der Rat-Pack-Collection wirklich alles raus. Man merkt, dass er mal beim Radio war.

Schon hat er das Haus durchquert und stellt sich über uns auf die Treppe.

»Schauen Sie mal, was ich gefunden habe«, sagt er und rollt Katjas Banner aus. »Ich glaube, das haben Sie vergessen aufzuhängen. Ich halte das mal.«

Katja freut sich augenscheinlich, ich verdrehe heimlich die Augen, Herr Jauch breitet die Arme und zwischen ihnen das Banner aus. Passt genau, als wäre seine Armlänge eigens dafür gemacht. Er hat auf die Schnelle eine Ergänzung aufgemalt, HALLO HEIDI & URSULA steht da nun. Na immerhin, das ist Gerechtigkeit, so begrüßt jeder seinen eigenen Star.

Der Subaru biegt auf den Hof ein und hält längsseitig direkt vor uns. Dass die Heckscheiben des Wagens so getönt sind, dass man von außen gar nicht hineinsehen kann, fällt mir dabei zum ersten Mal auf. Aber so ist das eben beim Empfang am roten Teppich. Hatte ich erwähnt, dass wir auf einem roten Teppich stehen? Haben wir im Keller gefunden. Vier mal zwei Meter, mit Fransen, natürlich gekämmt.

Die Fahrertür ist nicht getönt, es ist auch keine Überraschung, dass Herr Müller sie aufstößt und nicht gerade in feiner Chauffeursmanier aussteigt.

»Da sind wir«, sagt er. »Was ist das denn für ein Krach?«

»Sinatra«, sagt verteidigend Herr Jauch, dem sicher bald die Flügelarme wehtun werden.

Herr Müller öffnet die hintere Tür auf der Fahrerseite. Da sitzt Heidi Klum und lächelt so professionell überrascht, als würde sie zehn Kamerateams statt uns mit Blumensträußen vor sich sehen. Elegant steigt sie aus und geht direkt auf Katja zu.

»Ein tolles Kleid!«, schreit ihr Katja über die Musik hinweg entgegen.

»Das wäre doch nicht nötig gewesen«, sagt Heidi Klum und nimmt unaufgefordert den Blumenstrauß an sich. »Ich bin die Heidi.«

»Katja«, haucht Katja.

Sie geben sich Küsschen auf die Wangen, also, eher daneben, ohne sich richtig zu berühren.

Währenddessen hat sich Frau Rottenbauer auf der anderen Seite wohl selbst ihren Weg aus dem Wagen gebahnt und taucht neben Herrn Müller auf, der den Kofferraum geöffnet hat und irgendwas herausholt. Heidi Klum ist bei mir angekommen.

»Paul, was für ein niedliches Häuschen. Küsschen!«, sagt sie, beugt sich zu mir nach vorn und verpasst der Luft links und rechts von meinem Gesicht einen Kuss. Ich bin nicht geistesgegenwärtig genug, um ebenfalls Kussgeräusche ins Nichts zu produzieren. Aber jetzt weiß ich immerhin, wie man das in der feinen Gesellschaft handhabt. Da ist Heidi Klum auch schon mit mir durch, wirft die Arme nach oben und ruft »Günther, what a pleasure!«

Herr Jauch bleibt eher steif, weiß die Begrüßungsküsschen aber gekonnt zu erwidern, ohne sein Banner sinken zu lassen.

»Frau Rottenbauer«, sage ich mahnend und schüttle den

Kopf, als ich sehe, was Herr Müller aus dem Kofferraum hervorgezaubert hat: ihren Klappstuhl.

»Wir haben hier einen ganzen Haufen gemütlicher Stühle.«

»Paul, Sie sehen mich seit Jahren auf diesem Stuhl sitzen. Glauben Sie etwa, der ist ungemütlich? Gehen wir rein, ich habe Hunger!«

Frau Rottenbauer ist so herrlich pragmatisch. An Günther Jauch kommt sie allerdings nicht so ohne Weiteres vorbei. Er begrüßt sie mit tiefer Verbeugung und Handkuss, das Banner ist vergessen. Frau Rottenbauer scheint das zu gefallen.

»Sie sind ein wahrer Gentleman, Herr Jauch. Und ich weiß, wovon ich rede, damit kenne ich mich aus.«

»Das hier ist ein halber Apfelkuchen, damit kenne *ich* mich aus«, sagt Herr Müller trocken, als er sich an den beiden vorbei als Erster nach drinnen schiebt. Er trägt ein Paket aus Alufolie in der Hand. Wir folgen ihm, ich als Letzter schließe die Tür. Heidi Klum und Katja lachen herzhaft.

Donnerstag, 22.30

Das glaubt mir niemand. Ich kann das nicht weitererzählen. Es ist ein so unendlich kostbares Wissen, und es kam so unerwartet zu mir. Es ist, als würde man das Bernsteinzimmer bei sich zu Hause auf dem Speicher finden. Sogar Heidi Klum hat den Mund gehalten, bei Günther Jauch stand er die ganze Zeit offen, und auch wir anderen, die

Bauernhofmenschen, waren einfach nur baff. Denn Frau Rottenbauer hat »ein paar Anekdötchen« rausgelassen. Als wir sie gesättigt hatten – mit anderthalb Steaks und ein bisschen Gurkensalat war das ganz leicht –, hat sie sich in ihrem Klappstuhl zurückgelehnt und angefangen zu erzählen. Und was sie erzählt hat! Ich werde das in einer kleinen Schatztruhe direkt mittig in meinem Gehirn platzieren und den Schlüssel wegwerfen. Ich dachte immer, Herr Jauch wäre der aufregendste Mensch, dem ich je begegnet bin. Jetzt stellt sich heraus, dass die absolut Größte von allen jahrelang Heftchen lesend bei mir im Laden herumgehockt ist. Frau Rottenbauer hatte sie alle, so kann man das wohl prägnant zusammenfassen. Die paar Autogramme in ihrem Spiegelschrank – lediglich eine mickrige Zufallsauswahl aus der zweiten Reihe. Man könnte »Stars und Sternchen des zwanzigsten Jahrhunderts« googeln und es mit Frau Rottenbauers Gästebuch vergleichen. Es wäre so ziemlich dieselbe Liste.

Sie hat das alles hauptberuflich betrieben, ihr Leben lang, und – jetzt kommt's, ich übertreibe nicht – sie hat es überhaupt erst erfunden! Frau Rottenbauer ist die Patin der weltweiten Promi-Entführungsindustrie. Established since 1951. Frau Rottenbauer ist *meine* Patin.

Ist das nicht ein unglaublicher Zufall, dass wir einfach so selbst auf diese absurde Idee gekommen sind, ohne Vorwissen? Auf diese Idee, die uns zunächst so aus der Luft gegriffen schien, und die Grande-Kidnapping-Dame wohnt nur fünfundzwanzig Kilometer Luftlinie von uns entfernt? Dass wir …

Wir?

Wenn in den amerikanischen Serien, die ich mir so gerne ansehe, jemand in gemütlicher Runde unter vielen Menschen sitzt und es auf ein Hintergrundgespräch mit einer bestimmten anderen Person abgesehen hat, dann heißt es meistens: »Ich muss mal dringend in die Küche, nach dem Truthahn/dem Pudding/der Funktionstüchtigkeit des Feuerlöschers sehen, kannst du bitte mitkommen und mir dabei helfen, Vater/Nachbarskind/verhasste Angetraute meines Ex-Mannes, die es nur auf sein Geld und meine Alimente abgesehen hat?« Dann gehen sie in die Küche und regeln ihr Problem auf vernünftige Weise, oder aber derjenige hat gewonnen, der näher am Messerblock steht. Problem für mich: Das Küchenfenster öffnet sich direkt zur Terrasse und steht offen, die vertrauliche Zone ist also nur gut zwei Meter entfernt, sehr hellhörig und in diesem Sinne gar keine vertrauliche Zone. Ich manage die Sache also einfach ganz elegant, indem ich eine andere Sache mit einbeziehe und sage: »Ach, Herr Jauch. Halten Sie sich doch bitte mal für einen Moment die Ohren zu. Es geht um eine Überraschung.« Er ist guter Laune, zuckt die Schultern und folgt meiner Bitte. Heidi Klum kichert. Flüsternd fahre ich fort: »Herr Müller, lass uns mal das Etwas holen gehen, das wir Herrn Jauch noch geben wollten.«

Herr Müller ist sofort mit von der Partie und folgt mir ins Haus. Ich überrasche ihn, indem ich ihn, am Aufenthaltsort des Etwas vorbei, einmal durchs Haus und nach vorne aus der Eingangstür schiebe.

»Was soll das?«, fragt er.

»Herr Müller, kennst du dich mit Märchen aus?«

Ich habe einmal eine komplette wissenschaftliche Abhandlung über die Überlieferung von Märchen gelesen, über hundert Seiten, und eben fiel mir da wieder etwas draus ein.

»Natürlich. Jeder kennt sich mit Märchen aus. Aber was soll das jetzt? Was willst du von mir?«

Mittlerweile ist es sehr dunkel, der Mond zeigt sich heute eher dünnhäutig. Wir stehen vorm Haus, neben Herrn Müllers Subaru und können gerade mal die entfernte Silhouette des Waldes erkennen, sonst eigentlich nichts, was weiter als fünfzig Zentimeter entfernt liegt. Uns gegenseitig sehen wir, in Grautönen.

»Es gibt da diverse Theorien, wie die allerersten Märchen entstanden sein könnten. Verwunderlich ist nämlich, dass sich Märchen und die in ihnen vorkommenden Erzählmotive ähneln oder gar identisch sind, obwohl ihr Ursprung jeweils für völlig verschiedene Regionen der Welt belegt ist. Verstehst du?«

»Nein.«

»Entweder hat es mit der Evolution zu tun, und die Menschen, die durch Meere oder unüberwindbare Gebirge getrennt waren, haben zur etwa gleichen Zeit die gleichen kognitiven Fähigkeiten entwickelt und sich getrennt voneinander recht einfache Erzählstrukturen ausgedacht. Oder aber: Es gibt nur das eine Ursprungsmärchen, und es hat seine Zeit gedauert, bis es weitererzählt wurde, kam dann aber irgendwann auf der anderen Seite des Meeres an. Die Leute dort lügen einfach, wenn sie behaupten, sie hätten genau diesen Stoff selbst erfunden. Was hältst du für wahrscheinlicher?«

»Paul, bist du schon ein bisschen sehr betrunken? Ich glaub nicht, dass wir jetzt über Märchen reden sollten. Frau Rottenbauer erzählt grade sehr viel spannendere, echte Geschichten. Gehen wir lieber wieder nach hinten.«

Er hat noch überhaupt nichts begriffen. Er wirkt unerschütterlich, allerdings nur dank seiner grenzenlosen Ignoranz.

»Nein, wir bleiben hier. Was ist wahrscheinlicher?«

»Natürlich, dass sich nur einer das Märchen ausgedacht hat und es weitererzählt wurde. Was hab ich gewonnen?«

»Von wem wusstest du, dass Frau Rottenbauer seit Jahren Promi-Entführungen durchzieht, bevor du mir vorgeschlagen hast, Jauch zu entführen?«

Da wird er plötzlich ganz still. Er hat begriffen. Das war aber auch ein guter Kunstgriff von mir mit dem Umweg über die Märchen! Rhetorisch eins a, muss ich schon sagen. Ich habe ihn durch meine Worte in die Ecke gedrängt, jetzt wirkt er plötzlich sehr, sehr klein.

»Also ehrlich gesagt«, stammelt er, »das wusste ich bis vorhin wirklich nicht.«

Ich werde ernst. »Es kann dir nicht einfach selbst eingefallen sein, Herr Müller! Die Ausformung des Ganzen, den großen Plan, alle Details, das haben natürlich wir zusammen ausgeheckt. Aber die Grundidee – *wir entführen einen Prominenten* … Wenn das andauernd um einen herum passiert, dann kann man das doch nicht Zufall nennen.«

»Ja eben«, sagt er.

»Wie *ja eben?*«

»Ich hatte keine Ahnung von der Rottenbauer. Aber sie ist wohl nicht die Einzige.«

»Was? Wer ...«

Irgendetwas blendet mich. Ich sehe Herrn Müller nicht mal mehr im Umriss. Dafür sehe ich einen Lichtkreis, der weit weg am Waldrand auftaucht. Nein, zwei Lichtkreise, ein Auto mit Fernlicht. Wer um diese Zeit in diese Richtung fährt, der kann nur ein Ziel haben: unseren Bauernhof.

»Wer ist *das* denn?«, frage ich.

»Das ist aber ein lustiger Zufall«, sagt Herr Müller.

Ich verstehe gar nichts mehr.

»Was willst du mir damit sagen?«

»Ich denke mal, dass die Antwort auf deine beiden Fragen dieselbe ist. Und sie kommen direkt auf uns zu.«

»Sie?«

»Und noch eine Frage obendrauf«, fährt der plötzlich wiedererstarkte Herr Müller fort. »Hast du dich eigentlich mal gefragt, wer die Strumpfträger-Homepage designt hat? Auch dieselbe Antwort.«

Wie konnte die Oberhand so schnell zu Herrn Müller wechseln? Irgendwie fühle ich mich plötzlich ein bisschen außen vor. Was gibt es denn noch, wovon ich keine Ahnung habe? Was hat er alles hinter meinem Rücken eingefädelt?

»Herr Müller, wenn du mir nicht sofort sagst, wer da im Auto sitzt, dann werde ich dich sehr hart treten.«

»Findest du es etwa nicht spannend?«

»NEIN!«

»Sie brauchen nur noch dreißig Sekunden, dann sind sie hier.«

Ich trete ganz nah an ihn heran. Jetzt sehe ich ihn auch

wieder. Würden wir beobachtet, man könnte uns aus der Ferne für ein Liebespaar halten. Aber ein Liebespaar sagt zueinander nicht Sachen wie: »Sag mir sofort den Namen, oder ich ramme dir mein Knie in die Eier. Sofort!«

»Frau Oberhaid.«

Ich schnelle zurück.

»Frau Oberhaid hat die Homepage programmiert?«

»Nein, das war Etienne. Der ist auch mit von der Partie.«

Stünden wir nicht unter einem fast sternlosen Sternenhimmel in einer angenehm milden Sommernacht, ich bräuchte dringend Luft. Das haut mich jetzt doch ein bisschen um.

Schon hat der Wagen unseren Hof erreicht. Der Motor geht aus, die Handbremse macht ihr Handbremsengeräusch. Knarks.

»Ich sollte vielleicht noch dazu sagen, dass ich sie vorhin spontan eingeladen habe«, sagt Herr Müller.

Jetzt wäre ich gerne eine Comicfigur, deren Kopf sich in einen dampfenden, pfeifenden Teekessel verwandelt, wenn sie sich aufregt. Momentan würde es sehr laut pfeifen. Und der Druck würde den Deckel sehr hoch schleudern. Ich fühle mich schamlos über- und hintergangen.

»Hallo«, ruft Etienne aus der Dunkelheit. »Wir haben Kekse mitgebracht.«

»Ich freu mich so auf die Heidi«, sagt Frau Oberhaid.

Freitag, 0.00

»… soll er leben, hoch soll er leben. Dreimal hooooooch!«

»Hoch!«, ruft Katja.

»Hoch!«, rufen Heidi Klum und Günther Jauch.

»Hoch!«, rufen wir alle zusammen und klatschen ausgelassen. Etienne wird achtzehn. Das hatte mir Herr Müller natürlich auch verschwiegen. Obwohl ich es von Etiennes Lohnsteuerkarte her hätte wissen müssen, aber ich hatte anderes im Kopf, verständlicherweise.

»ETCHEEEEEN!«, kreischt Frau Oberhaid und stürmt auf ihren armen, hilflosen, erwachsenen Jungen zu. Sie wird ihn entweder mit einem Haps fressen oder unter sich begraben. Diese Bewegungsenergie kann Etienne mit seinem Pommeskörper niemals abfangen. Es ist wie beim Kampf Yokozuna gegen 1-2-3-Kid, beim Wrestlingmatch 1994 in San Diego. Wenn ich mich recht erinnere, hat Yokozuna erwartungsgemäß gewonnen.

Überraschung! Es geht gut. Frau Oberhaid hebt Etienne aus der Vorwärtsbewegung heraus hoch, schwenkt ihn einmal im Kreis und schmatzt dabei auf alle seine verfügbaren Wangen. Kein Bodyslam zum Abschluss. Nur ein derangiert wirkender Achtzehnjähriger, der sich gleich im Anschluss einer ganz anderen Herausforderung gegenübersieht.

Heidi Klum ist die zweite Gratulantin. Und diesmal gibt es keine Luftküsschen, sondern eine handfeste Kuschelumarmung und sichtbare Rückstände auf seinen Backen. Den Lippenstiftspuren fällt es allerdings schwer, sich von seiner Haut abzuheben, denn Etiennes Gesicht geht in purer Röte auf. Wie neidisch ich auf ihn bin! Heidi hält ihn außerdem erstaunlich lange an sich gedrückt und flüstert ihm irgendwas ins Ohr. Es folgen Katja, Herr Müller, ich, Herr Jauch. Letzterer beschränkt sich auf einen formellen Händedruck mit Schulterklopfer und sagt, er werde gerne beratend tätig, sollte Etienne mit dem Gedanken spielen, sich nun ein Auto zuzulegen, er kenne sich da ein bisschen aus. Auch Frau Rottenbauer hat sich zu Etiennes Ehren aus ihrem Klappstuhl erhoben und gratuliert lange und ausschweifend.

»In deinem Alter habe ich angefangen zu arbeiten«, schließt sie, »meine Erste war die Knef.«

Kurz verliert sich ihr Blick in einem der Fackellichter, dann kehrt sie wieder in die Gegenwart zurück. »Auch aus dir kann noch was Großes werden.« Sie kneift ihm in die Wange.

»Darf ich jetzt auch mal was sagen?«, sagt Etienne, als endlich alle von ihm abgerückt sind. Niemand widerspricht, logisch.

»Als Erstes wünsche ich mir, dass sich Herr Wildensorg und Herr Müller wieder vertragen. Diese Angiftereien halte ich gar nicht aus.«

»Dieses Anliegen unterstütze ich vehement«, fügt Herr Jauch ungefragt an.

Tatsächlich war ich die letzte Stunde über ein bisschen patzig zu Herrn Müller. Aus gutem Grund, will ich meinen. Er hat mich über Wochen hinweg angelogen. Die Ursprünge seiner Entführungsidee hatte ich nie hinterfragt, das war wirklich ein böses Erwachen vorhin. Und da ich nicht der Schmollertyp bin, gehe ich in die Offensive. Ich konnte einfach nicht anders, als ihm seine Unehrlichkeit immer wieder vorzuhalten. Andere Waffen standen mir nicht zur Verfügung. Mein Herr-Müller-Gedisse war zwar sehr kindisch, aber angebracht. Ich weiß noch immer nicht sehr viel mehr über die Oberhaids, ihre Erfahrungen mit Entführungen und deren Weitergabe an Herrn Müller. Er und ich hatten nach ihrem Eintreffen keine Gelegenheit mehr, unter vier Augen zu reden.

»Na los, geben Sie sich die Hand!«, sagt Herr Jauch, und Heidi Klum startet einen Versuch, rhythmisch zu klatschen, um uns zu motivieren. Frau Rottenbauer würgt sie glücklicherweise schnell mit einer Handbewegung und der Bemerkung »Wir sind hier alle erwachsene Leute« ab.

Etienne grinst.

»Genau, wir sind alle erwachsen«, sage ich. »Und deswegen will ich jetzt die ganze Wahrheit wissen. Dann gebe ich ihm meinetwegen die Hand, und alles ist vergessen.«

»Welche Wahrheit?«, fragt Herr Jauch und fällt geschmeidig in seine Rolle als Moderator. »Was geht hier vor, Herr Müller?«

Herr Müller wird nun doch etwas unsicher. Er versucht, sich mit Blicken in die Runde rückzuversichern, vor allem in Richtung Frau Oberhaid. Sie wiederum sucht den Blickkontakt zu Frau Rottenbauer. Die nickt großmütig, dann nickt auch Frau Oberhaid, und Herr Müller sagt: »In Ordnung. Frau Oberhaid wird es dir erzählen.«

»Aber«, interveniert Frau Oberhaid, »im Stehen stehe ich das nicht durch. Trinken wir erst mal den Sekt aus und dann machen wir es uns gemütlich. Auf Etchen!«

Freitag, 0.21

»Herr Müller kam vor ein paar Wochen zu mir und hat mir Brennholz gebracht«, steigt sie in ihre Erzählung ein.

Könnte auch ein guter Beginn für einen Porno sein, denke ich spontan.

»Mein Mann war nicht da, und Etchen hat auf seinem Zimmer Computer gespielt. Da kommt er dann stundenlang nicht raus, wenn er vor dieser Teufelskiste sitzt.«

Hoffentlich kriegt sie bald die Kurve, denke ich.

»Wir haben das Holz zusammen in den Keller geschafft, und dabei hat er mir erzählt, dass Paul bald bei Herrn Jauch in der Sendung sein wird. Das habe ich natürlich für mich behalten, weil es irgendwie noch nicht so ganz sicher war.«

»Es war direkt nach dem ersten Anruf«, ergänzt Herr Müller.

Von dem ich selbst keinem Menschen außer dir und Katja erzählt habe, denke ich.

»Als das Holz verstaut war, hatten wir uns schon sehr in unsere Fantasien reingesteigert, was wir selbst mit einer Million anstellen würden. Hach, das war so lustig.«

Herr Müller nickt zustimmend und breit grinsend.

»Also hab ich einen Kaffee aufgesetzt, und wir haben ein bisschen weiterpalavert. Dann sind wir irgendwann draufgekommen, dass es ja auch schiefgehen könnte, sogar wenn man in der Sendung landet, und dass das sicher der härteste Schlag wäre, ein Scheitern so kurz vor dem Ziel. Ich war ein bisschen in Plauderlaune und habe dann eben ohne nachzudenken gesagt, dass es in diesem Fall auch noch andere Möglichkeiten gäbe, an sein Geld zu kommen. Ich hab das natürlich sofort bereut, aber Herr Müller wollte wissen, was ich meine, und hat so lange nachgebohrt, bis ich mit der Geschichte rausgerückt bin.«

»Wäre ich nicht so hartnäckig gewesen, würden wir hier jetzt nicht zusammensitzen«, sagt Herr Müller in Richtung von Herrn Jauch. »Da wäre Ihnen der ganze schöne Urlaub entgangen.«

»Aber was ist denn nun die Geschichte?«, spielt Herr Jauch den Ball zurück, ganz in meinem Sinne.

»Dazu komme ich gleich«, macht Frau Oberhaid weiter. »Es ist nun etwa zwanzig Jahre her ...«

»Falsch«, unterbricht Frau Rottenbauer. »Neunzehn, nicht ganz neunzehn Jahre. Es war Herbst.«

»Dann ist es eben fast neunzehn Jahre her ... dass ich mit Frau Rottenbauer ins Gespräch gekommen bin. Es war im Supermarkt. Noch vor Ihrer Zeit, Paul. Ich habe ihr ein bisschen mein Leid geklagt.«

»Herumgeflennt hat sie«, stellt Frau Rottenbauer klar, »dass ihr Mann ein Waschlappen ist, der nicht genug Geld nach Hause bringt. Dass er den ganzen Tag nur vor sich hin träumt, auf seiner Geige herumfidelt und mehr Zeit mit seinem Busenfreund Willy Bubenreuth verbringt als mit ihr.«

»Sie wollten damals ein Kammerorchester gründen«, ergänzt Frau Oberhaid. »Und das Wort Waschlappen habe ich übrigens nie in den Mund genommen. Merk dir das, Etchen, das habe ich nie gesagt.«

Etienne macht eine wegwerfende Handbewegung. Er scheint die Geschichte auch spannend zu finden und möchte weiter zuhören. Immerhin geht es um ein großes oberhaidsches Familiengeheimnis, von dem er offensichtlich bislang nichts gewusst hat. Da wären mir die Details zunächst auch mal egal.

»Und dass sie dann alleine in ihrer Küche sitzt und nichts hat außer Kreuzworträtsel und Kuchenbacken«, fährt Frau Rottenbauer fort.

»Ich glaube, ich war depressiv. Das sagt man heutzutage ja auch wesentlich freier heraus als damals. Ich hatte eigentlich viel früher Kinder gewollt, das kam noch dazu. Aber Olaf meinte immer, wir könnten uns kein Kind leisten. Und auch wenn ich es auf eigene Faust probiert habe, weil ich mal ein paar Tage lang die Pille vergessen hatte oder so, hat es nicht geklappt. Es war eine ganz schlimme Zeit.«

»Da dachte ich mir: Der Frau kann geholfen werden«, übernimmt Frau Rottenbauer erneut. »Wenn sie nur ein bisschen Geld braucht und etwas Abwechslung zu ihrem tristen Alltag, kenne ich den perfekten Weg. Ich hatte sowieso schon alles eingefädelt.«

»Es war zwei Tage später, wieder im Supermarkt, da hat mir Frau Rottenbauer angeboten, mir einen Prominenten auszuleihen.«

»Und was für einen!«, ruft Frau Rottenbauer dazwischen. »Sie wissen schon, dass ich ihn selber gerne gehabt hätte.«

»Ich bin Ihnen auf immer und ewig dankbar.«

»Das sollten Sie auch.« Frau Rottenbauer schmunzelt ein wenig.

»Er war so ein toller Mann!«, begeistert sich Frau Oberhaid. »Olaf war dermaßen eifersüchtig …«

»Obwohl er dazu überhaupt keinen Grund hatte«, bemerkt Frau Rottenbauer süffisant. Dass sie dabei kurz in Etiennes Richtung schielt, entgeht mir nicht. Ihm sehr wohl.

»Er hat den ganzen Pepp zurückgebracht«, schwärmt Frau Oberhaid weiter. »Man sagt ja immer, dass Ehepaare auch gemeinsame Hobbys brauchen. Völlig richtig. Die Entführung hat uns wieder ganz eng zusammengebracht. Es war wie eine zweite Hochzeit, irgendwie. Wir kamen uns lange Zeit ganz verrucht vor, weil wir dieses Ding durchgezogen haben und so ein aufregendes Geheimnis hatten.«

»Die Aufregung lässt natürlich mit der Zeit nach«, kommentiert Frau Rottenbauer kühl, was Frau Oberhaid aber nicht von einem lauten, schmachtenden Seufzer abhält.

Katja und Heidi Klum haben die Erzählung gleichermaßen gespannt verfolgt, sie kleben an Frau Oberhaids und Frau Rottenbauers Lippen und springen mit ihrer Aufmerksamkeit von der einen zur anderen, so schnell sich die Frauen den Gesprächsball eben zuspielen, und reißen die Augen dabei immer weiter auf. In der sich jetzt kurz einstellenden Redepause wittern beide ihre Chance. »Wer war er?«, platzen sie fast gleichzeitig heraus.

Frau Rottenbauer und Frau Oberhaid sehen sich mit cool hochgezogenen Augenbrauen an. Als wäre es ein abgesprochenes Zeichen.

»Das bleibt ein Geheimnis«, erklärt Frau Rottenbauer dann genussvoll.

»Er war großartig«, ergänzt Frau Oberhaid. »So charmant.«

»Er war Franzose«, sagt Frau Rottenbauer.

»Er ist es sogar noch«, sagt Frau Oberhaid und lacht los. »Ich hab ihn erst vorgestern wieder im Fernsehen gesehen.«

»Dann könnte ich ihn mir ja direkt noch mal holen«, lacht Frau Rottenbauer mit.

Ich möchte nicht sehr viel intensiver darüber nachdenken, was während der damaligen Entführung im Hause Oberhaid alles vorgefallen sein könnte. Würde ich mir Gedanken darüber machen, wäre vielleicht endlich eine Erklärung dafür gefunden, wie Olaf Oberhaid mit seinem Quarkgesicht und Susanne Oberhaid, die früher nicht ganz unansehnlich war, aber auch nicht zur Faschingsprinzessin gewählt worden wäre, einen Sohn fabrizieren konnten, den man problemlos jeder Barbiepuppe zum Mann geben könnte. Würde ich mir Gedanken machen, würde ich zudem in die Waagschale werfen, dass Etienne nun mal Etienne heißt und das ein französischer Name ist, den keiner seiner Elternteile ohne größere Unfälle aussprechen kann. Ich würde darüber hinaus überlegen, welcher französische Prominente auch schon vor zwanzig, nein, fast neunzehn Jahren international oder zumindest in Frankreich und Deutschland bekannt war, womöglich gar Deutsch sprechen kann und nicht nur fantastisch aussieht, sondern noch dazu ein echter Charmeur vor dem Herrn ist. Es kämen nicht viele infrage. Gut, dass ich nicht weiter drüber nachgrübele. Gérard Depardieu scheidet jedenfalls schon mal aus. Etienne scheint das alles nicht sonderlich zu interessieren. Er hat das Denken anscheinend irgendwann eingestellt und seither mit offenem Mund der Erzählung gelauscht. Seine Konklusion aus alldem beschränkt sich auf:

»Krass, meine Mutter ist eine Gangsterbraut.« Er schüttelt ungläubig den Kopf und beschäftigt sich vermutlich eher mit dem Problem, dass er die Story nicht mal weitererzählen darf und keiner seiner Freunde je erfahren wird, dass er die durchtriebenste Mutter von allen hat. Damit könnte man durchaus angeben.

»Das alles habe ich Herrn Müller jedenfalls erzählt«, schließt Frau Oberhaid. »Und eher als Witz dazu gesagt, dass er doch einfach Günther Jauch entführen soll, wenn Paul es in der Sendung nicht packt.«

»Schon richtig«, stimmt Herr Müller kleinlaut zu. »Eigentlich war es ihre Idee.«

»Das war es dann aber mit den Offenbarungen, ja?«, frage ich. »Wir, die hier sitzen, wissen Bescheid und sonst niemand. Richtig?«

»Nicht dass ich wüsste«, sagt Frau Rottenbauer. »Und ich wüsste es mit Sicherheit.«

Ich bin einigermaßen beruhigt. Obwohl sich die Zahl der Mitwisser auf einen Schlag von vier auf acht verdoppelt hat, wird alles weiter in geregelten Bahnen verlaufen. Ein Grund zum Feiern, zusätzlich zum Geburtstag.

»Jetzt müssen Sie sich aber die Hand geben«, sagt Günther Jauch, der zwischenzeitlich aufgestanden ist und nun mahnend vor mir steht.

»Na, meinetwegen«, sage ich und verzeihe Herrn Müller sein Lügenkonstrukt mit einem sehr festen Handschlag.

»So ist es brav«, sagt Herr Jauch. »Wollten Sie vorhin nicht noch etwas für mich holen? Ich musste doch die Augen zumachen.«

Woran sich der Mann so alles erinnert. Dass er daran noch denkt nach der ganzen Aufregung.

Etienne ist mittlerweile zu einem vertraulichen Gespräch mit Heidi Klum übergegangen. Sie sitzen nebeneinander und stecken die Köpfe zusammen, sie wirkt plötzlich ganz ernsthaft und nickt andauernd, während er ihr was ins Ohr flüstert, dann wechseln sie die Rollen, und Heidi Klum beginnt zu flüstern. Als ich nach drinnen gehe, um die Überraschung für Herrn Jauch zu holen, verlangsame ich meinen Schritt aus Neugier ein wenig, um aufschnappen zu können, was sie miteinander zu tuscheln haben. Heidi sagt soeben: »Einfach jeden Tag eine Stunde ins Fitnessstudio, und in vier Wochen schickst du mir Bilder. Dann kann gar nichts schiefgehen, und du hast den Job.« Ich schätze mal, dass es ums Modeln geht. Das wäre ein wirklich gutes Geschenk.

Freitag, 1.23

»Das wird jetzt aber nicht so eine peinliche Einlage wie sonst gern auf runden Geburtstagen?«, fragt Herr Jauch und sieht uns hoffnungsvoll an. Katja, Herr Müller und ich haben uns vor ihm aufgebaut, um ihm seine Überraschung zu überreichen. Auf seine Bemerkung hin räuspert sich Herr Müller mahnend, und ich lasse den Zettel mit der vorbereiteten gereimten Ansprache umgehend wieder in meiner hinteren Hosentasche verschwinden.

»Nein, nein, natürlich nicht«, sage ich.

Schade irgendwie, wir haben ganz schön lange gebraucht, um sinnvolle Reime auf Begriffe wie »Fernsehstar«, »Kühe reiten« und »Strumpfträger« zu finden.

»Herr Jauch«, beginnt Katja die Ansprache nun aus dem Stegreif.

»Wir haben uns sehr gefreut, Sie entführen zu dürfen. In ein paar Stunden ist unsere gemeinsame Zeit leider schon wieder vorbei. Uns hat es sehr mit Ihnen gefallen, und ich hoffe, Ihnen auch mit uns.«

»Das ist, denke ich, offensichtlich«, sagt Herr Jauch und nippt an seinem Batida de Coco. Heidi Klum versucht sich wieder im abrupten Anklatschen, und diesmal machen die anderen mit.

Nach dem Zwischenapplaus übernimmt Herr Müller: »Erinnern wir uns, wie das alles angefangen hat. Paul ist in Ihrer Sendung tragisch gescheitert.«

Ich finde, so drastisch muss man es nicht ausdrücken.

»Wirklich, wirklich tragisch. Jeder vernünftige Mensch hätte ...«

»Herr Müller!«, unterbreche ich ihn.

»Aber ich schweife ab«, fährt er fort. »Im Nachhinein war Pauls Dummheit ein großer Segen für uns alle. Wir haben Sie unter dem Vorwand angelockt, Sie zum Strumpfträger des Jahres zu küren. Das wurde nicht zuletzt durch Etienne ermöglicht, der uns die hübsche Homepage gebaut hat.«

»Hört hört!«, ruft Heidi Klum und klatscht wieder an. Wieder ziehen die anderen mit.

Etienne verbeugt sich mit gespielter Arroganz in alle Richtungen.

Dann bin ich dran:

»Wir dachten uns, als Abschluss fehlt noch eine Sache. Wir haben ein Geschenk für Sie.«

»Ohohohoh«, sagt Herr Jauch und reibt sich in freudiger Erwartung die Hände.

»Wir präsentieren«, sage ich, »Ihren Preis. Ein Paar goldene Strümpfe.«

Katja holt eine Tasche hinter Ihrem Rücken hervor und reicht sie Herrn Jauch.

»Anziehen! Anziehen!«, ruft Heidi Klum, und wir steigen mit ein.

»Ich bin es gar nicht gewohnt, alberne Dinge zu tun, wenn ich keine Kamera vor mir habe, aber nun gut«, willigt Herr Jauch ein. Die Erinnerung an unseren Bullriding-Versuch lässt er dabei außen vor. Schon hat er Schuhe und Socken abgestreift.

Im allgemeinen Trubel kriegt niemand mit, dass Frau Rottenbauer mich am Ärmel zupft.

»Die Tasche bekommt er aber nicht, Paul, das ist meine.«

Es ist die PARIS-Tasche, die Frau Rottenbauer im Laden vergessen hatte, wo sie von Etienne gefunden wurde und in den Besitz Herrn Müllers überging, als Etienne sich mit ihm getroffen und ihm die Homepage erklärt hat. Wenn ich so näher darüber nachdenke, hätte ich durch diese Tasche schon früher auf die ganzen Verwicklungen kommen können, nämlich beim Bekanntwerden mit Heidi Klum in Frau Rottenbauers Haus. Nun ja, ich bin kein Detektiv, ich bin Supermarktangestellter. Sei's drum.

»Klar, die kriegen Sie wieder«, sage ich zu Frau Rottenbauer. Sie hat eine Tragetasche bestimmt bitter nötig nach hundert Entführungen mit Millionenlösegeldern.

»Die sind ja in meiner Größe«, sagt Herr Jauch und streckt die Beine mit den goldenen Strümpfen dran in die Luft.

Ich würde den Moment so gerne festhalten, aber Fotos sind streng verboten, das haben wir schon zu Beginn des Abends einhellig vereinbart. Es könnte irgendwann auf uns zurückfallen. Immerhin begehen wir hier nach wie vor ein Verbrechen, sogar in doppelter Ausführung.

»Ich glaube, ich kann heute nicht mehr nach Hause fahren«, sagt Frau Oberhaid und wiehert fast, als sie geräuschvoll Luft ausstößt. Sie scheint sich mit Frau Rottenbauer heimlich einige Likörchen genehmigt zu haben.

»Wer möchte denn heute schon nach Hause?!«, ruft Frau Rottenbauer ausgelassen. »Jetzt hauen wir auf den Putz! Wir machen die Nacht zum Tag! So wie ich damals mit den Beatles.«

Freitag, 10.02

Aua. Ich schließe sofort wieder die Augen, weil das Tageslicht mir Schmerzen bereitet. Hatte wohl keine Muße, die Rollläden herunterzulassen, als ich ins Bett gegangen bin. Ich spüre meine Augäpfel pochen, sie füllen so ziemlich meinen ganzen Kopf aus. Aua. Ich rolle mich auf den Rücken und strecke alle Anhängsel meines Körpers so weit durch wie möglich. Aua. 10.02 Uhr. Schön, mal ausschlafen zu können. Gibt ja nichts zu tun heute. Gibt ja nichts zu tun heute. Gibt ja nichts zu … Herrje! Wir müssen den

Jauch nach Frankfurt bringen und das Lösegeld holen! Ich schnelle mit der oberen Körperhälfte nach oben. Aua!!! Gut, dann langsamer. »Dann langsamer«, sage ich, sehr langsam. Erst das linke Beinchen aus dem Bettchen, dann das rechte, dann den Rest. Dann so lange das eine Beinchen vors andere und umgekehrt, bis ich im Badezimmer angekommen bin. Ganz langsam. Wir haben noch fast eine ganze Stunde Zeit, bevor wir losmüssen. Mein Kopf fühlt sich wirklich ganz, ganz komisch an.

Den Grund dafür erkenne ich, als ich vorm Spiegel stehe. Ich trage Herrn Jauchs Krawatte als Stirnband. »Wie in einer amerikanischen College-Komödie, wow«, sage ich. »Die Krawatte um die Stirn als Symbol der Ausgelassenheit. Ich voll crazy Typ.«

Ich habe die Angewohnheit, Selbstgespräche zu führen, wenn ich verkatert bin. Zum Glück bin ich das nicht oft. Sonst müsste ich mir Sorgen machen. »Sonst müsste ich mir Sorgen machen«, beende ich meine Ausführungen, und mein Spiegelbild nickt mir zu. Ich entferne die Krawatte, hänge sie an die Türklinke und leite meine Morgenroutine ein. Es erleichtert die Sache, dass ich dazu nicht viel denken muss. Wer soll denn bloß später das Auto zum Bahnhof fahren? Ich bin nicht in der Lage dazu. Meine Duffy-Duck-Boxershort landet im Waschbecken und ich in der Dusche.

Freitag, 11.35

Herr Jauch fährt.

»Jetzt wissen Sie, warum ich zwischendurch immer ein Glas Wasser getrunken habe. Beugt dem Kater am nächsten Tag vor«, sagt er. »Ich fahre unglaublich gerne Auto. Wir haben gar nicht viel über Autos geredet in den letzten Tagen. Schade eigentlich. Ich kenne mich da wirklich gut aus. Welche Autos hatten Sie denn schon, Herr Müller? Und wollen Sie sich eines von Ihrem Lösegeld kaufen? Ich berate Sie gerne.«

»Ich glaube, Sie hätten da eben rechts abbiegen müssen«, sagt Herr Müller.

»Huch. Nun ja, es wird sich noch eine Gelegenheit ergeben. Sagen Sie einfach, wann und wo. Ich hatte Mitte der Achtziger mal einen schicken flaschengrünen ...«

Er hört einfach nicht auf zu plappern. Das kann ich momentan gar nicht ertragen. Mein Kopfweh ist nicht unbedingt besser geworden. Wir hatten kein Aspirin im Haus. Die drei Tassen Kaffee haben auch nicht wirklich geholfen. Ich sitze hinter dem Fahrersitz, und ohne die konstante Frischluftzufuhr durch das einen Spaltbreit geöffnete Fenster würde es mir richtig dreckig gehen; so geht es mir nur ein bisschen dreckig. Katja sitzt neben mir auf der Rückbank und schläft mit dem Kopf am Fenster und offenem Mund, während Herr Müller versucht, uns als Beifahrer nach Frankfurt zu lotsen. Eigentlich wollten wir den Zug nehmen, aber es gab da eine Terminkollision zwischen der Abfahrtszeit des Zuges und unserer Ankunft am Bahnhof drüben im Dorf. Ohne Stau schaffen wir es pünktlich zur Übergabe, und Herr Jauch erwischt seinen ICE nach Berlin. Wir dürfen uns nur nicht mehr allzu oft verfahren.

Herr Jauch trägt wieder sein Inkognito-Outfit, den schwarzen Kapuzenpulli und eine hellbraune Schiebermütze aus Cord. Wenn die Wolken mal abziehen, kann er auch seine übergroße Pilotensonnenbrille aufsetzen. In freier Wildbahn würde ich ihn wirklich nicht erkennen. Aber um mir irgendwelche Sorgen zu machen, bin ich sowieso zu erledigt. Es kann noch vieles schiefgehen. Wir könnten in eine Polizeikontrolle geraten. Die könnten uns zwar nichts anhaben, weil wir Herrn Jauch im Auto haben, aber womöglich deshalb nerven, weil er seinen Führerschein nicht dabeihat. War ja auch nicht unbedingt geplant, dass die Sache so abläuft. Und bei der Lösegeldübergabe ... na ja, seien wir ehrlich, wir zählen das vorher nicht durch, bevor wir ihn laufen lassen. Wenn die unteren Bündel nur aus Monopoly-Geld bestehen, haben wir eben Pech gehabt. Unser Druckmittel ist mir einfach zu sympathisch, um es wirklich als Druckmittel einzusetzen. Außerdem fährt er sich selbst zu seiner Freilassung, das ist ihm hoch anzurechnen.

Vor einer Stunde hat es noch nicht so ausgesehen, als kämen wir pünktlich auf die Straße oder überhaupt heute nach Frankfurt. Nicht dass das Haus sonderlich verwüstet gewesen wäre, aber die überall herumliegenden, nahezu narkotisierten Menschen haben in mir nicht gerade Zuversicht aufkeimen lassen. Dass es sogar noch für ein gemeinsames Frühstück gereicht hat, grenzt an ein Wunder. Nur Frau Rottenbauer war gar nicht wach zu bekommen. Keine

Sorge, sie hat noch geatmet. Vielleicht braucht sie einfach ein bisschen länger zur Regeneration. Gestern ist sie den Likörchen zusammen mit Frau Oberhaid treu geblieben und hat wohl einige davon über den Durst getrunken, aber am Montag wird sie wieder mit ihrem Stühlchen vorm Laden stehen. Frau Rottenbauer ist unverwüstlich.

Sie sind alle über Nacht geblieben. Logisch, was hätten sie sonst tun sollen? Ein Taxi rufen? Guter Scherz. Auf den Putz gehauen haben wir kräftig, gemäß Frau Rottenbauers Ansage. Wie damals mit den Beatles. Es war vor Yoko Onos Zeiten, als John auch noch cool drauf war, hat sie später erzählt. Ich habe als einer der Ersten schlappgemacht, glaube ich, und bin gegen fünf ins Bett. Etienne und Heidi Klum waren, soweit meine Erinnerung mich nicht trügt, schon vorher weg. Ich will hier keine Tatsachenbehauptungen aufstellen, sie waren lediglich zum ziemlich gleichen Zeitpunkt im ziemlich gleichen Bereich des Hauses verschwunden, sind vorhin aber zeitlich kurz versetzt am Frühstückstisch erschienen, nachdem ich den Plattenspieler wieder angeschmissen hatte, um nicht jeden einzeln wecken zu müssen. Herr Müller und Katja waren gleich darauf auch da, Herr Jauch sowieso schon vorher wach, ihn habe ich auf der Terrasse beim Kaffeetrinken und Buchlesen angetroffen. Er wusste nicht mehr genau, wann die Übergabe sein sollte, daher hat er niemanden wecken wollen. Am einfachsten hätte er es wohl bei Frau Oberhaid gehabt, die auf dem Wohnzimmersofa im Sitzen eingeschlafen war.

Ich fühle mich schon ein bisschen als schlechter Gastgeber, wir mussten unsere Gäste nämlich auf dem Hof sich selbst überlassen. Etienne wird mich per SMS auf dem Laufenden halten, wann Frau Rottenbauer zu den Lebenden zurückkehren wird, bis dahin wird er sich mit seiner Mutter und Heidi Klum am Frühstückstisch sicherlich nicht langweilen.

Heidi Klum hatte uns, als wir schon im Auto saßen, unter ausschweifendem Winken mit beiden Händen und einem wunderschön geträllerten »Auf Wiedersehen« aus unserem eigenen Haus verabschiedet. Das wird mir im Gedächtnis bleiben. Es ist doch sehr wahrscheinlich, dass wir uns nicht mehr wiedersehen werden.

»Jetzt rechts«, sagt Herr Müller.

»Jetzt geht die wilde Fahrt so richtig los«, raunt Herr Jauch und kichert durch die Nase. Wir fahren auf die Autobahn.

Freitag, 13.33

Wir sind viel zu früh da. Momentan bin ich einfach froh, dass ich noch lebe. Herr Jauch ist wie ein Irrer gefahren. »Wie ein echter Rennfahrer«, hat er es ausgedrückt. »Ich hatte mal ein privates Fahrtraining mit Ralf Schumacher auf dem Nürburgring. Machen Sie sich mal keine Sorgen.«

Wenn jemand ausdrücklich zu mir sagt, ich soll mir keine Sorgen machen, bewirkt das bei mir eher das Gegenteil. Ich hatte die komplette Autobahnfahrt lang beide Hände am Haltegriff über mir. Die anderen Verkehrsteilnehmer wissen ja nun nicht immer unbedingt, wie viel Ahnung und

Geistesgesundheit derjenige besitzt, der mit zweihundert Sachen von hinten mit Lichthupe angebraust kommt. Das kann immer fehlinterpretiert werden und zu eigenen Dummheiten führen. Wenn man sich auf alle anderen genauso verlassen könnte wie auf sich selbst, wäre das Leben im Allgemeinen sicherer. Das ist wie mit diesem Orangensaft, den ich gerade trinke. »Frisch gepresst« steht auf dem Schild, er schmeckt aber eher wie Capri-Sonne, und zwar nicht wie der Inhalt, sondern wie die Verpackung.

Wir stehen an einem Stehtisch im Frankfurter Bahnhof, an der Kopfseite der Gleise, auf Höhe von Gleis 3, und warten. Die Übergabe ist um 14 Uhr. Wenn alles klar geht, steigt Herr Jauch um 14.13 Uhr in den Zug nach Berlin. Wir sind vorbereitet. Herr Jauch trägt Herrn Müllers Anklebeschnurrbart und hat die Kapuze noch über seine Mütze gezogen, dafür hat er auf die Sonnenbrille verzichtet. Herr Müller trägt das für die Übergabe vereinbarte Erkennungszeichen, mein Spongebob-T-Shirt, unter seiner Jacke. Katja haben wir im Auto in der Tiefgarage gelassen, sie wollte noch ein bisschen schlafen und hat sich schon verabschiedet. Um uns herum ist einiges Gewusel, der übliche Freitagsbetrieb. Freitage und Sonntage sind die schlimmsten Zugfahrtage, weiß man ja. Auch die anstrengendsten Tage, wenn man gemütlich in einem Bahnhof herumspazieren und sich die Kioske und Essenstände betrachten will. Für eine Lösegeldübergabe also ideal.

»Ein bisschen nervös bin ich schon«, sagt Herr Müller. »Hast du 'ne Zigarette, Paul?«

Ich klopfe mich ab und finde tatsächlich eine Schachtel. »Ich muss ein bisschen vorsichtig mit dem Bart sein, aber ich würde auch eine nehmen«, sagt Herr Jauch. In Dreieinigkeit wechseln wir ins vordere gelbe Raucherquadrat auf die Plattform zwischen den Gleisen 2 und 3 und stecken uns eine an.

Ich sehe von Herrn Müller und Herrn Jauch zu dem vereinbarten Treffpunkt zwei Bahnsteige weiter – die Aussicht wird nicht durch eintreffende oder abfahrende Züge versperrt –, und wieder zurück zu Herrn Müller und Herrn Jauch. Ich seufze. Dass es so schnell zu Ende gehen muss.

»Nur keine Wehmut«, ermahnt mich Herr Jauch. »Wir werden uns noch oft genug sehen. Sie mich zumindest. Und immerhin haben wir noch ein paar Minuten. Ach, da fällt mir was ein.«

Er drückt seine Zigarette aus, obwohl er sie erst zu einem Viertel gepafft hat, und streckt Herrn Müller seine Hand entgegen. Der wirkt etwas überfordert, ergreift sie dann aber und wartet, was passiert. Herr Jauch schüttelt und sagt: »Heidemar, ich bin Günther.«

Herr Müller sagt erst mal gar nichts. Dann werden seine Augen ein bisschen feucht.

»Heidemar, Günther«, sagt er etwas erstickt.

»Paul«, sagt Herr Jauch, lässt los und wendet sich mir zu. Wir geben uns die Hand.

»Günther«, sagt Günther.

»Paul«, sage ich, überflüssigerweise.

»Eine ganz tolle Geste von Ihnen ... dir!«, schiebe ich nach.

»Zwischen uns bleibt es aber bei Herr Müller«, sagt Herr Müller eilig zu mir. Ich nicke.

»Es hat mich sehr gefreut, dass Sie mich so herzlich bei sich aufgenommen haben«, holt Günther zu einer Dankesrede aus, »ich habe mich sehr wohlgefühlt und komme gerne wieder … Nur vielleicht nicht allzu bald. Sagen Sie auch Katja noch einmal die liebsten Grüße. Und vor allem Frau Rottenbauer, sie ist eine faszinierende Person. Jetzt ist es aber«, er späht auf die Bahnhofsuhr über uns, »an der Zeit. Gehen Sie nach drüben, Herr … Heidemar! Wir sehen uns gleich wieder. Du.«

Herr Jauch, nein, Günther scheint vom plötzlichen Anredewechsel ziemlich verwirrt. Kann ich nachvollziehen.

»Wird gemacht«, sagt Herr Müller und entfernt sich. Nach ein paar Schritten öffnet er die Jacke und wirft sie sich über die Schulter. Mein T-Shirt ist ihm ein klein bisschen eng. Aber er fällt nicht weiter negativ auf. Es laufen erstaunlich viele als Comicfiguren verkleidete Jugendliche umher. Ich weiß ja nicht, ob das immer so ist, ich lungere nur selten am Bahnhof herum. Diese jungen Leute bewegen sich aber kaum, sondern verharren häufig und fotografieren sich gegenseitig, also können wir Herrn Müller gut folgen. Als er zwischen den Gleisen 6 und 7 richtig einbiegt und auf den Übergabeort zusteuert, fährt ein Regionalzug auf Gleis 5 ein und versperrt uns die Sicht. Auf der uns zugewandten Zugseite lächelt strahlend ein Skilehrer unter einem Schriftzug, der für Urlaub in Tirol wirbt: Jeden Tag Tirol.

»Immer wenn es spannend wird, kommt Werbung«, sagt Günther.

VIERTER TEIL

Freitag, 19.00

Wo wir sind, spielt keine Rolle. Wir sitzen in einem Glashaus. So was habe ich noch nie gesehen vorher, rundum verglast, trotzdem eckig. So ist also das Lebensgefühl von Aquarienfischen. Wir sind uns insofern treu geblieben, als dass wir auch hier keine Nachbarn haben, das ist auch von Vorteil irgendwie. Kann uns niemand beobachten und uns um unseren ausufernden Luxus beneiden. Wenn es draußen hell ist, haben wir einen richtig, richtig schönen Ausblick. Alles weiß. Hier schneit es oft. Eigentlich schneit es andauernd.

»Traumhaft«, hat Katja es genannt.

»Traumhaft«, sagt sie auch jetzt wieder. »Traumhaft, Rodrigo. Mach genau so weiter. Hör nie mehr damit auf!«

»Señorita!«, haucht Rodrigo, was bei ihm so viel bedeutet wie: »Wie Sie wünschen. Niemals. Ich werde auf alle Ewigkeit weitermassieren, auch wenn ich dabei draufgehe.«

Ich hatte es für eine gute Gelegenheit gehalten, mal wieder meine Mutter zu kontaktieren und sie nach ein paar Lifestyle-Tipps für den dickeren Geldbeutel zu fragen. Weil ich die letzten Jahre angeblich sehr sparsam gelebt und einiges auf der hohen Kante habe und mir jetzt endlich mal was gönnen möchte. In ihrem Grundton lag ein bisschen Bedauern, sie hat wohl gedacht, ich spräche von ein paar Tausend Euro und würde das für viel Geld halten. Sie hat keine Ahnung, wie hoch meine hohe Kante seit Neuestem wirklich ist, zum Glück. Etwas anderes als einen bedauernden Ton mir gegenüber kenne ich außerdem gar nicht. Ich glaube, mein neuer Reichtum würde mir nicht so viel Freude bereiten, wenn sie davon wüsste.

Jedenfalls hat das Telefonat und vor allem der Umstand, dass Katja es über Lautsprecher mitgehört hat, dann dazu geführt, dass wir Rodrigo haben einfliegen lassen. Herr Müller war schon ein bisschen eifersüchtig, da Rodrigo im Gegensatz zu ihm ein heißblütiger Südländer mit geschmeidigem Strandkörper ist. Das Problem konnte dann auf die Weise gelöst werden, dass Rodrigo Katja nur massieren darf, wenn Herr Müller erstens im Raum ist und sie zweitens durch das Guckloch des Massagetischs auf ein Foto von ihm schaut. Das macht sie jetzt.

Ich muss zugeben, dass ich in der Zwischenzeit ebenfalls ein Fan von Rodrigos geschickten Händen und harten Griffen geworden bin. Wir bezahlen ihn immerhin nicht nur dafür, dass er Katja durchknetet. Wenn ich dran bin, kommt das Bild von Herrn Müller auf dem Boden allerdings weg.

Herr Müller hat das Lehnteil seines geräumigen Schaffellsessels zurückgeklappt, überprüft nur ab und an mit argwöhnischem Blick die Massageaktion, wirkt ansonsten aber zufrieden. Mehr oder weniger. Herr Müller strahlt eigentlich immer eine Mischung aus Gleichgültigkeit und Mürrischkeit aus. Nennt man das Mürrischkeit? Jedenfalls hat er selten die Mundwinkel oben. Was ihn momentan vom absoluten Seelenfrieden abhält, habe ich schon längst entdeckt: Sein Glas ist leer. Er macht aber keine Anstalten, sich aus seiner Position herauszubegeben. Vielleicht ist eine Schildkröte irgendwann auch mehr oder weniger damit zufrieden, wenn sie hilflos auf ihrem Rückenpanzer liegt, denn schließlich: Man gewöhnt sich.

Die Lösung des Problems liegt auf der Hand, und da ich auch bald in die Verlegenheit kommen werde, mein Glas auffüllen zu müssen und mich in ziemlich genau der gleichen Position, nur in einem anderen Schaffellsessel befinde, ergreife ich die Initiative:

»Etienne! Rollst du bitte mal den Getränkewagen rein?«

Etienne haben wir mitgenommen. Er war immer noch bei uns zu Hause, als wir von der Geldübergabe zurückkamen. Seine Mutter, Heidi Klum und Frau Rottenbauer waren auf seinen Wunsch hin ohne ihn vorgefahren. Er wollte wohl den Beweis erbringen, dass er als neuer Erwachsener Verantwortung übernehmen kann. Er hatte in Eigenregie alles aufgeräumt, gespült und wirklich sehr ordentlich gewischt, sogar in den unbefeierten Teilen des Hauses. Als wir zurückkamen, haben wir erst sehr gestaunt und ihm anschließend ein ordentliches Trinkgeld gegeben, etwa in Höhe eines früheren Monatslohns von mir, nebenbei auch noch als Geburtstagsgeschenk. Es dauerte dann nicht mehr lange, bis wir ihm alles verraten haben. Das meiste wusste er logischerweise schon. Nur die Höhe des Lösegelds war bis dahin noch unser Geheimnis gewesen. Und unser Plan, was wir überhaupt damit anstellen wollen. Den gab es nämlich nicht. Also hat Etienne eine Reise vorgeschlagen, einen ausgedehnten Urlaub, danach wäre immer noch genug übrig. Dass wir ihn mitnehmen sollten, hatte er gar nicht bezweckt, das war sozusagen die Belohnung für seine Mühen mit unserem Haus und die Arbeit im Laden – meine Idee. Sogar sein Reisezielvorschlag wurde direkt von uns genehmigt, weil wir uns selbst nämlich überhaupt nicht einigen konnten. Er wollte schon immer mal hierher, meinte er, es gäbe hier eine gute progressive Musikszene. Ich selbst hatte das europäische Festland sowieso noch nie verlassen, mir war alles recht außer das Zehnbettzimmer in einem Hostel. Tja, so kam das.

Jetzt haben wir in dieser angemieteten energieeffizienten Glashütte mit bester Aussicht für ein paar Wochen das volle Luxusprogramm, feiern reichlich, unternehmen Ausflüge, und auf einem Konzert von Etiennes Lieblingsband waren wir auch schon. Ich habe kein Wort verstanden, ich glaube sowieso, die Leute hier sprechen eine Fantasiesprache.

In der Landeswährung sind wir Multimillionäre. Wenn wir zusammenlegen, besitzen wir fast eine halbe Milliarde. So schnell kann man Geld vermehren, man muss nur mal woanders hinfliegen.

Etienne fungiert nun sozusagen als unser Butler. Das war meine einzige, winzige Bedingung dafür, ihn mitzunehmen. Einmal im Leben wollte ich auch mal selbst bedient werden, und ihm machte es überhaupt nichts aus, er fand den Deal fair. Aber der Dienstleister in mir ist nicht kleinzukriegen. Ein bisschen Sehnsucht nach meinem Laden habe ich schon. Hoffentlich läuft alles. Gemüse-Achim hat spontan meine Vertretung übernommen. Ich kann mir jetzt sogar seinen Namen merken. Der Supermarkt ist also vermutlich grade ein Liebesnest.

Etienne schiebt das Wägelchen herein, auf dem die schon fertig gemixten Drinks stehen. Unseren Getränkegeschmack nach Tageszeit kennt er inzwischen sehr gut. Rodrigo stellt er einen Kirschbananensaft mit Eiswürfeln und Strohhalm auf die antike Kommode neben der Massageliege. »Señor!«, sagt Rodrigo.

Ich bekomme einen Moscow Mule mit Gurkenscheibe, nippe und attestiere Etienne ganz hohe Bartenderqualitäten. Wenn er mal aus dem Modelalter raus ist, hat er sehr gute Zukunftsaussichten. Heidi hat seine Nummer, sie wird sich bald bei ihm melden wegen einem Fotojob, hat sie ihm auf unserer Party versprochen. Das war der Inhalt des Getuschels.

Momentan mache ich mir doch so langsam Sorgen, ob etwas aus unseren Abendplänen wird. Alles hängt von der sechsten Person im Raum ab, die noch weniger auffällt als die bewegungslos daliegende Katja, obwohl sie gerade am härtesten arbeitet: der Fernsehtechniker. Unser Deutsch sprechender Hausverwalter hat ihn nach einem panischen Anruf von mir herbestellt, und der Mann, ich fand das auf die beste Weise unfassbar, stand eine Viertelstunde später auf der Matte. Ich war ziemlich irritiert, weil er eben gar nicht wie ein Fernsehtechniker aussah, sondern eher wie George Clooney. Das Erste, was mir in den Sinn kam, als ich die Tür aufgemacht habe, war: Den könnten wir doch gleich dabehalten, gäbe sicher ordentlich Lösegeld. Dann hat er auf das Emblem an seiner Jacke gezeigt, ein Fernseher mit einem Elektroblitz drüber, und die Sache war klar. Ich habe versucht, ihm zu erklären, was wir genau vermissen, aber er schien schon gut instruiert, ging zielstrebig

Richtung Neunzig-Zoll-Flatscreen, und seitdem macht er dort irgendwas. Doch die Zeit wird knapp. Das *Wer-wird-Millionär*-Prominentenspecial beginnt in fünf Minuten. Und es ist nicht irgendeines, es ist wirklich ein besonderes. Das letzte Jubiläum, also das 25. Promi-Special gab es am 22. November 2012, das weiß ich aus dem Effeff, natürlich, aber für uns ist diese Ausgabe sehr viel aufregender. Verständlich, oder? Das Promi-Special ist der Staffelauftakt, die erste Folge seit Wochen, wir werden Günther Jauch wiedersehen.

Und wir *sehen* Günther Jauch wieder! Der Fernseher läuft! Richtiges Programm. Der Vorspann startet.

»Ja!«, rufe ich und balle die Faust.

Katja schaut auf, wirkt etwas benebelt und sagt: »Schön.«

»Señorita?«, sagt Rodrigo.

Etienne setzt sich in den dritten Schaffellsessel und wirkt sehr zufrieden. Sogar Herr Müller zieht die Mundwinkel hoch.

Der Fernsehtechniker nickt mir zu, ich greife in die Tasche, ziehe ein Geldbündel heraus und halte es ihm hin. Er nimmt es, zählt sich vier Scheine heraus und gibt mir den Rest zurück. Er nickt noch einmal und geht dann, ohne das kleinste Geräusch zu verursachen.

Katja schlurft durch den Raum und kuschelt sich zu Herrn Müller in seinen Sessel. Rodrigo tut das, was er immer tut, wenn er beschäftigungslos ist. Er wirft sich auf den Boden und macht Sit-ups. Es geht los.

»Und hier kommt Ihr Moderator. Hier ist Günther Jauch.« Dööö-dö-dömmm. Applaus. Johlen. Euphorische Pfiffe.

Wir applaudieren mit, als Günther Jauch in Überlebensgröße auf uns zutritt. Er trägt einen ganz besonders schicken Anzug und wirkt sehr gut erholt. Er lächelt so breit, wie er noch nie gelächelt hat. Im Fernsehen zumindest. Als er bei unserer Party mit Frau Rottenbauer geplaudert hat, war es noch ein wenig mehr. Er hatte sich so gefreut, mit ihr Bekanntschaft zu schließen. Ach, der Günther. War schon ein richtig netter Sommer mit ihm.

»Begrüßen Sie unsere prominenten Spielkandidaten«, sagt er. »Edmund Stoiber, Hans Sarpei, Michael Mittermeier und Heidi Klum.«

»Die Heidi!«, kreischt Katja auf und zuckt wohl unbewusst mit dem Knie.

»Aua«, sagt Herr Müller, ohne sich über Gebühr zu rühren.

Etienne bekommt einen etwas verschmitzten Gesichtsausdruck, als Heidi Klum auf ihrem Kandidatenstuhl Platz nimmt. Er schaut zwar noch Richtung Fernseher – es ist schwierig, bei einem Fernseher dieser Größe nicht in seine Richtung zu schauen –, aber mit hoher Sicherheit sieht er irgendwas anderes vor seinen glasigen, großen Augen. So genau wissen wir alle nicht, was Heidi und er auf unserer Party miteinander gemacht haben. Etienne schweigt sich ausschweifend darüber aus. Und es ist nicht so, dass Katja ihn nicht sehr direkt gefragt hätte.

Heidi sitzt auf dem Stuhl, auf dem ich auch gesessen habe, als ich in der Sendung war. Schon komisch, wenn ich daran zurückdenke. Damals dachte ich, das wäre der schlimmste Tag meines Lebens und dass das jetzt sowieso vorbei wäre, das Leben, dass nichts mehr kommen kann, was mich zurück in die Spur bringen wird, dass das Spannendste in näherer Zukunft das Paket mit den neuen Warentrennern fürs Kassenlaufband sein würde. Aber was wäre denn gewesen, wenn ich um zwei Zehntelsekunden schneller BCAD eingetippt hätte, als es um Lettland und Liechtenstein und Co. ging? Dann wäre *ich* auf dem Stuhl gelandet und nicht der rauchende Otto. So. Und dann? Ich hätte 125 000 gewonnen, wahrscheinlich. Ich wäre nach Hause gefahren, hätte mich feiern und mich von irgendwem dazu bequatschen lassen, ein schickes neues Auto zu kaufen, wie es alle machen, die unkreativ mit ihrem Gewinn umgehen, ich hätte den Rest auf die Sparkasse gebracht und dann doch so weitergemacht wie bisher. Ich wäre schneller im Laden gewesen mit dem neuen Auto, okay – aber das hier ist doch um Längen besser. Sind doch mehr Möglichkeiten jetzt, und neue, interessante Leute habe ich auch kennengelernt. Von den Aussichten auf die Zukunft ganz zu schweigen!

Ich glaube, wir alle haben jetzt so lange vor uns hingedacht und uns vom regelmäßigen, plosiven Atemausstoß Rodrigos bei jedem Sit-up hypnotisieren lassen, dass wir die Auswahlfrage gar nicht richtig mitbekommen haben. Heidi Klum nimmt gerade elegant auf dem Spielstuhl Platz. Keine große Leistung beim Promi-Special. Da ist es eher schlecht, als Erstes dran zu sein. Die Reihenfolge ist vorher ohnehin ausgemacht, und die Leute, die eine gute Show liefern sollen, tun so, als kapierten sie die Frage nicht, um später dranzukommen.

»Heidi Klum, Top-Model, Moderatorin und Mutter, gebürtig aus Bergisch Gladbach«, stellt Günther Jauch sie vor. »Da hatten Sie ja keine lange Anreise.«

»Ja, richtig. Ich hab schon als Kind immer gerne an der S-Bahn-Endstation Bergisch Gladbach gespielt«, sagt Heidi Klum. Herr Müller und ich zwinkern uns wissend zu, und Günther Jauch tut überzeugend so, als würde er die Geschichte zum ersten Mal hören. Nach einer Minute unterbricht er sie bei ihrer Lebensgeschichte und schlägt vor, zwischen der Plauderei die niedrigen Fragen zu spielen.

Als sie 500 Euro geschafft hat, reißt sie die Arme hoch und jubelt und sagt dann, sie sei jetzt sehr erleichtert, denn vor den einfachen Fragen hätte sie am meisten Angst gehabt.

»Sagen Sie mal, Frau Klum, wie haben Sie eigentlich Ihren Sommer verbracht?«, fragt Günther Jauch da plötzlich.

Katja presst sich die Hand vor den Mund und schaut besorgt.

»Mal hier, mal da. Zwischendurch haben wir uns ja auch mal getroffen, gell?«, sagt Heidi Klum und zwinkert.

»Ja, beim spontanen Urlaub auf dem Bauernhof«, sagt Günther Jauch, und wir alle holen gleichzeitig ganz tief Luft.

»Das kann ich nur jedem empfehlen«, sagt er dann. »Sehr gute Luft auf dem Land.«

Ich glaube, er zupft absichtlich am Hosenbein, während er das sagt. Und ich glaube zu erkennen, dass es darunter golden blitzt.

»Aber hier muss es weitergehen. Werfen wir mal einen Blick auf die 1000-Euro-Frage.«

Nachwort

Rechtlicher Hinweis:

Dieses Buch ist ein Roman. Alles was darin steht, hat sich mit Ausnahme von einzelnen Abläufen aus Fernsehshows so nie ereignet, sondern ist erfunden und damit von der Kunstfreiheit geschützt. Insbesondere wurden selbstverständlich weder Günther Jauch noch Heidi Klum oder andere dort genannte Prominente jemals entführt noch erhalten diese für Entführungen eine Aufwandsentschädigung. Autor und Verlag warnen hiermit alle Leserinnen und Leser vor einer Nachahmung. Entführungen, auch sanfte, können für alle Beteiligten sehr unangenehme Folgen haben und sind deshalb unter Androhung einer Freiheitsstrafe nicht unter fünf Jahren streng verboten.

Der fiktive Charakter der Schilderungen bezieht sich auch auf einzelne Verhaltensweisen oder Eigenarten, die als reine Mutmaßungen des Autors den im Buch genannten Prominenten zugeschrieben werden. Insbesondere wissen weder Autor noch Verlag, ob Günther Jauch manchmal riecht oder schnarcht, in wie vielen Automodellen er als Eigentümer oder Leasingnehmer bereits saß, ob er eher rasant oder gemäßigt fährt, vielleicht gar ein Fahrtraining mit einem Formel-1-Piloten absolviert hat. Unbekannt ist auch, ob er Kandidaten, die er besonders gut leiden kann, mehr als anderen hilft und andere insgeheim verachtet, ob Begleitpersonen von Quizkandidaten seiner Sendung wirklich mit Kölsch abgefüllt werden, ob er in seiner Sendung aus Zeitgründen je Panik verspürt hat, oder ob die Kandidatenbetreuerin manchmal unfreundlich ist. Es gibt keine Anhaltspunkte dafür, ob Günther Jauch bereit wäre, die Auszeichnung als Strumpfmann des Jahres entgegenzunehmen, um dadurch Charity-Gelder einzuwerben, ob ihm seine Frau vor Reisen immer den Koffer packt, ob er mit Assistent oder Bodyguard reist, ob er pasteurisierte Schokomilch trinkt, ob er »meine Fresse« sagt, ob für eventuelle Entführungen Günther Jauchs oder anderer Promis Hotlines eingerichtet sind.

Des Weiteren haben Autor und Verlag keine Hinweise darauf, ob Günther Jauch privat gerne Krombacher Bier trinkt, ob er Entführern Privates über sich erzählen würde, ob er über die steuerrechtlichen Hintergründe von Entführungen Bescheid weiß, ob er gerne Asterix-Comics liest, in Lucky-Luke-Bettwäsche schlafen und seinen Entführern belgische Waffeln oder Frühstück machen oder mit ihnen Federball spielen und dabei verlieren aber moderieren würde, ob er generell nett zu Entführern wäre, diese duzen, für sie Platten auflegen und eine Entführung durch nette Entführer womöglich sogar genießen und nicht alles tun würde, um rasch wieder nach Hause zu gelangen. Es gibt auch keine Hinweise, dass Günther Jauch vor Dritten über das Verhalten von Kollegen sprechen würde. Unbekannt ist, ob die ARD-Talkshow-Gastgeber einen gemeinsamen

Betriebsausflug machen, ob Günther Jauchs Rücken beim Sport knackt, ob er generell unsportlich ist und sich schon im Sportunterricht fehlbenotet glaubte.

Vieles spricht dafür, dass er beim Schachspiel gewinnen würde, unbekannt aber ist, ob er gerne heimlich raucht, ob er Essiggurken, Erdnüsse oder Kartoffelsuppe isst, und ob er weiß und weitererzählen würde, was Bernd Stelter angeblich macht, wenn er alleine in der Garderobe ist (jener macht das ihm im Roman Zugeschriebene natürlich nicht). Keine Anhaltspunkte gibt es, ob Günther Jauch gut im Bullriding ist, nachmittags gerne fernsieht und alle Tierarten kennt.

Es gibt auch keinerlei Indizien dafür, dass Heidi Klum nackt in fremden Gärten liegt oder gerne Apfelkuchen backt und vertrauter als angemessen mit Supermarktangestellten umgeht. Oliver Pocher streunt natürlich nicht an Autobahnraststätten herum und hofft nicht, dass er ebenfalls entführt wird. Die Flippers feiern bestimmt keine Ausschweifungen, wenn sie ohne ihre Frauen unterwegs sind, und Dieter Thomas Heck hat ganz sicher in Wirklichkeit keine Freude an Entführungsspielchen.